U0008012

シナリオ構造論

劇本結構論

野田高梧——著

KOGO NODA

のだこうご

譯——吳季倫

〔目次〕

基礎II

結構

情境

序言

電影的起源

不論是繪畫也好、雕刻也好、音樂也好，乃至於文學也好、戲劇也好，這些藝術都擁有三千年到四千年的歷史，然而電影誕生至今，甚至還不到六十年[1]。況且如果從電影能夠「發出聲音」算到現在，頂多只有二十年的歷史。關鍵就在於電影還很年輕。

我在這裡想探討的主題，並不是電影的發明人究竟是愛迪生[2]還是盧米埃兄弟[3]。總而言之，直到十九世紀末，原本在銀幕上靜止的幻燈片影像，突然栩栩如生地動了起來。如此傑出的巨大變化，恐怕遠遠超乎這些發明家原先的預期。

電影的發明對人類的貢獻大致分成兩種，首先是那些「活動式相片」所具備的獨特記錄性，在現代科學上，尤其是對醫學、自然科學及工程學等等領域的創新，提供了極大的助益；其次，更重要的是，它直接成為民眾的文化資材，換句話說，它並非以「活動式相片」這種形而下的存在型態，而是以包含「歸納性概念」的形而上的存在型態，在民眾的心中占有不可撼動的一席之地。

根據電影史的記載，就在奧古斯塔與路易這對盧米埃兄弟完成發明後的僅僅七、八年間，這方面的進步已經令這對兄弟發出了這樣的讚嘆：

一九〇〇年後，電影機[4]的運用使得戲劇領域出現了亮眼的進步，並且開始導入舞台劇表演的要素。我們沒能預期到這種運用方式，最後只好中止了電影製作。

這段話可以解讀成盧米埃兄弟對當時進入電影領域的生力軍所感到的驚喜與佩服，例如喬治・梅里愛[5]、里奧・高蒙[6]、查爾・百代[7]等人將電影機的原始性能提升到另一個運用層次，並且往指日可待的發展方向持續推進。

---

1 依據作者撰文成書之一九五二年為準，以下皆同。

2 Thomas Alva Edison（一八四七～一九三一），美國科學家暨發明家。其早期發明的活動電影放映機（又稱西洋鏡，Kintoscope）藉由快速運轉電影膠條使觀看者產生連續畫面的錯覺影像。

3 盧米埃兄弟，哥哥為奧古斯塔・盧米埃（Auguste Marie Louis Nicholas Lumière，一八六二～一九五四），弟弟為路易・盧米埃（Louis Jean Lumière，一八六四～一九四八），法國的電影與電影放映機的發明人。

4 Cinématographe，電影攝影及播放機。

5 Marie-Georges-Jean Méliès（一八六一～一九三八），法國魔術師暨電影製片人。

6 Léon Gaumont（一八六四～一九四六），法國發明家暨電影產業的先驅，高蒙電影公司的創辦人。

7 Charles Pathé（一八六三～一九五七），法國電影產業的先驅，四兄弟共同創立了百代電影公司。

使用愛迪生的維太放映機[8]公開放映的試製影片，據說一開始頂多只有三十五呎到五十呎左右，內容包括海灘的浪花、紅極一時的歌舞女郎朵蘿麗塔的表演、壯碩男子與瘦弱男子對打的拳擊賽，以及一個名叫弗雷德．奧圖的男人打噴嚏時吹走了紙張的情景（當時以近距離拍攝他的臉孔，恰巧成為世界上第一個特寫鏡頭）等等。至於盧米埃兄弟的電影機所拍攝的內容，則包括頭戴綴有羽毛的無簷女帽「穿著裝扮宛如左拉的小說人物」的一群女工下班時走出盧米埃工廠的情景、火車進站的過程，還有海水浴場一景等等，以上這些也都只是十七呎左右的簡短實景拍攝罷了。

根據史料記載，喬治．梅里愛當時對盧米埃兄弟的這項新發明大為驚艷，立刻與他們商談專利權的轉讓，認為可以從中獲取龐大的利益。但是奧古斯塔．盧米埃卻語重心長地告誡梅里愛，這項科學發明儘管目前看來頗為新奇，或許可以藉此賺到一點小錢，可是往後應該不會有太大的商業應用，若是現在孤注一擲，等在前方的或許是破產的命運。

由奧古斯塔的忠告可以發現，他誤判的原因在於只看重這項發明所具有的形而下的價值，卻沒能洞悉其未來將提升至形而上的層面。由此可見，這對兄弟發明的「活動式相片」，比起這項發明本身，別人能夠從中窺出由其特性所衍生出來並且廣為流傳的「歸納性概念」，賦予這項發明更多文化上的意義。

話說回來，盧米埃兄弟並非對這方面毫不關心。就我所知，他們是世界上最早製作出「人為化」電影，也就是敘事電影的人。舉例來說，他們曾拍過這樣的影片：

一名園丁拿著水管澆花，有個男孩走過來踩住，水管頓時無法出水。狐疑的園丁端詳水管口，這時男孩忽然把腳鬆開，害園丁被水噴成了落湯雞……。

這是一八九五年十一月十六日，於巴黎舉行的世界首部公開售票電影的其中一個短片。其後，一八九七年三月於東京神田三崎町的川上座，以《自動幻畫》片名公開上映的盧米埃兄弟電影中出現了《惡有惡報》的誇張標題的一支影片。雖說是影片，當然同樣只有十七呎左右。

一名男子坐在長椅上專心讀報。這時來了另一名男子，他發現讀報男子的手帕沒有完全塞進口袋裡，於是在那角手帕上動了手腳，惡作劇完之後一副若無其事地在長椅的另一端落坐。隔了一會兒，讀報男子掏出手帕想擦汗，赫然發現手帕被人動了手腳而大吃一驚，不由得從椅子上猛然起身，長椅頓時失去重心而翹了起來，坐在另一端的男子被翹起的長椅應聲打落，跌了下去……。

8 Vitascope，活動電影放映機（Kintoscope）的改良機型。

即便是這一部如今看來乏善可陳的簡單作品，倘若換個視角，也可以說盧米埃兄弟其實早已於無意識中讓電影機超越其原始的拍攝功能，朝著今日電影發展方向的道路邁出一小步了。

接下來，一九〇〇年秋天，喬治・梅里愛把二十個「活動式畫面」連接起來，完成了《仙履奇緣》（*Cinderella*）。即使那不過是知名故事的「活動式插畫」，至少不再只是「活動式相片」，而是如同梅里愛自稱的「人為化排列的一批場景」，應該將之視為由那二十個鏡頭形成的「活動式畫面」所組構而成一個「歸納性概念」的呈現。那部《仙履奇緣》影片包括了以下的畫面：

1 在廚房工作的灰姑娘
2 神仙教母
3 老鼠變成馬匹
4 南瓜變成馬車
5 宮殿裡的舞會
6 顯示午夜十二點的時鐘
7 灰姑娘的臥房
8 時鐘指針轉動

9 王子與玻璃鞋
10 灰姑娘的繼母
11 王子與灰姑娘
12 抵達教堂
13 結婚典禮
14 灰姑娘的繼姐們
15 國王
16 結婚典禮中的遊行
17 結婚典禮中的舞會
18 星空
19 變身
20 灰姑娘的勝利

此後，他製作的《聖女貞德》（*Jeanne d'Arc*）[9]為十二個畫面、《耶誕夜之夢》（*La Songe de*

9 一九〇〇年上映的法國電影。

Noël）[10]為二十個畫面，至於一九〇二年《月球旅行記》（*Voyage dans la Lune*）[11]的長度甚至大約是《仙履奇緣》的兩倍，總長高達八百二十五呎，由三十個畫面組成。到了這個階段，早就不僅僅是插畫式的畫面排列，而已經是一個結構相當完整的故事了。

1　在天文學俱樂部舉行會議
2　擬定到月球旅行的計畫
3　工廠。建造太空艙
4　在煙囪林立的鑄造所裡鑄造大砲
5　天文學家們進入太空艙
6　把太空艙推入大炮內
7　發射。目送的群眾
8　朝向月球的宇宙航行
9　月球表面像一張臉孔，太空艙擊中那張臉的眼睛
10　抵達月球
11　火山口底。火山爆發
12　北斗七星、雙子座、土星等等

13　暴風雪
14　爬入火山口
15　長著巨大蘑菇的洞窟
16　月球上的外星人
17　天文學家們被俘虜
18　月球上的王國與軍隊
19　逃跑
20　緝捕
21　逃出月球
22　墜落
23　掉進大海
24　海底
25　救難

10　一九〇〇年上映的法國電影。原文此處片名為*La Songe de Noël*，但多數資料稱為*Le Rêve de Noël*。
11　原文此處片名為*Voyage dans la Lune*，但多數資料稱為*Le Voyage dans la Lune*。

26 慶祝遊行
27 歡迎與褒揚
28 海軍與大砲展示隊伍的行進式
29 紀念碑揭幕儀式
30 群眾歡呼

至於愛迪生，同樣在一九〇二年於同儕攝影師愛德溫・波特[12]的協助下，製作出由九個畫面組成全長五百呎的《一個美國消防員的生活》（*The Life of an American Fireman*）[13]。

1 **消防局的局長室**

讀完晚報的局長坐在辦公桌前打盹。此時畫面的牆壁上出現了另一個圓框畫面，一位母親正在哄孩子睡覺，她身旁一盞瓦斯燈的火焰竄到了窗簾上。（這種雙重呈現的方法有個專有名詞叫做「夢中的氣球」（dream-balloon），這種技巧通常用於呈現人物的心理或夢境，此後的一段時期被運用於影片之中。）不久，局長睜開眼睛，焦急地在辦公室裡來回踱步。

2 **路邊的火災警報器的特寫**

畫面出現一隻男人的手打開火災警報器的蓋子，拉下啟動把手讓機器通電以發出警報。

3 **消防局的宿舍**

幾位消防員正在沿牆排放的一張張床上睡覺，一聽到警報聲響立刻跳起來著裝，一個接一個由房間中央的黃銅消防滑杆滑到樓下。

4 **水車停車場**

這群消防員打開畫面中的六扇門，迅速從馬廄裡牽出馬匹與水車銜接，忙著準備出動。

5 **停車場的外景**

整排門片同時打開，幾輛水車浩浩蕩蕩出發。

6 **前往火災現場的途中**

消防車一輛接著一輛奔向火災現場。

7 **火災現場**

每一輛消防車陸續以全速抵達現場後，消防員立刻布水線，水從管子裡如箭一般噴出。消防員將梯子架在二樓窗戶前。

---

12 Edwin Stanton Porter（一八七〇～一九四一），美國電影導演。

13 原文此處片名為 *The Life of an American Fireman*，但多數資料稱為 *Life of an American Fireman*。

8　室內（臥房）

母子被火焰和濃煙困住，母親驚慌失措，拚命求救，最後被濃煙嗆得昏倒了。這時一名消防員破門而入，抱起母親從窗口爬下梯子，救援成功。

9　重現情節7的外景

獲救的母親拚命哀求營救她的孩子。消防員再次爬上梯子，不久順利救出小孩，交給母親。母親將孩子緊緊摟在懷裡。

有人認為這是波特從梅里愛的作品中得到的啟示——只要將幾個畫面予以適當排列，就能構成一個故事——然後根據這個啟示製作而成的影片。事實上，除了1、8、9以外的每一個畫面都只是紀錄式的片段，但由於這些片段經過適當且一定方向的排列，從而構成了一個「情節」（plot）。就這點而言，這部作品可以說比《月球旅行記》又向前邁進了幾步。在這個階段，「活動式相片」終於不再只被當成區區幾張「活動式相片」罷了。

波特更進一步，以不含序曲在內的十四個畫面拍成一千一百呎長的《黑奴籲天錄》（*Uncle Tom's Cabin*），接著於翌年的一九〇三年，完成了十四個場景共七百五十呎長、被譽為美國電影史上第一座里程碑的作品《火車大劫案》（*The Great Train Robbery*）。

這部《火車大劫案》在各地上映時都非常賣座，盛況空前，很快就引起了阿道夫・祖克爾[14]、華納兄弟[15]、卡爾・拉姆勒[16]、馬庫斯・洛[17]等資本家的注目，促使他們紛紛投入電影製作事業。這部電影對於業界日後的發展，可謂具有舉足輕重的地位。

1 某個車站的電報室

兩個蒙面歹徒潛入，威脅電報技師必須對即將通過該車站的火車發出臨時停車補水的指令。從窗口可以看見火車正在進站。

2 供水塔旁邊

臨時補水結束的火車即將啟動，一直躲在水塔底下的幾個歹徒悄悄溜上火車。

3 郵務車廂

兩個歹徒進了車廂，與乘務員發生槍戰並將之擊斃，接著以炸藥炸開保險箱，盜走托運行

---

14 Adolph Zukor（一八七三～一九七六），匈牙利裔美籍電影製片家，派拉蒙影業公司創辦人。

15 華納兄弟娛樂公司創始人。猶太裔美籍四兄弟，哈利・華納（Harry Morris Warner，一八八一～一九五八）、亞伯特・華納（Abraham "Albert" Warner，一八八四～一九六七）、山姆・華納（Samuel Louis "Sam" Warner，一八八七～一九二七）以及傑克・華納（Jack Leonard "J.L." Warner，一八九二～一九七八）。

16 Carl Laemmle（一八六七～一九三九），德裔美籍電影製片家，環球影業創辦人。

17 Marcus Loew（一八七〇～一九二七），美國電影製片家，米高梅公司創辦人。

李與貴重物品。

4 **機關車與煤水車**

火車以四十哩的速度奔馳。當其中兩個歹徒攻擊郵務車廂的時候，另外兩個歹徒同步攻擊煤水車與機關車。一人挾持駕駛員，另一人與鍋爐工在煤水車上奮力搏鬥並將之擊倒後扔出車外，接著命令駕駛員停車。

5 **機關車**

歹徒拿手槍抵著駕駛員解除機關車和車廂的連結。機關車單獨向前行駛一百哩左右。

6 **荒野中**

歹徒逼迫乘客離開車廂並且掠奪他們身上的貴重物品，有個乘客試圖逃走時遭到射殺，歹徒對空鳴槍後跑向機關車。

7 **機關車暫停處**

歹徒衝上機關車，逃向遠方。

8 **距離數哩處**

歹徒要求在該處停車，躲進山裡。

9 **美麗的山谷**

歹徒爬下山坡，橫渡溪流，騎乘事先備妥的馬匹，亡命荒野。

10 **電報室**

手腳受綑、嘴巴被堵的電報技師努力了很久，好不容易下巴才搆到電報機試圖拍發求救訊息時，卻因力氣用盡而昏了過去。電報技師的女兒這時恰巧送飯盒來，趕忙為他鬆綁。他掙扎著起身，搖搖晃晃地急著出去求救。

11 **西部風情的酒吧**

許多男男女女正在跳卡德利爾舞。電報技師拖著半死不活的身軀闖進來，正在跳舞的人全都亂成一團，男士們立刻各自帶槍衝了出去。

12 **險峻的山丘**

騎著馬的歹徒飛快奔馳，一群人同樣緊追在後，雙方於馬上駁火，其中一個歹徒被射中後落馬。

13 **荒野一隅**

剩下的三個歹徒終於甩掉了追捕的人馬。三人跳下馬後開始察看搶得的行李與財物。他們看得正起勁，追捕者躡手躡腳地圍了上來，雙方再度發生槍戰，歹徒皆被擊斃。

14 **歹徒首領的特寫**

歹徒首領是由當時在紐約第十四街某家曲藝場的演員飾演，名叫約翰．邦茲。雖然在電影情節中，他剛才已被殺死，但在第十四個畫面，由邦茲飾演的首領再次以特寫鏡頭出現，握著手槍正面朝觀眾瞄準開槍……。

當然，那時還是每一個場景都用一個鏡頭拍攝的幼稚時代，因此上述列舉的十四個場景，就是直接以十四個鏡頭排列而成。還有，最後附加的那個特寫鏡頭，顯然是為了票房考量，期盼藉此吸引更多觀眾購票入場。不過，拍攝手法發展至此，可以看出已有相當程度接近現代電影的型態了。

於是，不管在歐洲抑或美國，所謂的「活動式相片」終於奠定了「電影」的基礎，並於爾後不到五十年中不斷茁壯，乃至於今日卓越的樣貌。這樣的成長速度，可以說是令人咋舌了。

電影的邏輯

電影與劇本以相同的速度成長。

然而，那並不代表電影真正旺盛的成長力，而是電影脫離了低階娛樂的層級，漸漸朝向藝術作品的位階邁進。以年代而言，大約在一九二〇年前後。

最早出現劇本這個名稱，是指文藝復興時期（十六世紀）的義大利即興喜劇（Commedia dell'Arte）的演員們寫下關於「戲劇主題」、「情節發展」及「人物關係」之類的備忘錄。至於電影領域初期的劇本內容，其實和這種備忘錄相去不遠。

就電影發展史而言，于勒・勒梅特爾[18]於一九〇三年撰寫了《暗殺濟茲公爵》（*Assassinat du duc de Guise*）以及《尤利西斯的歸來》（*Le retour d'Ulysse*）等劇本；同一年，愛德蒙・羅斯丹[19]也寫了希臘眾神下凡卻因為遇上車禍而進退兩難的劇本。但是，直到一九〇九年，紐約活動相片公司將其攝影棚搬往美國西部時的搬遷紀錄中出現了一行文字「經理、導演、演員、劇本部門員工、布景……」，這才是劇本工作人員這個名稱最早的正式紀錄。

由此可見，電影製作機構的內部應該在這之前就有獨立運作的劇本部門了。不難想像在梅里愛和波特等人初期作品那個年代的劇本內容，頂多和備忘錄差不多。當時的電影內容還那麼簡略，時至今日的每一部電影卻都異常複雜，幾乎到了沒有劇本就無法拍攝的程度，可以想見在這麼短暫的期間內，電影孜孜不倦地汲取各種應有的養分孕育茁壯，朝著嶄新的方向一再突破，洋溢著青春活力繼續生長下去。

關鍵就在於電影還很年輕。我之所以把這句話寫在最前面，原因就在這裡。我們不僅將希

18 Jules Lemaître（一八五三～一九一四），法國作家暨評論家。

19 Edmond Eugène Alexis Rostand（一八六八～一九一八），法國劇作家，代表作之一為《大鼻子情聖》（*Cyrano de Bergerac*）。

望寄託在電影的年輕之上，並且如果拋開年輕這個要素，它所剩餘的價值連一半都不到。小說和戲曲已經步入老邁的境地，唯獨電影正值青春年華；不對，它非得青春永駐才行。

活潑、奔放和自由是年輕的特權，也因此在電影的世界裡，無時無刻都是長江後浪推前浪。即便是看似無可撼動的既定手法，如果出現了一個天才創造出超乎以往的全新技術，就會立刻顛覆過去的一切。這就是電影的世界。

舉個極端的例子。一般而言，根本不可能直接在電影中表現出作者本身的主觀想法，也就是所謂「私電影」的第一人稱呈現方式，這在過去屬於眾人共識的一條不成文規定。但是自從像薩沙・吉特黎[20]的《騙子的故事》（*Le Roman d'un Tricheur*）[21]這樣的作品問世後，暫且不論作品的良莠、吉特黎的才華如何，那條不成文的規定已經被打破了。這和全片從頭至尾幾乎無聲僅有畫外音呈現的那種拍攝手法、甚至可以直接稱為默片的那些電影完全相反，隨著身為主人公的「我」的說話聲出現，畫面也漸次展開與變化。以下引用那部電影的一個片段做為參考。這個片段描述的是那個「我」小時候，由於偷了零錢而被處罰不准享用晚餐佳餚的美味蘑菇，結果反倒因禍得福保住一條小命，其他的十一個家人卻由於吃到毒菇而全都毒發身亡之後的情節。

——這起悲劇很快地傳遍了整個村子。不難想像主人公將會受到什麼樣的譴責。

葬禮那天，我垂著頭，跟在十一具棺材後面走著。奇怪的是，我連一滴眼淚也沒流。

（小時候的他在葬禮結束後，慢慢走下石板坡道。）

我內心非常害怕會被人誤會是我謀殺了十一個家人，這時候恰巧有人在我背後開口交談：

——請問您是否曉得為什麼只有那個男孩沒死嗎？

——因為他去當了小偷。

於是，結論就變成：我當了小偷所以還活著，而其他人沒做壞事所以死了。

（小時候的他躺在床上，眼睛凝視著某處，陷入沉思。）

那一晚，我獨自在空蕩蕩的家裡睡覺，仔細思考關於正義、關於竊盜行為的問題。說來有點似是而非，但至少在那四十分鐘的思索時間中，我找不出其他的觀點來反駁自己的結論……。

當然，大家都認為這種手法並不屬於正統的電影類型，不過，經過進一步提升之後，已經進展到這部由Cineguild電影公司製作英國電影《相見恨晚》（*Brief Encounter*，諾爾・寇威爾原

20 Sacha Guitry（本名Alexandre Georges-Pierre Guitry，一八八五～一九五七），法國劇作家暨電影導演。

21 一九三六年上映的法國電影。

著，大衛．連導演）[22]的技巧，到了這時候，已將這種第一人稱電影明確認定為正統的電影類型了。這部電影描述一個善良而平凡的中年主婦蘿拉每週四都會搭火車去附近的米爾福特小鎮買東西，在某個機緣下認識了一名男子，愛苗在冒險的戰慄中悄悄滋長，她雖在丈夫面前裝作若無其事，卻暗中期待每一個週四的相逢，但是那名男子同樣有妻有子，最後男子和蘿拉都沒有失去最後一線理智，在緊要關頭守住了最後一道防線，蘿拉再度回到了渾然不覺的丈夫身邊，重新當起平凡的家庭主婦。故事的梗概只有這樣，但在實際呈現的畫面上，蘿拉與即將前往南非約翰尼斯堡的男子做了最後的道別之後回到家裡，哄孩子睡下，在丈夫對面坐了下來。丈夫一如往常地聽著收音機流瀉出拉赫曼尼諾夫的鋼琴協奏曲，專心答寫填字遊戲；蘿拉縫補著衣物，在心裡回顧著和男子相會日子的每一段記憶。蘿拉回想時的一幕幕畫面搭配著她的內心獨白，而這個聲音她的丈夫聽不見，只屬於她自己一個人的思念。至於那男子名叫艾力克，是個每天搭乘火車到米爾福特小鎮醫院上班的醫師。

下一段描述的是蘿拉第四次和男子見面，也是兩人首度一起吃飯、一起看電影、一起到車站等候彼此搭乘的班次進站之前，在那家老舊的咖啡廳裡休息一下的那段時間。

預備發車鈴響——

蘿拉：「哎，您的火車要開了。」

艾力克：「是的。」

蘿拉：「趕不及就不好了……。」

艾力克：「不，沒關係。」

蘿拉：「為什麼？」

艾力克：「沒有為什麼……。總之，不礙事的。」

蘿拉（強自鎮定）：「……非常愉快……。託您的福，今天度過了一個非常愉快的下午。」

艾力克：「我也是，非常愉快。不過，我談了很多醫學的話題，您一定覺得很乏味吧？」

蘿拉：「我腦筋不好，聽不大懂。」

艾力克：「您還願意和我見面嗎？」

汽笛響起。

蘿拉：「啊，那是對面月台的火車要出發了吧？您得快點跑過去才行！真的不必陪我等，我的班次稍後就來了。」

艾力克：「告訴我，您還願意和我見面嗎？」

22 一九四五年上映的英國電影。諾爾．寇威爾爵士（Sir Noël Coward，一八九九～一九七三，英國演員、劇作家暨流行音樂作曲家），大衛．連爵士（Sir David Lean，一九〇八～一九九一，英國電影導演）。

蘿拉：「當然願意和您見面。或者您要不要帶著全家星期天來雷契瓦司的寒舍？我一定會竭誠招待！」

艾力克：「我求您……。」

蘿拉：「什麼事？」

艾力克：「下週四，在同一個地方……。」

蘿拉：「這個嘛，可是我下週四恐怕有事……。」

艾力克：「求求您一定要來……。」

蘿拉：「火車要出發了！」

艾力克（站起來）：「那麼，先告辭了。」

蘿拉：「您得盡快跑過去才行！」

艾力克（握住她的手）：「再會。」

蘿拉：「我們在那地方見面吧……。」

艾力克：「感謝您！」

喜出望外的男子跑走了，蘿拉也開心地露出微笑。她接著起身，走向月台。

月台

蘿拉望向這邊，不久發現了艾力克的身影。

車廂

艾力克從車窗探出上半身，朝蘿拉揮手。

汽笛──。火車發動了。

月台

蘿拉站著揮手，久久目送他離去。

這個畫面配上以下的旁白──

蘿拉的聲音：「我站在那裡良久，直到再也看不到火車為止。車尾的燈光漸漸融入黑暗之中，不見了。我想像著那個人在裘利車站下車、把車票交給車站人員、穿過街道、回到自己的家。他開啟門鎖，太太馬德蓮來到玄關歡迎他歸來。不，或許她身體不舒服，窩在二樓自己的房間裡。他說過，太太是個身材嬌小、個性乖巧、體弱多病的人。當他在卡得曼（兩人一同用餐的餐廳）稱讚太太時，我頓時打了個冷顫，他立刻噤口不談了。至少我是這麼覺得。從那一刻起，我真切地感受到某種危險正朝自己步步進逼……。」

對向軌道的火車經過，濛濛蒸氣充斥整個畫面，蘿拉的身影淹沒在蒸氣之中。

停在月台旁的三等車廂

蘿拉搭上車。

車廂裡

車窗外的景色向後飛馳，蘿拉坐了下來。

蘿拉的聲音：「我搭上了第一節車廂，歸心似箭。上車後左顧右盼，唯恐有人認出我來，所幸誰也沒有發現我的祕密，總算鬆了一口氣。」

坐在蘿拉對面的牧師揭開書頁，躲在書本後面的那雙眼睛不停打量著蘿拉。蘿拉也掏出一本書來。

蘿拉的聲音：「就只有坐在對面的那位牧師一直朝我打量。我莫名漲紅了臉，假裝拿出書來讀。」

雷契瓦司車站

下了車的乘客如魚貫般走出了票閘口。蘿拉也出站了。

蘿拉的聲音：「我在火車上不斷思考著，就算以後去米爾福特小鎮，也不要再和他見面了……。」

街道

蘿拉走在路上。

女子的聲音：「噢，傑森太太，您好。」

然而蘿拉連那聲問候也沒聽見。

蘿拉的聲音：「不說別的，光是和巧遇的陌生男子來往，就是一件愚蠢又有失莊重的舉動了……。」

蘿拉終於察覺迎面而來的女子，睜開眼睛微笑致意。

蘿拉：「噢，您好。」

蘿拉問候完後繼續往前走。

蘿拉的聲音：「總算振作起來了，我要踩著輕鬆愉快的腳步回到家裡。這一切都是我的胡思亂想，根本不必放在心上。」

家門前

蘿拉回到家，進入玄關。

（順道一提，第一人稱電影還有另一個例子是《湖中女子》（*The Lady in the Lake*），羅伯特・蒙哥馬利執導，史特夫・費雪編劇[23]。由於全片的描述是以主人公的眼睛為拍攝視角，因此被歸類於第一人稱電影，但我認為那純粹只是導戲的技巧，並不是真正的第一人稱電影。）

23 一九四七年上映的美國電影。羅伯特・蒙哥馬利（Robert Montgomery，一九〇四～一九八一，美國演員、電影導演暨電影製片），史特夫・費雪（Stephen Gould Fisher，一九一二～一九八〇，美國作家暨電影編劇）。

單從這一、兩個例子即可發現，在電影的世界，呈現劇情的方式日新月異。昨天還是新鮮的手法，到了今天已經過時；今日覺得活潑的技巧，到了明日已是老套。這種情況屢見不鮮。而那正是電影才剛誕生不久，目前仍在成長茁壯的最佳事證。

由此可知，在劇本領域，自然也沒有既定的創作方法，更不可能有如同公式般的準則。古斯塔夫．弗萊塔克[24]於著作《劇作論》（*Die Technik des Dramas*）的卷首提及：

「無庸贅言，戲曲的創作方法並非一成不變的。」

此外，川端康成[25]先生亦曾於大作《小說的結構》最前面的部分提到：

《小說創作》的作者總是再三強調——小說沒有所謂的創作方法。對初學者而言，這句話雖然極其殘酷，卻不啻為真理。

甚至更早之前，田山花袋[26]先生已於一九〇九年的論著《小說創作》開卷處有此闡述：

當你想出某種創作方法時，那部小說已經注定流於形式，了無新意。福樓拜有句名言「天才，無非是長久的忍耐，努力吧！」的確，創作方法真正的不二法門，就只有忍耐和練習而已。

即便像戲曲和小說那樣經過悠久歷史滋養成長的藝術，都還稱不上有完整歸納的創作方法，遑論年輕稚嫩如同劇本，更不應該在萌芽階段就受到「創作方法」的桎梏；就算認為確實存在某種「創作方法」，也應該只是將每一次劇本創作完成後予以摧毀、摧毀之後再重新創作的循環，踏著這暫時的階梯，一步步往上攀爬。

話說回來，當你隨意瀏覽手邊的幾部劇本，任何主題或內容皆可，想必還是會感覺到不論是主題的擇選、故事的推展、段落的轉折、場景的轉換、人物的組成、對話的緩急，甚或推上高潮的形式以及最後一幕的完結型態等等，即便還不到既定法則的程度，似乎還是有某種共通的不成文規定。這時，你腦海裡或許會浮現一個疑問：那種不成文規定，莫非就是劇本的創作方法？

那種不成文規定，事實上正是從前面列舉過的盧米埃兄弟、梅里愛、波特等人，乃至於現

24 Gustav Freytag（一八一六～一八九五），德國作家暨歷史學家。

25 川端康成（一八九九～一九七二），日本作家，一九六八年諾貝爾文學獎得主，代表作為《雪國》。

26 田山花袋（一八七二～一九三〇），日本小說家。

今的劇作家們走過不斷探究、創新、失敗、調整的辛苦歷程，終於在今日建構出來的公約數。這可以稱為劇本的邏輯，或是不妨換個說法，叫做劇本的寫作技巧。

那麼，這種所謂的邏輯，或說是寫作技巧，究竟是經由什麼方式建構而成的呢？我想，以實際劇本當成說明範例比較淺顯易懂，可惜一時找不到合適的劇本，因此引用小山內薰先生的文章〈如何欣賞腳本〉裡面的實例。以下是該篇文章分析了美國的查爾斯．卡非因分析易卜生的《海達．高布樂》（*Hedda Gabler*）的段落，後面附上小山內先生的解說。

第一幕——序幕

舞台布幕升起，時間是上午九點左右，海達與喬治．泰斯曼前一晚才從蜜月旅行回來。可是布幕剛升起時，我們並不知道這樣的設定內容。事實上，我們對這齣戲一無所知。我們的心如同一張白紙，雀躍地期待著接下來會看到什麼樣的場景。第一個場景馬上映入腦海裡。舞台布置很明顯地是上流紳士的宅邸。首先看到的是雅致的家具陳設，和煦的晨光從玻璃窗灑入，明亮而舒爽。兩個女人出現了，其中一人貌似女傭。

第一段的解說

根據腳本，這時進來的兩個女人分別是喬治．泰斯曼的姑姑朱黎阿．泰斯曼女士，以及女傭柏特。但是我們即使沒看腳本上的「舞台指示[27]」，也必須知道這兩個人的身分。換句話說，要讓觀眾在觀賞戲劇的時候，就能立刻了解到她們是什麼人。那麼要從何得知呢？她們兩人的對話一定要提供相關的線索。不過，那些線索只占觀劇前的預備知識的一小部分，還不足以解答觀眾對這齣戲劇的一切未知與疑問。包括剛走進舞台的這兩個女人在內，還有其他人物即將陸續上場，我們必須仔細關注這些人物的一言一行與一舉一動。但是，在看戲之前，觀眾必須對劇中人物有一定程度的了解，否則根本無法明白他們為何會有那樣的言談舉止。為了合理解釋此刻的人物行為，在序幕這一段必須充分揭露過去的相關訊息才行。諸位在觀賞時請特別留意易卜生在這方面的技巧有多麼純熟。

易卜生在揭露過去的相關訊息時，只讓劇中人物提供恰恰足以了解目前情況的部分，絕不超出範圍。更重要的是，易卜生作品的特色不單是「說了什麼」，「在什麼時候說」更是其精妙之處。亦即，現在揭露一點點，稍後再多揭露一點點。一件事僅提供一小部分的暗示。如果一口氣提供了所有預備知識，將會減少觀眾的緊張感，反而沖淡了舞台效果。

某些劇作家會把觀眾想知道的過去訊息，笨拙而露骨地表露無遺。易卜生絕不這樣做。他的劇本寫得非常細膩，可以說完整提供了後人分析研究的所有材料。這部戲的第一

---

27 stage directions，劇本裡的敘述性文字說明。

幕就是最佳範例，諸位不妨反覆細讀。在閱讀的過程中，最好要格外留意他是如何運用所需知識的一磚一瓦，慢慢砌造出整座房屋的全貌。事實上，易卜生的作品，每一句對話都至關重要，實在無法摘要簡介，但為了讓諸位有進一步的了解，我試著節錄說明。

有位貴婦身穿散步服，走進屋裡。隨後有個女傭捧著一束花進來，將花束擺在鋼琴上。一開始的對話是這樣的：「他們兩個都還在睡？」這句話立刻吸引了觀眾的注意。「他們兩個都」──所謂的「他們兩個都」是指誰呢？（以下省略）

第二段的解說

喬治．泰斯曼拎著一只空皮箱出現，向朱黎阿姑姑親切問安。交談幾句之後，對話中首度提到了勃拉克法官的名字。這位法官昨天前往碼頭接回這對新婚夫婦，並且順道送朱黎阿．泰斯曼女士回家。馬車上載著一大堆行李箱。這時，喬治．泰斯曼第一次提到了妻子海達的名字，他並且在不自覺的狀況下，同時暗示了妻子的奢侈與嬌縱。（以下省略）

以上的分析完全可以套用到電影領域技巧的形成。這些技巧均是透過逐一剖析每一部電影，漸漸產生不成文的規定，亦即建構出公約數型態的「技巧」或「邏輯」。然而如前所述，那絕不是堅不可摧的「理當如此」，事實上很可能就在此時此刻，某人正在某地創造出顛覆以往的全新觀點。

亨利・菲爾丁[28]曾說過這樣的話：

我可以從自己的小說中任意歸納出無數條法則。

這句話或許同樣適用於劇本領域。

因此，我接下來要講的絕不是劇本的「創作方法」；如果非要用創作方法這個詞，頂多只能說是「類似創作方法的東西」。

話雖如此，我絕對不是蔑視現有的技巧與邏輯。

如果主張戲劇和繪畫、雕刻相同，可以獨立於文學之外，未免有些誇大；然而在誇大之中，未必沒有蘊含真理。畫家最講究的是畫作的效果，雕刻家最講究的是雕刻品的效果，而劇作家同樣必須最講究戲劇的效果才行。當然，從另一個角度而言，無可否認造形藝術中的眾多傑作，除了其畫作本身、雕刻品本身的性質之外，還具有詩歌的性質。世人

28 Henry Fielding（一七〇七～一七五四），英國小說家暨劇作家，代表作為《湯姆・瓊斯》。

認定的傑作，除了呈現其技巧性的效果之外，還必須擁有附加的價值。但是話說回來，如果沒有這些技巧性的效果，也絕對無法成為傑作。一幅畫作沒有色調，一件雕刻品沒有凹凸，僅僅具有詩歌的性質，稱不上是美麗的作品。同理可證，縱使其詩歌性質再怎麼卓越頂尖，如果不是奠基於堅實的戲劇技巧上，也沒有資格成為戲曲的傑作。

這是布蘭戴．馬修[29]在著作《展望戲曲》中的一段文字。同樣地，劇作家為了寫出感動觀眾的情節，也必須習得正確的技巧，否則即使他擁有生花妙筆，於劇本的字裡行間揮灑華麗的詞藻，亦是枉然。這和在一棟構造設計錯誤的建築物上極盡巧奪天工的裝潢一樣，完全於事無補。卡爾．施勒格爾[30]曾說過「戲劇天才與一般所謂的詩歌天才，二者的本質不同」，這句話相當值得玩味。

至於日本，不知道什麼原因，近年來某些電影評論家出現不重視技巧面的傾向，把技巧的不純熟，與幼稚拙劣的詼諧趣味、外行人獨特的質樸風格混為一談。當然，這一方面是對於那些所謂的專業劇作家過度仰賴陳腔濫調的傳統內容與技巧，因而暴露出其不求精進的反作用結果，不過即便如此，那些評論家居然愚昧到將外行人的幼稚拙劣，直接連結到質樸的概念，對此應當徹底反省才是。質樸是所有的藝術家必須牢記在心的藝術真諦，絕不是愚笨到不懂得藏拙的半吊子。關於這點，我想引用里見弴[31]某篇隨筆的其中一段如下：

談到科學領域的工作，外行非但不足以與專家站在同一個競技場上比賽，甚至連與專家交談的資格都沒有。那種不曾經過專業訓練、純粹憑一己之力製作出來的第三枚淺盤或第五只手提袋，說不定還能入選某場美術展覽的工藝部門作品；但若是精密機械工廠的工作，再怎麼雙手靈活的男人，進入工廠研習三個月到半年，都還只能跑腿打雜。外科手術也一樣，一個醫生甚至免不了要在手術台上失去了三五個患者之後，才開始慢慢建立起信譽。在這方面，熟能生巧可以說比什麼都重要。沒有任何人心甘情願接受哪個醫生以具有幼稚拙劣詼諧趣味的粗淺技巧切開肚子動手術，也沒有任何人滿懷喜悅地搭乘哪個機師以外行人獨特的質樸技術駕駛的飛機。在科學領域的工作上，專家與外行最明顯的差異在於，足以信賴且沒有風險。

關於習得技巧的重要性，我想再進一步強調。

絕大多數的劇本，或許只要略具寫作才華，以及懂得一點電影式感性，甚或不懂何謂電影

29　Brander Matthews（一八五二～一九二九），美國文藝評論家。

30　Karl Wilhelm Friedrich Schlegel（一七七二～一八二九），德國哲學家、詩人、浪漫主義作家暨文學評論家。

31　本名山內英夫（一八八八～一九八三），日本小說家。

式感性也無妨，只要稍微知道電影的套路，不管是誰都能輕鬆寫出一部劇本，而且看起來合情合理，起承轉合也算有模有樣。換個比較文雅的敘述，只要一支鋼筆在手、一疊稿紙在桌，寫部劇本簡直易如反掌。

問題是，那種劇本稱得上是能夠扣人心弦的劇本嗎？若要呈現一個男人心情煩悶，腦中立刻浮現喝酒的畫面；如果是夜深人靜的時刻，彷彿隨即聽見遠方傳來狗兒的吠叫聲。像這種老掉牙的電影式感性，寧可不要。

「劇本式感性」——這句話或許聽起來有些陌生。不過，我認為在一般統稱為電影式感性的感受之中，應該明確包含了可稱之為劇本式感性的感受。

劇本絕對不是隨便動動腦筋想一想，就能寫出來的。一定要坐在桌前，握住鋼筆，看自己到底有沒有能耐擠出一個字、一句話、一整行，漸漸填滿整張稿紙，這才真正稱得上寫劇本。文思泉湧之時，寫完一行腦中自動浮現下一行，源源不絕；腸枯思竭之際，寫下這個字之後絞盡腦汁兩三天還是想不出下一個字，到最後氣得把筆一扔，這種情況也是屢見不鮮。縱使精通千百個理論、千百種技法，也無法保證一定寫得出來。

即使已經想到該如何開頭、也規劃好大致的結構了，有時候寫出來的劇本還是無法讓自己滿意。為什麼呢？問題就在於缺少了「劇本式感性」。

所謂「劇本式感性」，可以說是藏躲於構成劇本的每個文字與每個文字之間、每一行與每一行之間、每一節與每一節之間活潑而充滿動感的東西，沒有了它，就無法寫出真正的劇本。如果一個劇作家的這種感性枯竭殆盡，就只能在原地踏步，再也無法前進了。

任何人應該都有辦法完成的劇本，要在不妥協、不敷衍、常保新鮮的感性狀態下認真書寫，其實不是一件容易的事。

獨創性的基礎

如同一切藝術工作，劇本最重要的就是獨創。理所當然，絕對不能出現既定模式。

不過，獨創並不代表漠視一切沿襲的舊規、全部從零開始。在藝術領域裡沿襲的舊規，等同於圍棋中的棋譜，人們必須先熟背舊有的棋譜，才能研發出嶄新的棋譜。換言之，如同前面提過的，這也可稱之為藝術上的邏輯。首先了解邏輯，其後再顛覆邏輯，這才叫真正的獨創。假如刻意沒把它當一回事，反而在過程中繞了一大圈遠路，到頭來還回到同一個起點，那麼還沒真正鑽研獨創之前，就已經被那些預備步驟耗得筋疲力盡了。以繪畫為例，該怎麼畫素描、哪些顏色調和之後會變成什麼樣的顏色，這些基礎知識絕不是「既定模式」，而應視為一種應當傳承的優良技法。除非基礎穩固，否則不可能萌發出確實扎根的新生命。

最近我恰巧有機會拜賞尾形光琳[32]的〈鳥類寫生帖〉，其細膩的筆觸令我大為震撼。多達數十種鳥類，每一隻的頭、羽翼、足、尾，所有局部無不詳描細繪。羽翼還分成伸展開來與收攏起來的不同情況，色彩和筆觸都十分用心，十分栩栩如生。我在畫卷前佇立良久，實在很難想像這和瀟灑豪放的〈燕子花圖屏風〉、〈紅梅白梅圖〉出自同一人之手，並且深切感受到，正因為有了這樣精實的基礎，才能胸懷無比的自信，騰躍揮灑出那種獨特的裝飾風格。

然而，卻有不少人野心勃勃，在沒有打穩基礎的狀況下急著一步登天，把目標直接訂在新奇的獨創。不僅如此，其中部分人士對於強化基礎知識的步驟採取視而不見的態度。甚至某些人的危險想法，很可能會打壓了好不容易才形成的特色、傷害了獨創性。

所幸，真正的特色與獨創性是遇強則強，不容打壓的。即使暫時被遮蔽了，也難以全然掩去它的光彩，遲早會以煥然一新的形象展現它的本質。為了達到這個目標，絕對不能對基礎知識避之唯恐不及。諸如魯奧[33]、馬諦斯或畢卡索等畫家，顛覆了近代法國畫壇的一切舊規，以真正自由的獨創概念開拓出另一番新局面。春陽會[34]的三雲祥之助[35]先生對這些畫家的基礎學習態度見解如下：

魯奧也好，馬諦斯也罷，兩人初期同樣有很長一段時間從事的是學院派的傳統繪畫工作，並且以此維生。畢卡索少年時期畫的女子肖像也相當寫實。正因為他們擁有扎實的技法，才能在思考必須先割捨技法才能進行創作的時候，滿懷自信且毫不猶豫地拋開那些技法，探求其他的道路。與其說是捨棄，不如說是在各自的技法基礎上蛻變，獲得新生。（中略）

一般認為，畢卡索、馬諦斯的畫風形成，是基於他們強烈的特色，加上數十年來的習作與思考，三者共同作用下的結晶。（中略）

我們必須先了解他們是如何將自身的天賦與感性予以具體化，從而作為借鏡。但是如果連基本技法都沒有，就想站在他們的結晶，亦即巨人的肩膀上出發，未免托大了。這樣做，絕不可能有絲毫進步，更遑論躍進，甚至可以說根本還在原地踏步罷了。

當我引用三雲祥之助先生這段文章時，不禁回憶起尾形光琳的〈鳥類寫生帖〉，於此同時，也想到劇本何嘗不是走在同樣的道路上呢？

32 尾形光琳（一六五八～一七一六），日本江戶時代畫家暨工藝美術家。
33 Georges Rouault（一八七一～一九五八），法國野獸派畫家暨雕塑家。
34 成立於一九二二年的日本民間西洋畫團體。
35 三雲祥之助（一九〇二～一九八二），日本西洋畫家，武藏野美術大學教授，為春陽會會員。

倘若有心寫出真正具有獨創性的劇本，必須捨棄譁眾取寵的虛榮，先從腳踏實地、往下扎根做起。

傳承過去的理論和技法，將之化為自己的血肉，這一切準備都是為了自己日後的獨特創作能夠綻放出耀眼的光芒。如果對它避之唯恐不及，應當沿襲的卻不沿襲，那只能用「愚昧之至」四個字來形容了。簡言之，唯一的竅門就是下定決心，勇往直前。

三雲祥之助先生的文章還提到了一件軼事。馬諦斯曾經開設畫室招生，可是那些學員個個一味模仿馬諦斯的畫風，於是馬諦斯立刻關了那家畫室。事實上，錯不在馬諦斯，而是由於他的力量太過強大，而那些學員的力量太過微弱，不堪一擊，以致於失去了自我的特色。這值得作為他山之石自勉。

概論

何謂電影

想寫劇本的人，首先必須了解的是何謂電影。

想必有人聽了忍不住反駁：誰會連電影都不懂就跑去寫劇本呀！但實際上，在尚未認清電影的本質、甚或是忘記電影本質的情況下，就準備提筆寫劇本的人，並不在少數。

劇本常被拿來和建築設計圖或音樂樂譜相提並論。我必須在此強調，設計圖絕不等於建築本身，樂譜也絕不等於音樂本身。問題是，想寫劇本的人，有時候會出現一種錯覺，直接將那份設計圖或樂譜誤認成「電影」本身。

一九三五年底，一群法國影壇相關人士齊聚一堂，包括小說家、劇作家、電影製片、電影導演、編劇、攝影師、電影演員等等，針對「究竟誰才是電影的作者（auteur）？」的大哉問集思廣益，彙集到許多值得玩味的答案，但是每個答案都站在自身立場主張其所屬的部門最為重要，到頭來根本沒辦法由那些答案歸納出電影的作者到底是誰。以下引用夏爾．斯巴克[1]當天闡述的觀點。夏爾．斯巴克正是那位名聞遐邇的法國資深編劇，應該不需要多加介紹了。

> 一部成功的電影，我認為四〇％歸功於編劇，三五％歸功於演員，二五％歸功於導演。換句話說，沒有人占有超過五〇％以上的功勞。

關於夏爾．斯巴克提出的各項占比多寡是否恰當，或許有待爭議，但是誰都無法提出鏗鏘有力的證據來駁斥他主張的「沒有人占有超過五〇%以上的功勞」。在全俄國立電影學院導演系的課程講義中也有一段文字，近似於夏爾．斯巴克的論點：

> 電影是團隊合作的成果。如同舞台劇按照腳本在劇場上演，電影也是按照劇本拍攝的。撰寫電影劇本的人是作家或電影劇作家，一般稱之為編劇。攝影團隊製作出電影，而將編劇的理念予以具象化的導演則是攝影團隊的藝術指導者。但是，絕不可能光憑導演一個人做出電影。電影是由包括導演、演員、美術指導、作曲人、攝影師等等，集結所有相關人士的創造力共同打造而成的結果。

然而，實際的狀況卻是，編劇通常認定只有自己的工作才稱得上是「電影」，而導演也時常將他本身指導演員、指揮攝影師的執導工作誤認成「電影」。不單如此，從攝影師的角度看來，自己操控攝影機捕捉鏡頭的工作就是「電影」；而演員也有種幻覺，以為「電影」是自己一手做出來的。其實無須多說，以上的每一個人都不等於電影本身，這個結論再明確不過了。

---

1 Charles Spaak（一九〇三～一九七五），生於比利時，後來移居法國巴黎，為法國編劇暨電影導演。

那麼，電影到底是什麼呢？

撇開艱澀的理論不談，簡單地說，電影就是投影出來的「會動的影子」。包括電影的聲音和音效在內，只不過是聲音的「影子」、音效的「影子」。甚至彩色電影的「顏色」也不是「顏色」本身，而是隨著投影結束立刻消失無蹤的顏色的「影子」罷了。

進一步說，如序言裡提過的，這種「會動的影子」僅僅是活動式相片。或許應當說，在某個概念之下將許多活動式相片予以統整之後，就成為電影了。電影的原型來自「會動的影子」，這是不爭的事實。因此，電影並非具有固定樣態的實體，而是只在被投影出來時，透過光和影的流動所產生的時間與空間的現象。這也是一般認為電影屬於感官式意象的原因所在。

講到這裡，大家應該可以明白，唯有那種「會動的影子」，才是製作電影時各項工作的終極目標，倘若摒除了「會動的影子」，劇本也好、執導也罷，統統毫無用武之地了。

尤其在寫劇本的時候，更需要將這件事時時刻刻銘記在心：根據劇本內容所進行的導演技巧、演員動作、拍攝技術等等，無一不是以做出「會動的影子」為終極目標的操作過程。儘管有的時候，撰寫劇本的那些專家會為了某位導演的執導技巧，或是某位演員的演技而特別量身打造一套劇本，但那只是一種取巧的方法；即便在那樣的情況下，真正的成果目標依然必須鎖定在做出「會動的影子」上。寫劇本時一定要牢牢記住這一點，否則絕不可能寫出精彩的劇本。

關於電影的美感

綜上所述可知，電影的形態之美，同樣來自於光和影的流動。

然而，近代的評論界對於任何藝術作品，比起它的形態之美，更偏重於它的題材特質與創作契機，認為必須從隱藏在其形態之內的真與實的理想樣貌，才能挖掘出藝術作品真正的美感。可是正確的思考方式應該是，所謂電影達到至善至美的境界，意味著其蘊含的真與實，在形態上必須充分感官化，並在感官上也必須同步充分精神化，以達到內容與形態完全一致的融合。從這種完全一致的融合之中產生的美感，才稱得上是電影真正的美感。

也就是說，即便是為了描繪某個人真實的一生，而選用了違背道德、不講信義、醜陋汙穢的題材，但既然是透過電影這種藝術形態重新組構其人生歷程，那麼這些違背道德、不講信義、醜陋汙穢也就不再是其原本的「現實樣貌」，而必須具有足以激發出美感的力量才行，這樣才能夠增加藝術作品的高度與深度。為了達到這個目的，要將出色的內容與出色的呈現，不多不少地完美結合在一起，方可讓那部作品散發出美麗的光輝。

我們若從主觀感受的角度思考，繪畫有屬於繪畫的獨特之美、音樂有屬於音樂的獨特之美，同樣地，電影也有屬於電影的獨特之美。而這些美感，畢竟還是以其所屬藝術領域的獨特表現形態，才能帶給人們最大的感動。換個稍微誇張一點的說法，不論是學習繪畫或是學習音樂，「學習」這個行為的本身，也就意味著習得那種形態之美的呈現技巧。

所以，我在此探討關於電影美學的問題，也就不能超出「電影的形態之美究竟從何而來」的論述範疇。但是如此一來，似乎抵觸了前文提到「電影真正的美感應當來自其內容與形態的完全一致」的那段話。為了說明之便，請假裝沒看到那個矛盾之處，暫時將那兩件事分開來思考。這麼做的原因是為了奠定電影技術的基礎。

在文學領域中，擁有大量結構性美感的就屬小說。

這句話出自谷崎潤一郎[2]先生。就各種意義來說，我想借用這句話置換如下——「在各類藝術作品當中，擁有最多結構性美感的就只有電影了。」

這絕不是玩文字遊戲。事實上，再沒有像電影這樣彙集各種藝術要素於一身的作品，並且那些美感也是源自於繪畫性、雕刻性、文學性、音樂性，甚至戲劇性的不同要素。這些要素首先形成一格底片的構圖，再由幾格構圖組成一個會動的畫面（cut），接著由幾個畫面集合成一個場面（scene），然後由幾個場面彙集成一組鏡頭（sequence），最後才由好幾組鏡頭接續成一部電影的形態。另外也別忘了，電影的美感還要加上從光和影不斷流動的現象結構中，孕育出來的形態之美。

更進一步思考其結構性美感的來源，第一是畫面的構圖，第二是畫面與畫面之間的連接方法，第三是節奏的快慢，第四是律動感的強弱，第五是局部與整體的比例，第六是情況的適時變化，第七是高低轉折，第八是和諧，第九是分量感等等。這些條件與光和影相互交流，渾然一體，從中散發出來的光彩，才是電影外在的美感。

因此，我們仍須繼續探索那些項目與劇本之間的關係。這就是為什麼我在序言裡提到「劇本式感性」必須是活潑而充滿動感的，而劇本結構的困難之處，亦在於此。

關於電影的文學性

關於電影是否屬於藝術範疇的問題，如今應該沒有爭議了。這個問題在過去曾引發許多評論家爭執不下，現在看來可以說是多費脣舌。但是，不同於電影，對於劇本本身的藝術性，目前似乎還有部分人士仍然存有不可思議而微妙的錯覺。

從前有些人士一度倡導所謂的劇本文學。他們的論點是，劇本的敘述形式介於小說與戲曲中間，所以劇本也應該被歸入文學領域。時至今日，或許還有人抱持這樣的看法。我剛才說

2 谷崎潤一郎（一八八六～一九六五），日本小說家，代表作包括《春琴抄》、《細雪》等。

「仍然存有錯覺」，指的就是這個。

那樣看待劇本藝術性的人士，其實是將自己的眼光放得很低，使得小說與戲曲的位階遠遠高於劇本，導致弱化了劇本的獨立性，與他們預期的目的恰恰相反。無庸贅言，劇本應當堅持本色，不卑不亢，按照原有的樣貌成長茁壯，無所畏懼地向前邁進。劇本應當效法戲曲的演進歷程，從一開始侷限於只有少數人才能接觸到的狀態，逐漸變成一般觀眾對其產生興趣，一路走來始終秉持不迎合、不墮落，嚴謹、冷靜與孜孜不倦的態度，致力於提升品質。儘管現實狀態仍有一些惡劣的條件不利於其充分發揮潛能，但也無須焦急地採取欺瞞的手段以求快速達到目標。

事實上，不過就在十五、六年前，幾乎沒有雜誌會刊登劇本，甚至連有沒有人會津津有味地熟讀劇本都值得懷疑；可是現在幾乎每一本電影月刊都必定刊登劇本，我還聽說刊登劇本明顯提高了雜誌的銷售量。看來再過不久，除了電影雜誌以外，劇本也有機會刊載於其他類型的書報了。為此，劇本更應該堅持其原本的樣貌，潔身自愛，努力精進，萬萬不可急功近利，猶如鸚鵡學舌般一味模仿小說與戲曲。

可以想見，人們常把電影和文學擺在一起的第一個理由是，這兩者恰巧站在同樣的基礎上，用同樣的方式觀察事物，用相同的方式聆聽聲音。不論文學也好、電影也好（甚或美術也好、音樂也好），這些全都源自於同一個祖先，爾後各有各的家族世系。也就是儘管血統相同，但承續的思想道統卻不同。人們之所以容易產生把電影和文學放在同一個基準上思考的錯覺，問題出在只將焦點放在這兩者有共同的祖先上，卻漏看了它們各自擁有獨特的思想道統。尤其是電影遠比文學年輕，目前才剛剛踏入青年時期的半途，往後不知道還要多少歲月才能達到發展成熟的狀態。尚待解決的困難，諸如色彩的問題、立體性的問題等等，繁不勝數。

很明顯地，電影當然具有文學性；可是其原本的樣貌，絕對不僅僅是文學性。從其繪畫、雕刻以及建築方面的特色來看，造型美術的性質占了很大的比重；此外，從其韻律和節奏的特色來看，也含有不少音樂性。儘管有這麼多證據，卻還是只強調其文學性，唯一的可能就是把對這兩者的觀察角度和思考方法，放在極其相似的立場上。所以嚴格來說，與其使用「文學性」這種容易產生誤解的詞彙，或許直接置換成「藝術性」這個詞語要來得好多了。

總而言之，電影雖然具有文學性，但是絕不代表電影屬於文學類別的其中一支，而是自成一派。這種說法，對文學並不適合，對電影也不恰當，只會造成概念上的混淆。

現階段的電影之所以貼近文學，並且從中吸收某些東西，目的是壯大自己；但是嚴格來講，正確的說法應該是，電影並不是直接從文學裡汲取養分，而是藉由文學的媒介，吸收文學成形之前的東西。譬如，近來許多美國電影的情節雖然出自小說或戲曲的內容，卻與原作呈現截然不同的樣貌，就是實例之一。遺憾的是，不可否認，目前仍有多數電影寄生在文學裡，但我們還是要明確分辨假象與實體之間的差異。

劇本，當然同樣必須與電影的藝術地位分開來單獨思考。即便劇本被印成鉛字登載於書刊雜誌上，也只是從過去的專業樣貌搖身一變，換上了通俗易懂的形象，依然不能因此認定它在文學領域中占有一席之地，否則勢必淪為笑柄。包括朱爾・羅曼[3]的《多諾歌東卡》與《土阿德克先生的婚姻》、馬瑟・巴紐[4]的《凱撒》、芥川龍之介[5]先生的《誘惑》與《淺草公園》，以及山本有三[6]先生的《雪》等等作品，其行文走筆絕無驚世駭俗，而是以非常普通的劇本形式呈現。從這些劇本應該可以看出電影與文學之間的一些差異，而不至於繼續振振有詞地主張劇本具有文學作品的價值了。

為了方便讀者比較，以下是《誘惑》的部分段落：

10 在洞穴外面。除了芭蕉和竹林的濃蔭之外，幾乎沒有任何動靜。暮色愈來愈近了。這時候，一隻蝙蝠從洞中飛了出來，向垂暮的天空飛去。

11 在洞穴裡面。只剩聖賽巴斯提安一人，正在懸掛於岩壁上的十字架前祈禱。聖賽巴斯提安是個年近四十的日本人，身穿一襲黑色法袍。一支點燃的蠟燭，映照著桌子和水缸。

12 蠟燭的火光投映在岩壁上。自然同樣映照在聖賽巴斯提安的側臉上。此時，一道長尾猴似的影子，沿著他側面的脖頸，慢慢地爬上他的頭部。接著，又出現一道同樣的猴影。

13 聖賽巴斯提安兩手交握著。不知道什麼時候，他的手裡握著一只洋菸斗。起初他並未點燃菸草，一會兒過後，只見白色煙氣裊裊升起。……

14 在之前那個洞穴裡面。聖賽巴斯提安猛然站了起來，將手中的菸斗扔向岩壁。奇妙的是，煙氣依然往上飄升。他驚愕不已，不敢再靠近它。

15 菸斗從岩壁掉了下來。這時，菸斗漸漸起了變化，成為一只盛著酒的長頸酒瓶。不僅如此，這只長頸酒瓶又繼續變成一塊「甜餡餅」。但是這塊「甜餡餅」並未停止變形，到最後甚至不再是食物，而是化身為一名國色天香的年輕美女，妖豔地斜坐著，抬眼嗔睨著某個人似的。……

16 聖賽巴斯提安的上半身。他在自己胸前快速地劃上十字。然後，才露出安詳的神情。

引用這短短的片段，恐怕難以窺出端倪，但至少可以清楚看出文學作品中借用了電影的表現形式。說個題外話，芥川龍之介先生在世時我曾聽他親口說過，朱爾．羅曼是從第一次世界

---

3 Jules Romains（一八八五～一九七二），法國詩人暨作家，一體主義流派的領導者。

4 Marcel Pagnol（一八九五～一九七四），法國小說家、劇作家、電影編劇暨導演。

5 芥川龍之介（一八九二～一九二七），日本小說家，代表作包括《竹林中》、《羅生門》、《鼻子》等。

6 山本有三（一八八七～一九七四），日本小說家暨劇作家。

大戰之後才開始寫劇本的，原因是過去慣常使用的戲曲創作形式已經無法滿足他了。並且，就在我聽完這件軼事不久，說得更精準一點，亦即芥川先生自盡幾個月前的一九二七年三月，他發表了《誘惑》與《淺草公園》兩部作品，並在題目底下備註了「一部劇本」幾個字。綜合以上幾件事，我不由得感覺到，這或許是芥川文學演進到最後的終極形式。

閒話少提。總之，劇本是由文字連綴而成的文章。正如戲曲的撰寫目標雖是「戲劇」卻擁有獨立的地位，並不從屬於「戲劇」；劇本同樣雖是為了「電影」而寫，仍然應當具有獨立的地位。

在此舉出一段文字來說明——「他因為肚子餓了而腳步蹣跚」。這是文學式的呈現，而不是劇本式的呈現。在劇本裡，「因為肚子餓了」這件事必須採用讓觀眾能從畫面感受到的方式寫出來。例如，「餐廳門外的玻璃櫃裡擺著許多餐點的模型。他搖搖晃晃地湊上前去。走出餐廳的顧客朝他瞥了一眼。他兩眼發直地望著玻璃櫃裡的餐點，不自覺地吞了口水。」儘管以上的表現手法算不上高明，但我想讓各位了解的是，一定要透過客觀的呈現方式，讓觀眾可以由畫面上直接看出並且感受到「他肚子餓了」的訊息，這才是劇本。

劇本並未透過「電影」的媒介，而是直接以「鉛字」的形式接受大眾的品頭論足，這當然是劇本普及範圍的擴大。此外，作品的真正價值不會受到其他力量的扭曲，而能夠以其原原本本的樣貌攤在陽光下接受公評，對編劇而言確實值得額手稱慶。不過，在這種情況下，劇本到底該算入「文學」的範疇，還是歸在「電影」的領域裡，我認為應當視該作品本身的性質來決定，不能單以「用文字形式發表」的理由，草率斷定「劇本就是文學作品」。

縱使劇本真的被算入了「文學」的範疇，如前所述，應當效法戲曲從未受到任何外力而改變其本來的樣貌，劇本同樣不應該為了攀附文學，而忘卻其原本的目標「電影」，做出對小說或戲曲頻送秋波的卑微舉動，而須秉持劇本應有的本色，極力要求必須在傳統文學領域中為它創建一個嶄新的類別。直到這天，才是「劇本文學」此一名稱的誕生之日。

關於電影的大眾性

有些人認為，一部具有大眾性的電影，意味著一部墮落的電影。當然，假如從一開始就為了抬高票房成績而刻意採用討好觀眾的手法製作電影，那絕不是正派的做法。

話說回來，負責製作電影的大公司，拍出來的電影如果不受觀眾的青睞，根本無法生存下去；就算能夠存活，若在製作的過程中完全不考慮觀眾的喜好，也未免太特立獨行了。電影必須要有觀眾，否則就失去存在的理由了。

從以前到現在，將大眾性與通俗性混為一談的錯誤想法，賦予了電影高高在上的定位，而摒除其大眾性。乍看之下，這種自命清高的思考方式可以保有電影孤高脫俗的藝術性。但事實上，一部好電影必須盡速逃離象牙塔，比起只得到一名觀眾的讚賞，更要能感動十名、百名、千名甚至萬名觀眾。僅僅訴求於少部分擁有相同口味、嗜好與素養的觀眾，絕不是電影的最終任務。

不僅如此，真正優秀的電影，入場觀影的人數通常與其優秀的程度成正比。就目前的實例看來，一部只能吸引到少數觀眾的所謂好電影，仔細檢討之後，一定可以找出無法吸引觀眾的缺點；相對地，縱然存在一些缺失、但整體而言瑕不掩瑜的電影，必定能吸引到為數可觀的觀眾入場。

當然，這並不代表電影的良莠完全取決於觀眾的多寡。在電影界，相反的狀況時有所聞。事實上，的確有不少票房極佳的電影並非優秀的作品。毋寧說絕大多數都是這種情況。我們不能因此而對這類電影一律嗤之以鼻，否則會陷入誤判的風險。這樣的電影，未必由於低俗才賣座，而是具有另外更強大的吸引力。所謂的大眾，即是包括自身在內的整體社會，誰都不能置身局外。大眾是不分貧富的男女老少，從高等街妓、低等流鶯，乃至於首相；從領不到最低薪資的勞工，乃至於養尊處優的資本家；從校園裡的學生、教授，乃至於專做黑市交易的頭子、住在臨時搭建陋屋裡的大嬸等等，形形色色的人都屬於大眾的一分子。

那麼，電影的良莠與否，究竟是依據什麼來區別的呢？

這時候，電影的「可看性」與大眾性的相關連結，也就浮出問題的表面了。以下借用已故的伊丹萬作[7]先生的一段話來說明：

總而言之，電影的內容不管是晦暗也好，是深刻也罷，仍然有其相對應的可看性。無論用意為何，凡是不具絲毫可看性的電影，就稱不上是夠格的作品。一部好電影必定有其精彩之處，也自然而然會吸引許多人前來觀賞。我們這些業界人士從過往的經驗中，多多少少應當累積了如何增加電影可看性的技巧，實在沒有道理於製作一部好電影時，把那些既有的技巧一概棄之不用。打造一部好電影的基本條件，首先是易懂，接著是好看，僅此而已。

不過，某些人覺得好看、但其他人卻持相反意見，這種現象我們不但目睹過，本身也曾經歷過。認為一部電影好不好看，取決於觀眾本身的素養、經驗、境遇等等精神層面的特質，無法受外力的操控。不過，如果大家都覺得某一部電影好看，即使每個人對那部電影的感受各不相同，從平均值的角度來說，還是應該能夠從中歸納出「可看性」的最大公約數。因此，愈好看的電影，其「可看性」豐富程度的占比相對愈高。以過去的例子而言，某一類電影儘管可看

7 伊丹萬作（一九〇〇～一九四六），日本電影導演、演員暨編劇。其子伊丹十三（一九三三～一九九七）亦為知名導演。

性不高，卻基於深度夠的理由而獲獎，但這明顯違背了電影的初衷。

把話題拉回前面的部分。各位不妨想一想，一部不算好的電影卻能贏得龐大觀眾的捧場，其「可看性」究竟藏有什麼祕密呢？

首先，那類電影的主題通常都淺顯易懂。換句話說，有廣度而沒深度，例如老派的義理人情、老套的談情說愛，這類稀鬆平常的主題多半平易近人，卻缺乏真正扣人心弦的濃醇韻味。而且，這類電影的技法也套用慣常的模式，比起探究主題，其著眼點更放在故事的進展，時而驚濤駭浪，時而悲戚哀傷，時而捧腹大笑，在在牽動著觀眾的情緒起伏，迎合觀眾的口味。

我並不會不分青紅皂白地完全排斥這樣的「可看性」。但是，假如電影的大眾性純粹只是這種程度的「可看性」，那麼唯有揚棄這類低俗的趣味，才能保有孤高脫俗的藝術性，而編劇也才稱得上秉持專業良知。不過，真正的大眾性絕不是只存在於這種低俗的「可看性」之中。

電影真正的「可看性」，最重要的基礎在於獨創性。有獨創性，也就不會落於陳腔濫調；想要不落於陳腔濫調，編劇在觀察事物時必須獨具慧眼，從而提出獨到的見解，使得主題有其獨特的深度。當這種獨創性綿密、周詳且新鮮地與出色的技巧結合在一起，就能營造出可讓一般人充分理解、同時獨樹一幟的「可看性」。我認為，有些所謂的好電影或藝術性電影，通常被人批評不好看、艱澀難懂，問題多半出在那部電影的缺點，亦即編劇的怠惰。編劇沒有將獨創性的部分經過充分咀嚼，就這樣原原本本地呈現出來。遇到這種狀況，很多時候不該指責大眾的程度太差，因為多數觀眾在看電影時，總會盡量全盤接納，並且盡力了解內容。

況且對電影的發展而言，單靠高高在上的編劇大聲疾呼，大眾卻沒有相同的感受時，電影絕對無法進步。電影的進步並非憑著一己之力前進，必須與大眾一起慢慢邁進才行。打個比方，就像兩者並肩從三角形的底邊出發，同心協力，相互合作，一起爬向頂點。說到底，電影的藝術性，必須融入大眾性才能發光發熱。唯有具備「可看性」的電影，才能招攬廣泛大眾觀賞，並且給予大眾超越「可看性」的收穫，豐富大眾的生活，這才叫真正的好電影。

真正的好電影，絕對不可以深奧難解，更不可以缺乏「可看性」。

關於電影的道德性

電影一方面訴諸於觀眾的感受，成為其審美對象；另一方面訴諸於觀眾的知性，成為其道德判斷的對象。

過去人們經常警告電影對青少年造成的不良影響，近年甚至有不少學校禁止中學生看電影。當然，這種情況大部分屬於當事者方面的頑固不化、欠缺理解與反省，畢竟電影製作方也必須負起部分倫理上的責任。這也是為什麼在二次大戰剛結束的那段時期，電影中出現接吻或裸露畫面的爭議經常被提到檯面上大加討論的原因。

不過，我無意在此打著道德的旗幟對電影大加撻伐。我想說的是，編劇在選擇與處理相關題材時的態度，必須時刻秉持正確的道德觀才行。以下段落是夏目漱石先生在《文學論》裡的主張：

設若吾人今日嘗試勾勒耶穌的形象。吾人可以輕易將祂譽為擁有「有人摑你的右臉，就連左臉也轉過來讓他摑；有人摑你的左臉，就連右臉也轉過來讓他摑」的修為、虛懷若谷且謙沖忍讓的有德之士；也可以將祂塑造成優柔卑屈毫無氣魄、及至臨終前仍然喋喋抱怨並如婦人孺子般向神求救的軟弱之人。耶穌就是耶穌。耶穌是獨一無二的。然而，隨著對耶穌的觀察角度不同，得到的見解也不一樣，致使吾人賦予了祂全然相反的道德定位。關鍵在於曲解事實的虛妄之言左右了真相。可以說，真相只存在於持平的敘述之中。祂具有的謙讓溫厚的性格，一方面乃是吾人讚賞有加的特質，另一方面卻也是吾人最為輕蔑不屑的個性。

僅憑作家個人的道德觀，有可能將世上唯一的基督尊崇為至高無上的聖人，也可能將祂視為優柔寡斷、牢騷抱怨之輩。換句話說，作品本身具有的道德觀，絕不是因其處理的題材性質而異。如果用個更不負責的說法，就算描述的是一樁背離倫常的事件，假如編劇的主觀看法是正面的，那麼作品呈現出來的樣貌不會有絲毫的不道德；相反地，縱使是一個在任何人眼中都是感動人心的正向題材，假如編劇的想法有所偏差，也可能導致整部作品充斥著不德不義的晦暗色彩。

我們不妨以《悲慘世界》（*Les Misérables*）裡的尚萬強做出的事情當作例子。他分明是殺人犯、是越獄者，後來還隱匿了自己過去的犯行。不管他有任何苦衷，這些行徑只是為自己辯駁罷了。但是故事中的他卻被描繪成一個「博愛的君子」、一個值得憐憫的「慈善家」，這完全出於作者雨果的道德觀使然。夏目漱石先生對此的評論是「倘若只描述一個人的善良面，他就會成為眾人敬愛的大善人；倘使專挑一個人的黑暗面來講，他就會淪為人盡唾棄的醜惡人」。

關於這方面，容我再援用《文學論》的其中一段：

舉例而言，假設有個從小在叔父的監護之下長大的少女。叔父為她聘了一個家庭教師，沒想到兩人竟墜入情網。相較於少女能繼承到的鉅額財富，家庭教師只是一貧如洗的窮書生，家世相當懸殊。兩個年輕人明白，倘若這事傳入叔父的耳中，一定會被拆散，於是悄悄定下婚約，等到結為夫妻之後才向叔父報告。這段情節如果依據常識判斷，不難想見將會惹得叔父勃然大怒，認為此舉形同對他的侮辱與踐踏。吾人深信，天底下任何人看了上述情節，都會譴責兩個年輕人的不知天高地厚，並且對叔父的痛心表示憐憫。然而，身為作者，當在故事裡安排這樣的情節時，勢必與現實狀況相反，一定要讓讀者對這兩個豈有此理的年輕人，由衷寄予無限的同情。

接著，夏目漱石先生引用了夏綠蒂・勃朗特的《雪莉》（*Seirley*）[8]的某個段落當成佐證，並且做出以下的結論：

退一步來想，我們是否應該嘲笑叔父的憤怒與後續處置？我們又是否應該同情那兩個年輕人為自己的行為所付出的代價呢？（中略）只要把故事中出現的對話稍加修飾，很容易就能在不改變原意的情況下，促使我們產生相反的情感，亦即，認為叔父是位了不起的紳士，而那對男女卻是放縱不羈之徒。

夏目漱石先生描述的潤色方式，充分展現出其寫作風格。他在這裡評論的正是作家本身的道德觀。由此可見，同一個題材，隨著作家持有的態度，能夠賦予作品完全不同的色彩。總而言之，上述例子相當程度顯示了作品的最後呈現取決於作家的道德觀，因此作家一定要心存正念才行。

也就是說，身為作家最重要的任務之一，就是必須對故事裡的人物正派與否、善良與否具有明確的識別力，並且予以確切的判斷。只要作家本身誠懇而不虛假，作品就絕不會帶有不道德的色彩。

就這層意義而言，莫泊桑許多小說的道德問題經常遭到質疑。對此，托爾斯泰的評論如下：

對於人生中正確的事和錯誤的事，作家必須持有明確且毫不動搖的理念。問題是莫泊桑沒有。不，我甚至認為他刻意不讓自己持有那樣的理念。

但也可以說，莫泊桑作品的道德性正是根基於此。必須特別注意的是，作家巧妙的筆觸，一不小心就會覆蓋了那薄弱的道德性，反而會帶給讀者一種錯覺，誤以為這種道德性的薄弱愈發強化那部作品的深度。尤其自從二戰結束，日本成為戰敗國之後，思想的紊亂加上制度法規的急遽改變，造成全體日本人連道德觀也出現了混淆。值此時刻，作家必須秉持正確無虞、不容疑慮的倫理觀，更是迫在眉睫的當務之急。

8 Charlotte Brontë（一八一六～一八五五），英國作家暨詩人，勃朗特三姐妹之一，代表作為《簡・愛》。此處引用的作品 *Seirley* 應為其一八四九年作品 *Shirley* 的誤繕。

經過了長久的戰爭，以及緊接而來的戰敗現實，使得我們日本人一直以來認為的「人類樣貌」，正在我們的腦中快速解體。我們直面冷峻的現實威力，過去被灌輸的卓越崇高且滿懷善意的那張「人類樣貌」的面具被扯了下來，於是醜陋的面貌就這麼淒涼地裸露在白日之下。這正是日本人此刻的寫照。（中略）既然如此，我們該如何得知人類的真實樣貌呢？關於這點，我認為唯一的方法就是在這動盪的現實當中，謙遜地袒露出自身的肉體。原本存在我們腦中的人類觀、裝模作樣的倫理學，反而會阻擾我們明白人類的真實樣貌。然而，現存的這些權威，不僅存在於外表，其威力範圍還擴張至我們的體內。就這層意義來說，當我們決心探求人類真正本質為何的那一瞬間起，我們注定要與這內外夾擊的雙重敵人展開一場浴血之戰。這是身處橫跨兩個時代之過渡期的這一代日本人，必須背負的宿命。假如不能信任自己的腦袋，我們只好不顧一切地把自身肉體拋入這動盪的現實之中，用肉體來感受、用肉體來思考，不是嗎？話說回來，這並不代表墮落或頹廢。所謂墮落或頹廢的意識，這已經是一種成見，我反對帶著某種定見來思考人類的本質。我們日本人至今還不了解人類的本質究竟是什麼——是白的？還是黑的？那是今後要探求的答案。不必帶著定見。探求人類的方法絕對要捐棄成見，唯有懷著嬰兒般新鮮感、毫無拘束的自由靈魂，才辦得到。

以上是田村泰次郎[9]先生寫於小說集《肉體之門》的後記。他在文中表述了自己的創作態度，相當簡單扼要地闡明了本身的道德觀。且不論我對這種觀點贊同與否，從他的字裡行間可以窺見戰敗之後一部分日本人的想法。甚至有某些模仿者擅自將田村泰次郎先生的此番言論奉為圭臬，在沒有任何道德規範基礎上興風作浪。我想，目睹此情此景不由得皺起眉頭的人，應該不只我一個。

以上，僅引用文學作品只是圖個方便。作品的道德性無關乎題材內容，而是取決於作家的態度。這個結論運用在電影上也同樣成立。不健康、不道德的題材，到了具備健全道德觀的作家手中可以美化它、讓它變得健康，甚至還能顯示出某種程度的道德高度。美國的幫派電影不乏這類實際的例子。真正的關鍵在於根柢於作家道德觀的洞察力。

此外，順帶一提，作品呈現的氛圍是高尚抑或低俗，與其題材並無絕對相關。就算是極其低賤的事況，也可以使用優雅的技巧呈現。舉個例子，只要對照《源氏物語》與德川時代的淫書對床笫之事的描寫，應該就能明白我的意思了。這兩種天差地別的描寫手法，同樣取決於作家的態度。

---

9 田村泰次郎（一九一一～一九八三），日本小說家。

基礎 I

虛構的真實

日華事變[1]之初，英勇的戰地攝影師們賭上性命奔赴前線，換來了濺滿鮮血的一格格底片。這些膠卷經過剪輯成新聞片及紀錄片，接二連三在電影院上映。那悲惻動魄的異樣力量直搗人心，遠遠凌駕於當時上映的戲劇片。不僅如此，以德國人獨特的視角（嚴格來說，應是納粹的視角）拍攝的柏林奧運紀錄片《人民的節日》（*Fest der Voölker*）[2]約莫在同一時期公開上映，同樣具有非比尋常的震撼力。在「事實」的震撼力與「戲劇」的震撼力兩相對照之下，結果是新聞片裡的砲彈轟炸瞬間鏡頭的「事實」，根本是由「虛構」組成的戲劇片所望塵莫及的。不用說一般民眾了，部分評論家也做出同樣的結論。

不僅如此，其後上映的《上海陸戰隊》、《土地與士兵》，以及後續的《夏威夷大海戰》、《加藤隼戰鬥隊》等等電影，無不呈現出效果媲美紀錄片的嶄新魅力。甚至有某些評論家在看到這些新型態電影登場之後，認為這才稱得上真正的戲劇片，甚至斷定過去那些虛構出來的戲劇片已如苟延殘喘的明日黃花，而今後所有的戲劇片都應該效法這些新電影。即便是彼時握有電影製作指導權、負責審查業務的一些內務官員，也傾向袒護這種論調。

事實上，連我在看到讀賣新聞上一則關於話劇演員友田恭助[3]擔任工兵伍長，於吳淞地區加入渡河作戰、恰巧被該報社記者捕捉到他不幸捐軀前一刻的緊張神色的報導，以及在觀賞

《上海》紀錄片拍攝上海戰線於占領後煙硝未散的淒愴景象時，內心同樣彷彿受到一記重擊。

然而，第一個應該探討的問題是，我們在對比戲劇片與這類新型態電影具有的震撼力時，是否基於同樣的評量標準呢？好，就算採取了相同的評量標準，但是所謂的「事實」，充其量只是在那個時點上的暫時現象，並與同一時期的相關事況有許多交互作用而已；倘若很久以後再回顧那件「事實」，是否還能感受到和當時一樣的震撼呢？

電影的基礎在於「寫實」，這當然毋庸置疑。新聞片是直接捕捉每一瞬間的事物原貌，紀錄片是進一步深入掌握事物的「真實」，至於戲劇片則是盡力將上述精神融入電影內容之中。可是，當我們閉上眼睛，靜靜地回想過去觀賞過的無數新聞片、紀錄片以及戲劇片，我想，讓多數人留下深刻印象的應當是戲劇片吧。日華事變爆發初期的戲劇片，之所以不如新聞片那麼有震撼力，只是恰巧那個時期的戲劇片品質低落而已，不應該把它擴大解釋成一般常態。

1 亦即一九三七年至一九四五年間的中日戰爭。由於當時兩國並未正式宣戰，因此日本方面稱為「事變」而非「戰爭」。

2 一九三八年，由國際奧林匹克委員會授權的第一部奧運紀錄片《奧林匹亞》（*Olympia*）公開上映，內容是一九三六年舉辦的柏林夏季奧林匹克運動會。影片分為兩個部分：《人民的節日》（*Fest der Völker*）和《美的節日》（*Fest der Schönheit*）。文中的 *Fest der Voölker* 應為 *Fest der Völker* 的誤繕。

3 本名伴田五郎（一八九九～一九三七），日本話劇演員。其接受徵召投入中日戰爭，於中國上海市郊的吳淞陣亡。

也就是說，我們平常在面對「事實」或「事件」的時候，除了滿足好奇心之外，不會得到特別深刻的感動。我們的感動乃是來自於本身在不知不覺間，從那些「事實」或「事件」等等未經修飾的素材當中挖掘出來的「真實」。新聞片和紀錄片之所以直搗我們的內心，就是這個緣故。渡河前的友田恭助先生決心赴死的風範、希特勒看到德國選手與他國選手競技時由於興奮而下意識撫膝的動作，或是女性接力賽跑選手一時失誤沒能順利接下接力棒因而悲痛得抱頭仰天的反應，這些「事實」能夠撼動我們內心的理由，在於它並不只是暫時的現象，而是我們可從那些現象窺見人類原有的樣貌，並且從中發掘到「真實」。何況戲劇片原本的強項，就在於讓觀眾得以從電影情節裡淘洗出那分「真實」。

但是，這並不表示我不重視「事實」。「事實」是通往「真實」的入口，必須得到應有的尊重。此外，「事實」具有原始的魅力與說服力，也和普遍性有所相關，而普遍性又與「真實」有著密切的連結。

不過，嚴格區分的話，「事實」只是一種維持原本的樣貌、沒有脫離日常生活範圍的暫時性現象，不具有普遍性，頂多屬於形而下的體驗；而「真實」則具有普遍性，超越現實的範疇，屬於形而上的真理境界。簡單來說，兩者的獲得方式不同：由體驗得到「事實」，由直觀得到「真實」，所以雙方的屬性本來就不適宜拿來相互比較。如果非做比較不可，也就是「事實」由於發生在現實生活之中，此一特殊性質使其呈現原始的印象；「真實」由於含有適用於全體人類的真理，所以具有廣泛的滲透力。或許因為如此，在印象方面以「事實」較為強烈，但是滲透性則以「真實」較占優勢。

判斷藝術作品價值的標準，並不在於如何確切轉述事實，而應該在如何仔細講述真實。因此，當立基點不在「真實」之上，無論那樁事件有多麼強大的震撼力、帶來多麼強烈的印象，也無法看出其具有藝術價值；相對地，只要精準掌握「真實」，即便是基於古怪的幻想而虛構出來的故事，也應該賦予在藝術價值上的重要地位。

由此可見，企圖對於以報導事實為目的的新聞片和紀錄片的現實性，以及講述真實的戲劇片的藝術性採用同一標準比較的做法，很明顯是錯誤的。這和拿新聞報導與小說做比較之後，得到新聞報導比小說更具有震撼力、給人更深刻印象的結果，繼而以此理由認定新聞報導的價值較高，是同樣謬誤的結論。

進一步來說，新聞報導是基於確切的事實所以崇高、小說只是憑空想像虛構出來的所以沒什麼價值，這種觀點的錯誤同樣不言自明。假設有一位舉世聞名的學者，性格篤實溫厚，日夜不懈地全心投入專業研究。再假設這位學者犯下了與他平日篤實作風完全相反的敗壞道德的罪行。報紙上的新聞必然據實報導，而讀者即便看了報導之後大為震撼，充其量也只當成一則社會現象看待，對那個人物性格上的矛盾感到好奇罷了。然而，從藝術家的角度來看，卻會從這件「事實」當中特別探究出「真實」，經過思索之後化為作品結晶重新呈現，到了這個階段已經超越單純的社會現象領域了。舉個簡單的例子，羅伯特・路易斯・史蒂文森的代表作並被翻拍成電影的《化身博士》（*Dr. Jekyll and Mr. Hyde*）[4]的真實性顯然超越事實，比新聞報導的地位更為崇高。縱使是虛構的故事，但真實性的力量比事實更為強韌。故事裡描繪的人物儘管不存在於現實生活之中，卻比實際存在擁有更真實的生命力。

砲彈實際爆炸的鏡頭，遠比虛構一個平凡人在市井角落庸庸碌碌度日的影片更讓人印象深刻，震撼力也遠遠勝出，但是編劇在描繪那個平凡人的時候賦予了獨到的見解，因此只要編劇沒有看走眼、構思也沒有出現矛盾，其真實性絕對贏過前者。達文西畫筆下的〈蒙娜麗莎〉那一抹神祕的微笑，至今依然鮮活地活在我們心中；然而這幅肖像畫的模特兒格拉迪尼，卻只是在十五世紀末的佛羅倫斯度過無常一生的修道院長之妻[5]而已。

儘管我們說它是虛構的、稱它是杜撰的、笑它是無稽的，但是它的虛構、它的杜撰、它的無稽呈現出來的正是人生的真理，亦是人生的真實。它向這個現實世界取材，然後描繪出另一個亙古不變的世界。於是，虛構不再是虛構、杜撰不再是杜撰，而無稽也不再是無稽了。

在那個默片還很流行的時代，恩斯特・劉別謙執導的作品《如此巴黎》（*So This is Paris*）[6]中，有一幕是櫃內的丈夫被太座喝叱一聲：「你給我變小！」結果丈夫真的縮成一個小寶寶，亦步亦趨地跟在太座身後。這一幕乍看之下只是普通的搞笑片段，但在這個片段中卻儼然具有真實性，而這樣的真實性遠比砲彈爆炸的悲慘鏡頭更能深入人心。

藉由虛構的形貌來講述真實，這是編劇的工作，也是電影的力量。如同前面提過的，戲劇片採用拍攝紀錄片的技巧，其意義在於紀錄片的本質是從混沌現實裡雜亂無章的現象當中，去蕪存菁萃取出「真實」。倘使缺乏了講述真實，編劇將淪為通俗小說作家，而電影甚至連新聞片的邊都沾不上了。

事實的整理

作品中的寫實，必須仰賴讀者對「真實」的完全錯覺才能成立，如果照樣摹寫「事實」接連發生的雜亂無章狀態，是無法成立的。

這是莫泊桑說過的話。他還進一步表達如下的看法：

4　Robert Lewis Balfour Stevenson（一八五〇～一八九四），蘇格蘭小說家、詩人，亦為英國文學新浪漫主義的代表人物。該書或譯為《變身怪醫》，首版書名 *The Strange Case of Dr Jekyll and Mr Hyde*。

5　多數資料記載麗莎．格拉迪尼（Lisa Gherardini，一四七九～一五四二或一五五一）的丈夫是布商，後來當上地方官員。

6　一九二六年上映的德國電影。恩斯特．劉別謙（Ernst Lubitsch，一八九二～一九四七）為德國電影導演。

真實有時候看起來並不真實，因此作家為了讓它看起來真實，不得不經常修正事實。

這兩段話聽起來有些離奇，但作家筆下的世界，並不是我們日常生活的這個世界，而是作家眼中看到的世界——只要從這個方向思考，就能明白莫泊桑的意思了。作家為了讓自己掌握的「真實」，能以更為適切順暢的方式呈現出來，當然必須修正所有可能擾亂作品主題的「事實」了。

畫作與相片不同之處在於，為了讓主題能夠更加鮮明地突出，畫家會把可能擾亂主題的一切雜質予以剔除，甚至還會為此而隨興修正事實。透過這種取捨之後，畫作可以讓人感到比相片更為生動的真實性。雷諾瓦的紅、塞尚的綠，比起他們寫生現場的色彩更具有真實性。如果在細枝末節上過度講究，拘泥於事實，毫無取捨地一概囊括，恐怕會導致作品失去了逼真。自古至今，傑出的作品即便描繪的是荒唐無稽的奇情怪事，至少觀看者在接觸作品的那段時間，仍會不由自主地被捲入那股特異的氛圍之中，絲毫不曾懷疑其實存性。我想，這樣解釋，各位應該可以了解意思了。

每當朋友把創作拿給史蒂文森看的時候，他總會嘀嘀咕咕地指出非常不自然的部分，而且必定反問那段情節是否是真實的事件。我想，他的原意應該不是質疑內容的真實性，套用莫泊桑的說法，而是對於朋友照樣摹寫事實接連發生的雜亂無章狀態的一種調侃吧。

舉個淺顯易懂的例子。通常有人請我看劇本的時候，每當我指出不自然的部分，那位作家十之八九總是一臉不高興地回答，那是發生在自己或朋友身上的真實事件，哪裡可能不自然呢！換個相反的方式來講，正因為那是實際發生的事件，才會讓人感到不自然。原因在於，編劇只專注在如何順暢地串連起一樁樁事件，非但沒有掌握到在事件底下流動的真實，而且還過度鉅細靡遺地描繪事實。

作家受到某一件事情的感動，想要寫出來感動其他人的時候，他首先要探究那件事感動自己的理由，並且從那個現象的特殊性當中找出具有普遍性的真實，再進一步與自己的想像揉合在一起，如此才算完成一部作品的構想。亦即，從事實到真實，接著從真實到想像，最後再由想像到具象化——這段心理歷程必須無一遺漏地逐步推展，最終方可完成一部傑出的作品。創作原則的歷程，就是作家一開始拾起某件事，透過他的主觀把這個素材不斷過濾，讓它煥然一新，成為藝術作品。在這段過程中，要把素材的原始性與一切不純的雜質全部剔除殆盡，還要為了追求「真實」而修正「事實」，才能幫助作品朝正確的方向前進。

一些被譽為才華洋溢的作家，通常會把他的所見所聞所思立刻彙整成一部作品，其作品中新奇的構想、光彩奪目的事件、跟隨流行的人物、現代風格的筆法等等特色，足以讓他躋身於第一線作家的行列，可惜這些人絕大多數終其一生都無法奪得第一流作家的桂冠。問題在於他們的才華害了自己。這些作家疏於整理素材，怠於講述作品真諦的「有意義的真實」。真正的巨著、真正的傑作，絕不是單靠才氣或靈光一閃。據說，巴爾札克每當文思湧現之際，第一件事是擱筆離開書桌，等自己冷靜下來之後再重新執筆。我們應該把這位大作家慎重下筆的軼聞，當作自己的座右銘。

歌德曾寫下這樣的一段話：

> 真正的藝術家致力於掌握藝術上的真理，不顧一切衝動行事的藝術家致力於掌握自然的事實。前者能夠攀上藝術的顛峰，後者則是墜落藝術的谷底。

電影的特性（A）

如果將舞台戲劇與電影戲劇相互比較，可以發現不論在舞台上或在銀幕上，同樣都有演員在觀眾面前展示演技，但是不能因此認為兩者幾乎一樣，應該想成兩者的相似處就只有這一項、其他部分幾乎都不同，這樣才不至於出錯。

理由顯而易見。舞台劇的宿命是被侷限在舞台裝置空間裡呈現出受到限制的表演，即使劇情設計是以大自然為背景的遼闊場面，表演時依然無法脫離「舞台」的固定範圍之外。可是當故事搬上銀幕，就可以盡情天馬行空，不管是在大洋中航行的龐大艦隊、翱翔蒼穹的航空機隊，還是在野外高達數百萬人的大合唱團，一切場景都能自由自在如實呈現。

此外，在舞台上的「戲劇」的敘事過程只能靠自身的力量，集中在一定時間內、一定的場景內敘事；但是電影裡的「戲劇」的敘事過程不必集中在一定的場景之中，反而愈是變換場景，愈能增添流動感，提升震撼度，也更符合現代觀眾的口味。以下舉個相關的範例來說明：

「有個青年由於幫深愛的少女的兄長頂替罪行而被判死刑。女孩在即將行刑前，赫然找到證據證明真正的犯人既不是青年也不是兄長，而是瘋狂的叔父。她立刻飛奔去找州長說明案情真相。州長得知後大為震驚，想知道現在是否還來得及取消處死的命令而朝手錶瞥了一眼，發現時間還很充裕。一會兒過後他才發現手錶停了，事實上只剩幾分鐘就要行刑，快要來不及阻止了，於是趕忙打電話到監獄。可是監獄裡有設置電話的辦公室卻空無一人，因為包括典獄長在內的所有法警都去死刑行刑室了。電話在沒人接聽的辦公室裡響了好半晌。這時恰巧有名法警經過走廊，聽見了電話鈴聲。不幸的是，這名法警曾因擅自接聽電話而遭到上級的斥責，所以這次特別謹慎，不敢隨便接起電話。在州長辦公室裡的少女心急火燎地撥打電話請接線生接通。在監獄裡的青年這時已經坐上行刑室的電椅了。少女和州長愈發激動地拚命打電話。行刑室裡的各項準備工作正按部就班進行中。鈴聲在設置電話的辦公室裡急切地不斷迴盪。終於，那名法警接起了電話。行刑室裡已經一切就緒了。法警接完電話後衝出辦公室，朝行刑室一路狂奔而去。行刑室裡的行刑法警正在等候典獄長下令。接電話的法警終於趕到行刑室門口了，無奈門扉緊閉，他奮力搖晃門鎖。行刑室裡的典獄長示意行刑法警握住通電把手，就在這一刻，接電話的法警猛力撞開門扉衝了進來，頓時扭轉了情勢。」

這是距今三十多年前大衛．沃克．格里菲斯的傾力之作《忍無可忍》（*Intorelance*）[7]中使用的場景轉換概要，這種技巧也被稱為「格里菲斯的最後一分鐘營救」（Griffith's Last Minute Rescue）。雖然談不上什麼藝術性，甚至還有濫用煽情技法之虞，讓人忍不住搖頭苦笑，但是撇去這些不談，這種技巧能夠幫助電影裡的「戲劇」的敘事過程，不必像舞台劇那樣集中在一處固定的場景，有時候可以分散成幾個場景，並且讓那些分散的場景朝向同一個目標靠攏聚集，這樣反而有助於營造出超乎預期的急迫感。換句話說，電影能讓不同的場景在同一時刻發生的種種事件並行呈現，更能強調敘事線的發展與劇情的刺激。

更進一步，有些電影會透過乍看之下互不相關的兩條（或兩條以上）的敘事線並行發展，使得劇情全貌呈現出不同於個別敘事線的內容。假設有兩個不同事件的一系列過程依序如下：

【A事件】①有個男人來到了破陋的林間小屋前；②男人左顧右盼地走進小屋裡；③小屋裡堆滿了稻草束和農具等雜物，看似附近農家的倉庫。男人拿起扔在角落的一只蒲包，裡面仔細地裹著缺了角的鏡子、破舊的衣物與草鞋，以及骯髒的小飯盒等等物品；④男人首先把身旁的塵埃和煤灰攏成一小堆，抹在臉上、手上、腳上，把自己弄得髒兮兮的；⑤他接著拿起鏡子檢查自己變成一副寒酸樣，露出滿意的笑容；⑥然後他再換上破舊的衣物、趿上破舊的草鞋、拎起小飯盒，讓自己徹底成了一個乞丐，這才心滿意足地離開小屋；⑦他來到當地的守護神社，這裡正在舉辦祭典，很多人都特地前來參拜。通往神社的參拜道路上有幾個乞丐，其中最髒、最可憐的就是他，也因此乞討到最多錢；⑧他相當得意。

【B事件】❶一輛豪華的私家轎車在繁華大馬路邊的一家美容院前停了下來，司機趕緊下車開門；❷有個女人下了車，態度高傲地走進美容院；❸美容師畢恭畢敬地領著她來到梳妝鏡前，立刻將各種昂貴的美容器材搬運過來；❹美容師忙著依序進行熱毛巾敷臉、塗上乳霜等等護膚步驟；❺女人感到自己變得美麗更勝以往，露出滿意的笑容；❻然後她讓店裡的人幫忙把鬆開了的和服調整妥當，這才心滿意足地離開美容院；❼她來到飯店大廳，這裡正在舉行上流人士的宴會，熱鬧得猶如神社的祭典，其中衣著最華麗、人面最廣的就是她，也因此立刻成為眾多紳士的注目焦點；❽她相當得意。

---

7 David Wark Griffith（一八七五～一九四八），美國電影導演暨製作人，代表作為一九一五年上映的《一個國家的誕生》（*The Birth of a Nation*）與一九一六年上映的《忍無可忍》（*Intolerance*）。文中的片名 *Intorelance* 應為誤繕。

我們如果把上述兩個事件的一系列過程，按照①❶②❷③❸④❹⑤❺⑥❻⑦❼⑧❽的順序交互排列，讓兩個事件並列進行，這種對照性配置所呈現的內容，將與【A事件】與【B事件】個別獨立時呈現的內容全然迥異。由伍瑟沃羅德．普多夫金執導的蘇聯電影《成吉思汗的後代》（*Storm Over Asia*）[8]中，盛裝的喇嘛與英國士官恰成對比，試圖藉由這樣的手法帶出編劇的主觀與批判色彩，而這種技巧就稱為蒙太奇。我手邊不巧沒有可供示範的文本，所以編寫了乞丐與貴婦的交錯故事。這樣的運用技法屬於電影的特性之一。在歌舞伎戲劇中，有時會讓演員們站在左右兩側的延伸台道來上一段「對口台詞」，這種戲劇效果有點類似蒙太奇，但絕對不是相同的東西。

（附帶說明，過去在美國和日本都只把蒙太奇〔Montage〕當成上述技巧的代名詞，其實正確而言，蒙太奇的意思是「編輯」或「組合」。前文引用過的全俄國立電影學院的課程講義，對蒙太奇的定義是「事件或行動的個別片段經過某種順序的組合之後，成為一件完整的藝術作品」。）

除此之外，舞台劇和電影更大的差異在於，舞台劇的觀眾原則上都是從自己的所在位置（亦即座位）觀看舞台上的目標對象，而電影的觀眾都是由拍攝畫面時攝影機的視角觀看目標對象。換言之，觀眾的眼睛和被攝物之間的距離，就是攝影機和被攝物之間的距離，因而觀眾在觀看目標對象時，得以享有與導演（有時是登場人物）相同的視角。

攝影機的視角等同於觀眾的視角，可以說是電影的諸多特性之中，效果最為優異的一項，應用於電影的範圍也最無限廣大。這種特性能夠讓電影藉由特寫鏡頭的技巧，讓觀眾近距離看到劇中人物的睫毛眨動。這種特性還可以運用在把鏡頭從劇中人物的睫毛眨動拉遠到全身，讓觀眾知道這是一名士兵之後，繼續將鏡頭拉遠到那名士兵正佇立於航行大海的運輸船甲板上，進而把鏡頭拉遠到那艘運輸船是龐大艦隊的其中一艘等等。此外，這種特性甚至可以用在跟拍人物一同進入大廈、一同搭乘電梯、一同上到屋頂；或者柏油路上一枚法國梧桐樹的落葉被汽車輪胎碾過而黏在上面，隨著輪胎沿著水渠蜿蜒駛上坡道。電影能夠透過捕捉這種細微小節的畫面，使觀眾留下深刻的印象。

由此得以推論得知，舞台劇通常將整體場景直接呈現在觀眾面前，而電影只把該場景中需要的部分任意擷取於黃金比率的格（frame）[9]裡，其他部分則完全不讓觀眾看到。這種技法同樣屬於攝影機視角的特性之一。再補充一句，目前上映的電影為了達到這種效果，已出現過連櫥櫃裡或行李箱中的東西都拍攝下來的鏡頭了。

---

8 Vsevolod Illarionovich Pudovkin（一八九三～一九五三），蘇聯電影導演、編劇暨演員。本片與前作《母親》（Mother）和《聖彼得堡的末日》（The End of St. Petersburg）合稱「革命三部曲」。

9 或稱為幀，電影底片上的單一影像。

某個海港小鎮的夜裡，一個女人於碼頭跳海自盡。這一幕如果在舞台劇裡，必須在舞台上布置出碼頭的全景，否則根本無法表達這起悲劇。但是在電影裡，可以只拍攝一隻靜靜歇在碼頭邊瓦斯燈上的蛾突然猛烈地拍打翅膀，以及水面上的餘波蕩漾，來暗示發生了什麼事情。又或者，鏡頭裡出現硝煙瀰漫的戰場，一名士兵的手顫巍巍地伸向綻放於草原上的一朵小花，緊接著槍聲響起，那隻手戛然癱軟垂落的象徵性畫面，來隱喻那名士兵悲壯捐軀的瞬間。

此外，這項特性還包括一種舞台劇沒有、但電影裡有的「第四面牆」。我們過去欣賞過許多齣舞台劇，看戲時已經習慣舞台上布置的室內場景，不覺得有什麼不自然的地方。其實稍加注意，就會發現舞台上的室內布景應該有四面牆卻少了一面，也就是沒有裝上所謂的第四面牆。但在電影裡，就算只是拍攝在房間裡的一個人，無論攝影機從那個人的前後左右任何角度拍攝，都可以拍到背景的牆壁，也就是拍攝角度不受任何侷限，可以按照需求隨意挑選第一面、第二面、第三面、第四面牆當成背景。說得更精準一點，這四面牆的任何一面都能因應拍攝需求而拆卸掉，並且觀眾在看電影時，仍然以為房間完整保有四面牆，而不會察覺到異狀。

電影的特性（B）

除了前項所述，特技攝影也屬於電影的機械性、或稱技術性的特性之中，最值得一提的。

特技攝影用個通俗一點的說法叫做「詭計」，同樣包括了攝影機的操作、鏡頭的性能、底片的處理方法、被攝體的特殊設備等等幾項方法。

法國電影開山始祖之一的喬治・梅里愛，有一次——話說那已是五十幾年前的事了——在巴黎的歌劇院前方的廣場上實地拍攝車水馬龍的影片。正當一輛公共馬車出現在鏡頭前的瞬間，不巧膠卷卡住而無法轉動了。這項故障當場就修好了，大家繼續拍攝工作。等到回去看片子的時候，居然看到一幕不可思議的景象：那輛公共馬車才剛出現在畫面上，一眨眼卻變成一輛殯儀馬車了。這樁巧合啟發了梅里愛的靈感，構思出「定格拍攝」[10]的特技，使得桌上的東西瞬間消失，或者一個裸體的男人突然變為盛裝的紳士之類的魔術片與喜劇片一時蔚為流行。回溯電影史，「定格拍攝」堪稱特殊電影技術的起源，此後陸續研發出各式各樣的特技攝影。緊接在「定格拍攝」之後出現的特技攝影是「慢速攝影」[11]。默片的標準速率是每秒十六格，如果予以適度減少每秒顯示格數，被攝體看起來就會比現實生活中的移動速度快上許多，這就

10 Stop motion，讓靜止的被攝物每拍攝完一格底片後略微移動，或換成另一種被攝物，再拍攝第二格底片，依此類推，使得放映時看起來像被攝物連續移動，或者突然變成另一個被攝物的攝影技術。

11 Low-speed cinematography，以較慢的速率拍攝，再以一般正常的每秒顯示張數播放出快動作的畫面，藉此營造出緊張或誇大氣氛的攝影技術。縮時攝影（time-lapse photography）也屬於慢速攝影的一種。

叫「慢速攝影」。運用這種技術，能夠讓天空中的白雲瞬間飄到山頂籠罩，可以用在喜劇的「追趕場面」裡讓被追的人一下子逃之夭夭，或者在很短的時間裡看到花苞盛開，甚至在幾秒鐘之內看到硫酸銅變成結晶的狀態。這些超自然的行為動作都由不可能化為可能了。

大家很容易從這種「慢速攝影」聯想到另一種高速攝影，也就是被攝體看起來比現實生活中的移動速度緩慢許多的技術。不過，這一節的重點不在敘述各種特技攝影的研發動機與操作方式。只要大家記得，即使是現實世界中不可能發生的事，絕大多數在電影裡都辦得到，那就夠了。

例如，新田義貞將稻村崎的怒濤分開，順利率領軍隊通過海中之道的情景[12]，在電影裡可以透過底片的加工方式重現這一幕。事實上，早在二十幾年前，我們已經在西席．布朗特．地密爾的作品《十誡》（*Ten Commandments*）[13]中看到真實的例子。在那部電影裡，摩西的禱告成真，紅海分開之後中間出現一條路，從而拯救了以色列人。

另外，還有一部同樣是二十幾年前的電影，已故的島津保次郎[14]先生於松竹蒲田攝影所時代拍攝的作品《仙人》當中，使用了特技攝影呈現一對男女在仙人的掌心爭執不下的情景。這是使用特殊方法組裝的鏡頭與鏡子完成的特技攝影，稱為「鏡面折射攝影」[15]，可以用這種技術把普通照片巧妙結合起來，呈現出無比遼闊的景觀。德國電影《大都會》（*Metoropolis*）[16]就運用了這種技術拍攝大型布景的遠鏡頭。

其他電影還出現過將實際大小的城牆與天守閣模型合成大阪城的畫面，也有電影用迷你模型組和投影銀幕[17]合成之後，拍出在齊柏林飛船上舉辦的舞會。二戰期間，日本這種利用迷你模型組攝影的合成技術相當發達。只要回顧《夏威夷大海戰》[18]、《加藤隼戰鬥隊》[19]等等電影，相信任何人都會非常同意我的看法。另外，屬於超自然現象的龐然怪物在銀幕上橫行無忌

---

12 新田義貞為一般俗稱，本名為源義貞（約一三〇〇～約一三三八），日本鎌倉時代後期至南北朝時代武將。相傳他率軍至稻村崎欲渡海卻遭洶湧水勢所阻，於是他祈求上天退潮並解下佩劍投入海裡，結果潮水真的退去，讓他得以由海角南側進攻鎌倉。

13 該片一般寫為 *The Ten Commandments*。美國電影導演西席・布朗特・地密爾（Cecil Blount DeMille，一八八一～一九五九）亦為美國影藝學院創始人之一，曾經兩度執導同名電影，一九二三年版本為無聲電影，一九五六年版本為有聲電影。

14 島津保次郎（一八九七～一九四五），日本電影導演。

15 Mirror Shot，將半面鏡子以四十五度角放在攝影鏡頭前，讓兩個在不同位置上的被攝體折射在同一個畫面裡的攝影技術。

16 *Metropolis*，文中片名應為誤繕。由德國名導弗里茨・朗（Fritz Lang，一八九〇～一九七六）執導的表現主義科幻默片，於一九二七年首映。

17 Screen-process，讓演員站在一面從背面投影的銀幕前表演，讓人以為演員是置身於那面銀幕投影出來的景色之中拍攝的。

18 一九四二年上映的日本電影。

19 一九四四年上映的日本電影。

的例子，已經在《齊格弗里德》（*Siegfried*）[20]、《金剛》（*King Kong*）[21]等等早期電影裡做過特技攝影的實驗了。如今有許多專家投入研究更多不同的技術，相信能讓這個領域更加日新月異。

我這裡收到了一部童話劇本，裡面有一段情節是「雞和豬用力握手相視大笑」，編劇強調這一幕一定要用真雞和真豬拍攝。問題是現實中的雞和豬既沒有握手的習性、也沒有大笑的習性，就算特技攝影再怎麼發達，恐怕永遠拍不出來吧。不過，如果是一匹馬到過世的飼主墳墓前，用鼻子蹭磨墓碑以表現牠的思念，倒是可以巧妙利用馬的習性完成，沒有太大的困難。

電影的特性（C）

前面兩節談了電影的許多特性，這裡順便從技術操作面做一點簡單的說明。

首先列舉幾項攝影機的光圈操控技術：

（一）淡入與淡出（Fade In & Fade Out，簡稱F.I. & F.O.）[22]

（二）光圈全開與光圈全闔（Iris In & Iris Out，簡稱I.I. & I.O.）[23]

（三）光圈擦除（Wipe）[24]

（四）光圈效果（Iris Effect）

其中最常用的是（一）和（三）這兩種，而（二）的另一種應用方式是將影像擴大或收縮成多邊形，或者由上下左右、斜向等不同方向結束畫面。此外，（四）的光圈效果主要是為了吸引觀眾的注意力，操作方式是以畫面的某一點為圓心，鎖定一塊圓形（或任意形狀）的影像，讓這塊影像一直留存在畫面上。不過近來都以特寫鏡頭取代這種技巧，視覺上比較不突兀、不低俗。還有，淡入與淡出也有人簡寫成D.I.和D.O.，這是Disolve In和Disolve Out[25]的縮寫，可以想成畫面上的呈現效果完全相同。

---

20 應指一九二四年由弗里茨．朗執導的奇幻默片「尼伯龍根二部曲」：《尼伯龍根：齊格弗里德之死》（*Die Nibelungen: Siegfried*）和《尼伯龍根：克里姆希爾德的復仇》（*Die Nibelungen: Kriemhild's Revenge*）。

21 應指一九三三年由梅里安．C．庫珀（Merian C. Cooper，一八九三～一九七三）、歐內斯特．B．舍德薩克（Ernest B. Schoedsack，一八九三～一九七九）二人共同執導及監製的黑白電影。

22 淡入（Fade In，簡稱F.I.）是畫面由暗轉亮、同時變得清晰的攝影技巧。相反的效果則是淡出（Fade Out，簡稱F.O.）。

23 光圈全開（Iris In，簡稱I.I.）是以畫面內任意一點為中心，逐漸擴大為圓形（或任意形狀）影像的攝影技巧。相反的效果則是光圈全關（Iris Out，簡稱I.O.）。

24 畫面彷彿被擦除而逐漸消失，但消失的部分同時逐漸出現另一個畫面的攝影技術。因此在擦出（Wipe Out，簡稱W.O.）的時候也同步擦入（Wipe In，簡稱W.I.）。

25 原文Disolve，應為Dissolve的誤繕（下文皆同），意思是溶化、消失。可分為溶入（Dissolve In）與溶出（Dissolve Out）。

接下來介紹合併使用攝影機光圈操控與膠片曝光的技術：

（一）雙重曝光（Double Exposure，簡稱 D.E.）

（二）疊影（Overlape，簡稱 OL.，也等於 Disolve Into）

除了這兩項以外，還有一種常用的方法是雙重沖印（Double Print），也就是將兩種膠片以雙重沖印方式處理。（一）還可以進一步應用成雙重以上，亦即三重、四重曝光。此外，（一）和（二）在日本一般簡稱為「雙重」，有時也把（二）簡寫為DIS。

接下來介紹關於攝影機位置連續性變化的技術：

（一）移動（Follow Scene）

（二）前進（Track Up）

（三）後退（Track Back）

（四）搖鏡（Panorama or Panoramic view，簡稱 PAN）

「前進」和「後退」當然都屬於「移動」，而這種「移動」通常是指整台攝影機改變位置，至於「搖鏡」則是攝影機放在定點上，視情形做上下移動鏡頭的拍攝[26]。因此，當攝影機架在起重機上移動，或者架在汽車、飛機上移動，都稱為移動拍攝，在移動拍攝期間當然也可以同時使用搖鏡拍攝。此外，例如拍攝滑雪跳躍的時候，我們經常使用的方法是趁滑雪者躍上空中的瞬間對焦於全身，看起來像是攝影機快速靠向滑雪者，但是這種手法叫做伸縮鏡頭

（Zoom Shot）[27]，是一種調控鏡頭的特殊技術，與移動拍攝並不相同。

順帶一提，由約翰・福特執導的《驛馬車》（*Stagecoach*，杜德利・尼可斯編劇）以及《俠骨柔情》（*My Darling Clementine*，薩繆爾・G・恩格爾、溫斯頓・米勒共同編劇）[28]之類的西部片，經常出現火速追擊的場景——一群騎馬馳騁的印第安人揚沙飛塵地追著馬車，前面那輛馬車也為了逃命而奮力疾駛，豈料途中竟然輪子脫落而跌落山崖。這些飛速奔馳畫面的每一個鏡頭，都是採用移動式的遠景拍攝，再把膠片放在名為光學曬相機的機器上放大之後裁剪下來的，就和我們平常放大照片時會把底片周圍不必要的部分修剪去掉的原理相同。

接下來介紹關於攝影機與被攝體之間距離變化的技術：

（一）遠景（Long Shot，簡稱L.S.）

（二）全景（Full Scene，簡稱F.S.）

---

26 現在對於「PAN」（橫搖鏡頭）的定義是指水平方向（亦即左右）移動鏡頭，而「TILT」才是垂直方向（上下）移動鏡頭。

27 攝影機及被攝體都沒有改變，只改變鏡頭焦距即可獲得從全景到近景的畫面。

28《驛馬車》又名《關山飛渡》，一九三九年上映的經典西部片，亦是知名影星約翰・韋恩（John Wayne，一九〇七～一九七九）的成名作。《俠骨柔情》於一九四六年上映，由影視劇三棲巨星亨利・方達（Henry Jaynes Fonda，一九〇五～一九八二）主演。這兩部電影均為美國名導約翰・福特（John Ford，一八九四～一九七三）的代表作。

（三）近景（Close Shot，簡稱 C.S.）

（四）中景（Medium Shot，簡稱 M.S.）

（五）中特寫（Bust Shot，簡稱 B.S.）

（六）特寫（Close Up，簡稱 C.U.）

以上術語的分類依據是隨著攝影機的位置到被攝體之間的遠近而有所不同，可以視需要任意使用。例如人物臉部的特寫鏡頭，可以是整張臉入鏡，也可以是只有耳朵、眼睛或嘴巴的局部入鏡，這些同樣都稱為特寫鏡頭。也就是說，交由各自判斷如何運用。

這些術語本來就是為了溝通方便而產生的，沒有必要過於吹毛求疵，若有其他更合適的說法可以儘管使用。以遠景為例，有個術語用來描述最遠的鏡頭叫做大遠景（Gorgeous Long Shot）[29]，如果有人非要追根究柢詢問：到底距離幾百公尺以上才叫大遠景？我只能回答，業界沒有制訂那麼精確的規則。不過，（四）和（五）在日文裡由於找不到適切的對應詞，所以在日本通常用「七分身」、「半身」這種以人物本位的譯法來代替，事實上這種術語並不是只能用在拍攝人物的時候，而是以任何被攝體出現在畫面裡的大小比例為準。大致而言，當攝影機與坐著的人距離一公尺時，可以拍到胸部以上；距離兩公尺時，可以拍到腰部以上；距離三公尺時，則可以拍到全身。各位只要有這樣的概念就夠了。實際上，我們在片場裡習慣用「Med-Posi」[30]的簡稱，意思是指坐在椅子上的人約有七分身入鏡，同時也能拍到部分室內場景。

還有，攝影機通常以水平角度拍攝，以下介紹採取不同角度拍攝被攝體的技術：

（一）俯瞰（Tilting or Bird's Eye View）

（二）仰角（Worm's Eye View）

這兩種術語適用的時機，（一）與攝影機位置的高度和角度無關，只要攝影鏡頭向下就是俯瞰，（二）則是反過來，只要攝影鏡頭向上拍攝就是仰角。廣泛而言，大到從飛機上看地面可以稱為俯瞰（也有人特別稱為鳥瞰），小至隔著人物的肩膀拍攝桌面物體的過肩鏡頭，統統可以叫做俯瞰。相反地，例如從舞台下方拍攝舞蹈團成員們抬腿的畫面，與角度、高度、大小都無關，只要攝影鏡頭朝上就可以使用仰角這個術語。不過，俯瞰也好，仰角也罷，只能用在攝影鏡頭角度固定的情況，如果是攝影鏡頭逐漸朝上或逐漸朝下的狀況，使用的術語就要改成往上搖鏡（Pan. up）或往下搖鏡（Pan. down）[31]。另外還有一種情形是，雖然攝影鏡頭保持水平，但它的所在位置特別低，這時或許也可以歸納在這種分類之中。

29 關於「大遠景」的術語現在通常使用 Extreme Long Shot（簡稱 E.L.S.）、Extreme Wide Shot（簡稱 E.W.S.）或是 Very Long Shot（簡稱 V.L.S.）。

30 即 Medium Position 的縮寫。

31 請參考前注，現在對於垂直移動鏡頭使用的是 Tilt up 和 Tilt down。

以上談到的都是以攝影機為主體的相關技巧，還有一些是以膠片為主體，也就是編輯上的技巧：

（一）跳切（Cut）

（二）切回（Cut Back）（格里菲斯執導《忍無可忍》的時候，偶爾會使用轉回〔Switch Back〕這個字眼。）

（三）閃現（Flash）

（四）閃回、倒敘（Flash Back）

上述的「閃」和「閃回」，其實包含在「跳切」和「切回」之內。通常一個「跳切」再怎麼短也有三、四呎長，至於一個「閃現」則頂多一呎前後，甚至只有幾格，這種情況十分常見。當劇中人物腦海裡突然想到其他人物的面孔或者物體，這種瞬間的畫面切換就叫做「閃現」；而這種「閃現」的短暫畫面來回切換幾次，就成為「閃回」了。最早運用這種技巧、並且用得最有效果的，要算是一九二二年前後的一些電影，包括阿貝爾・岡斯執導的《輪迴》（*La Rue*）[32]，以及亞歷基山達・沃爾克夫執導的《基恩》（*Kean*）[33]這兩部默片；至於進入有聲電影時代之後，則是魯賓・馬慕連執導的《紅樓豔史》（*Love Me Tonight*）[34]最後那一段追逐場面使用了這種技巧。

（**遠景**）原野。火車正在飛馳。

（**遠景**）城門。珍妮特（女主角）飛快地跑出城門。

（**遠景**）原野。飛馳的火車。

（**遠景**）騎在馬上的珍妮特。

（**近景**）飛馳的火車。

（**近景**）馳騁的珍妮特。

（**近景**）朝前景飛馳而來的火車。

（**遠景**）騎著馬馳騁的珍妮特。

（**近景**）火車從攝影機正上方駛過。

（**近景**）珍妮特騎著馬從攝影機正上方跳過。

---

32 Abel Gance（一八八九～一九八一），法國導演、編劇暨演員。文中提到的作品，片名有所誤繕，應是一九二三年的 *La Roue*，英文片名為 *The Wheel*，中文片名又譯為《車輪》或《鐵路的白薔薇》。

33 Alexandre Volkoff（一八八五～一九四二），俄國導演、編劇暨演員。文中提到的作品於一九二四年在法國上映。

34 Rouben Zachary Mamoulian（一八九七～一九八七），美國導演暨製片。文中提到的作品又譯為《公主豔史》或《愛我在今宵》，一九三二年於美國上映。

（**近景**）當火車朝一邊飛馳而去，緊接著騎在馬上的珍妮特疾馳而來。

（**近景**）火車的煙囪。

（**近景**）馬的前腳。

（**近景**）煙囪。

（**近景**）馬。

（**近景**）煙囪。

（**近景**）馬。

（**近景**）蒸氣機的活塞。

（**近景**）馬腳。

（**近景**）蒸氣機的活塞。

（**近景**）馬腳。以下九個鏡頭皆為蒸氣機的活塞與馬腳交互出現的閃回鏡頭。

（**近景**）火車的輪子和逼近的馬腳。

（**近景**）飛馳的火車，以及與火車並行的珍妮特騎著馬大喊「墨利斯！墨利斯！」

有關編輯的技巧除了上述四項之外，還有兩項：

（五）插入（Insert）

（六）進畫面（On Screen）

例如出現信紙、電報、報紙之類的大特寫鏡頭時會放入（五），或者突然閃現人物的臉孔、物品、記憶中的風景之類的畫面時會放入（六）。這兩項當然也等於「跳近」（Cut-in）的意思，不必那麼嚴格區分。

以上十分簡略地列舉一些常見的術語。但是如前所述，千萬別糾結於字面，只要明白意思就好，要不然可就因小失大，得不償失了。術語本身僅是其次，真正重要的在於掌握它使用的時機。

況且目前日本的劇本格式，除非有非常特殊的需求，否則一般情況之下，並不會那麼繁瑣地在劇本上逐一載明必須使用某種技術。

以下是從村山知義[35]先生與阿木翁助[36]先生共同作品的《生活之湖》裡節錄出來的文字。在這部特殊的劇本裡，完全沒有用到任何專業術語。我的用意並不是推薦各位模仿這種方式寫劇本，只是想讓大家知道，即使不用術語，在拍攝時照樣可以達到相同的效果。

---

35 村山知義（一九〇一～一九七七），日本作家、畫家暨劇作家。

36 阿木翁助（一九一二～二〇〇二），日本劇作家暨腳本家。

你不妨從搭乘的飛機裡瞧瞧下方。美麗的翠綠高原連綿不絕，銀色的大湖在午後的陽光下熠熠發亮。湖畔有座煙囪林立的小鎮。蜿蜒的鐵軌上有著如蟲子般蠕動的火車，正朝小鎮緩緩駛去。

不知不覺間，你搭乘的飛機已將那列慢吞吞的火車拋在後面，來到大湖的正上方了。映入眼簾的盡是銀光粼粼的湖水。滿眼全是盈盈湖水。漣漪蕩漾。愈來愈近了……。你連湖面上有幾道漣漪都可以數得清清楚楚……。哎，能不能瞥見湖底有什麼樣的奧祕呢？

看到了。從隱隱約約逐漸變得清晰。火車站的圍欄。用炙得焦黑的枕木築成的圍欄。我的視線循著那道圍欄一路往前……，看到的是一面標上站名的豎牌。

「下諏訪」

我的視線繼續前移，望見月台上有一群站著不動的人。那群人共有四個，他們分別是：

伊村芳子（二十三歲）

伊村芳子的弟弟，良一（十八歲）

山名與助（二十七歲）

岡田家的傭人，孫太郎（五十七歲）

基礎 II

劇本的定位

約莫從十年前開始，大眾漸漸談論起劇本的重要性。不過，這並不代表劇本直到近十年來，才在電影製作機構中占有一席之地。可以肯定的是，早在電影誕生之後，劇本自始至終肩負著非常重要的任務。

我之所以這麼說，是因為在構成電影的各種要素之中，唯獨劇本是第一個「含有要拍出一部電影的意向」的要素，其他的要素統統是遵照劇本的指示才開始動了起來。人們在說明劇本的定位時，經常用「設計圖之於建築」來比喻「劇本之於電影」。不妨想想，在蓋房子之前，第一個含有要蓋出一棟房子的意向的要素，就是設計圖了。如果沒有設計圖，那怕一根鋼材、一塊水泥，都無法發揮出建築資材的功效。

從前大家都說卓別林的電影沒有劇本。其實不只卓別林的電影，活動式相片剛發明出來的那個時代大量拍攝的短篇喜劇或風景短片，應該都沒有劇本。不過嚴格來說，當時只是沒有「文字版的劇本」而已，實際上在參與製作電影的每個工作人員頭腦裡，包括卓別林的頭腦裡，必定都有一本「沒有寫出來的劇本」。正確而言，與其稱之為劇本，或許用「拍攝計畫」的名稱更為貼切。總而言之，在電影這個綜合體之內，劇本具有多麼重要的地位，已經無庸贅言了。至於為什麼直到近年來，大眾才逐漸提到劇本的重要性，只能說一般人對於電影製作機構的實際運作狀況一無所知了。

假如沒有羅伯特・里斯金寫的劇本，應該拍不出《一夜風流》（*It Happened One Night*）及《富貴浮雲》（*Mr. Deeds Goes to Town*）[1]吧？如果沒有夏爾・斯巴克的協助，可能催生出《米摩莎公寓》（*Pension Mimosa*）及《弗蘭得狂歡節》（*Le Kermesse Heroique*）[2]嗎？羅伯托・羅塞里尼的《戰火》（*Paisa*）[3]倘若沒有當時正在羅馬工作的美國新進作家阿爾弗雷德・海耶斯，以及費德里柯・費里尼、馬切羅・帕基列侯[4]幾位作家的協助，就不可能完成劇本了；威廉・

---

1 羅伯特・里斯金（Robert Riskin，一八九七～一九五五）為美國知名編劇。這兩部美國電影均由義大利裔美國名導法蘭克・卡普拉（Frank Capra，一八九七～一九九一）執導，《一夜風流》於一九三四年上映，《富貴浮雲》於一九三六年上映。

2 夏爾・斯巴克（Charles Spaak，一九〇三～一九七五）為法國編劇暨導演。這兩部法國電影均由比利時演員、編劇暨導演的雅克・費代爾（Jacques Feyder，一八八五～一九四八）執導，同樣於一九三五年上映。但片名*Pension Mimosa*應為*Pension Mimosas*，且*Le Kermesse Heroique*應為*La Kermesse héroïque*（法文）或*Carnival in Flanders*（英文）。

3 羅伯托・羅塞里尼（Roberto Rossellini，一九〇六～一九七七），義大利導演、編劇暨製片人。《戰火》的片名又譯為《游擊隊》《戰火的彼岸》《老鄉》，且*Paisa*應為*Paisà*（義大利文）或*Paisan*（英文）。

4 阿爾弗雷德・海耶斯（Alfred Hayes，一九一一～一九八五），英裔美國作家、電視與電影編劇。費德里柯・費里尼（Federico Fellini，一九二〇～一九九三），義大利藝術電影導演、演員暨作家。馬切羅・帕基列侯（Marcello Pagliero，一九〇七～一九八〇），義大利導演、演員暨編劇。

惠勒的作品《女繼承人》（*The Heiress*）[5]是由露絲・哥茲和奧古斯塔斯・哥茲[6]共同完成的劇本。因《與我同行》（*Going My Way*）這部片子而聲名大噪的只有原作者兼導演的李歐・麥卡瑞以及主演的平・克勞斯貝[7]，事實上法蘭克・巴特勒與法蘭克・卡維特[8]兩人對於劇本的貢獻可謂毋庸置疑。一部傑出的電影，仰賴的既不是執導的技術，也絕非演員的演技，最根本的關鍵在於劇本的良莠與否。

> 瘠瘦的樹苗絕對結不出豐碩的果實。枯燥的劇本絕對拍不出精彩的電影。劇本的缺點，必須在編寫劇本的階段予以修正，否則將會留下禍根，等到拍成電影之後就無可救藥了，絕無例外。無論有多麼出色的執導能力，無論在執導方面下了多少功夫，都沒辦法挽救回來。當然，導演也要對劇本下功夫，但似乎有人把這種功夫和執導混為一談，以為可以靠執導來掩飾劇本的缺點，那完全是錯覺。總而言之，可以說劇本決定了電影的命運。我甚至認為執導的第一步，就是先找到精彩的劇本。

以上這段文字出自黑澤明先生的文章。他既是導演亦是編劇，因此這段話更值得我們推敲玩味。他對於劇本本質的闡述非常精準到位。

可惜的是，別說一般人了，就連部分專業的電影評論人，也很容易將故事與劇本當成同一件事，以為精彩的故事就等於精彩的劇本。大眾普遍認為，只要故事精彩，再加上出色的執導技術，也就等同於一部好電影的保證了。

事實上，精彩的故事並不必然成為精彩的劇本，出色的執導技術也未必能拿到精彩的劇本。實情往往是大家經常誤會，有了出色的執導技術加上精彩的故事，劇本必定也精彩可期。故事是實質的內容，劇本則是其外在的形式。內容和形式必須適時適地互為表裡，才可以成為一部出眾的劇本。因此，打諢插科的短篇喜劇或荒唐無稽的《狸御殿》[9]之類的劇本，和藝術電影的劇本相比，誰都不能一口斷定孰優孰劣。

寫劇本是一門技術。訣竅在於不僅內容精彩、形式也要精彩，並且兩者還要滴水不漏地緊

5 威廉・惠勒（William Wyler，一九〇二～一九八一），美國電影導演。本片又譯為《千金小姐》，於一九四九年上映。

6 露絲・哥茲（Ruth Goetz，一九一二～二〇〇一）和奧古斯塔斯・哥茲（Augustus Goetz，一八九七～一九五七）為夫妻，同為美國電影編劇與舞台劇作家。

7 本片為美國歌舞喜劇片，於一九四四年上映。李歐・麥卡瑞（Leo McCarey，一八九八～一九六九）為知名美國電影導演。平・克勞斯貝（Bing Crosby，原名Harry Lillis Crosby，一九〇三～一九七七）為美國流行歌手暨演員。

8 法蘭克・巴特勒（Frank Butler，一八九〇～一九六七）以及法蘭克・卡維特（Frank Cavett，一九〇五～一九七三）兩人皆為美國編劇。

9 日本導演木村惠吾（一九〇三～一九八六）撰寫原著與編導的一系列笑鬧歌舞片的總稱，第一部於一九三九年上映。

密結合，缺一不可，最後才能成就一部精彩的劇本。

然而，一台正常的攝影機所具有的科學真實性，使得鏡頭能夠捕捉到所有被攝體在現實中的原本狀態，因此，被攝物出現在畫面裡的動作，就和它在現實中的動作一樣，都會受到自然法則的支配，這一點並不會有任何改變。當一陣風由東往西吹，那麼膠片上拍到的那陣風也是由東往西吹。包括飛鳥和流水，在膠片上的樣貌都和在自然界裡的樣貌相同。劇中角色採取的行動，只是飾演該角色的演員採取的行動被直接且精準拍攝下來，並不會因為這是戲劇裡的表演，所以笑臉就被拍成了哭臉。

不過，像這樣依循自然法則的非靜止畫面，假如基於某種構思之下，將其中幾格膠片經過適當的剪接，就會立刻變成違背自然法則的畫面。剪接者可以隨心所欲讓人產生錯覺。舉個極端的例子，只要把跳水的片子倒轉，就會讓觀眾看成那個人是從水裡躍上跳水板的；還有由東往西吹的一陣風，只要把前後畫面顛倒過來剪接，就會讓觀眾看成那陣風是由西往東吹的。

同樣的道理，原本依循自然法則的一切事物，只要經過人為的加工，說得更精確一點是根據藝術法則予以統一，就會創造出截然不同於現實世界的另一個新世界，而那就是劇情片。劇情片中一切事物的行動和發展看起來彷彿依循自然的法則，其實真正遵循的法則名稱叫做「導演的構思」。關於這一點，我想大家應該都很清楚了。

如果要問，究竟是什麼東西激發導演想出了那種構思？答案是劇本。換言之，劇本是最早協助電影將科學性和藝術性結合在一起的觸媒，它促使導演渴望創造出一個不同於現實人生、卻比現實人生更加純粹且真實的人生。編寫劇本非得慎重下筆的理由就在這裡，它既是立足於虛構之上、但又不容許摻有一絲一毫「虛假成分」的理由也在這裡。

劇本的寫作技巧

按照一般的想法，作家先萌生出創作的衝動，也就是誘發了寫作的直接動機，繼而形成作品的內容。幾乎不曾聽過單純是由寫作技巧先刺激了作家的創作欲望，其後再決定要寫什麼內容的。就算有，也非常罕見。說得更詳細一點，作家面臨的第一個問題是思考寫些什麼，其次才是想一想該運用什麼樣的技巧。

因此，最常見的狀況是先有內容，再根據內容思考該用什麼技巧處理。設若某位執筆人已經勾勒出一個故事，並且隨著自己的藝術感性恣意走筆——在這樣的前提之下，如果他寫的是小說，只要後續沒遇到什麼特殊的障礙，一定可以完成；但假如他寫的是劇本，想必才剛動筆不久就會陷入僵局，連一個字都寫不去了。原因在於，他只受到藝術本能的驅使，卻不重視電影的科學觀念，甚至可以說，他欠缺那種拍攝相片時必須具備的冷靜特質。

僅憑藝術本能的衝動，根本無法妥善處理劇本具有的冷靜特性。如果編劇沒有把這項條件限制放在心上，只管埋頭疾筆振書，那麼即使他寫得出文學作品，也絕對寫不成劇本。簡單來說，關鍵在於劇本不允許出現足以直接表明編劇主觀看法的任何敘述。在劇本裡，編劇的主觀看法一定要置換成某種客觀的敘述方式才行。所有的敘述都必須囿限於電影的形式，也就是說不可抵觸「拍攝相片」時的冷靜特性。這可以說是劇本的宿命。基於這項限制，編劇在決定劇本的內容時，必須一併考慮如何表達的技巧，並且，在藝術層面必須同時懷抱衝動與熱忱、在技術層面必須具有技術人員的冷靜特質，亦即於同時兼顧這兩種層面的狀態之下撰寫。

當然，有一種寫劇本的方法是把編劇的主觀看法直接敘述出來，例如使用前面提過的《騙子的故事》、《相見恨晚》這兩部電影就採用了畫外音[10]的形態呈現。這種方法可以讓畫面上的劇情發展，以及編劇想說的話各自進行，互相保持一種若即若離的關係，因此能夠當作直接表明編劇主觀看法的一種技巧。不過，以後總不至於每一部電影都是這種形態，就算要以這樣的方法拍攝，還得先解決一個問題，那就是與畫外音同步並行的畫面情節推展部分，必須完完全全採取無聲的動作與場景呈現才行。因此，這種技巧只能適用於特殊需求的狀況。

由此可知，劇本不同於小說及其他敘述性作品的地方在於，所有的文字都是以客觀方式表達，並且如果是黑白電影的劇本，連對色彩的感受都要排除在外。在這樣嚴苛的條件之下，還要面對另一道更難克服的關卡。由於劇本的目標對象並不是直接閱讀劇本內容的讀者，而是拍成電影之後的觀眾，因此寫在劇本上的敘述，必須和呈現在電影銀幕上的畫面一模一樣。舉例來說：

他和她後來每天都在那地方見面。

這段文字雖然是客觀敘述，卻不符合劇本的寫法，原因是這段文字沒辦法直接呈現在電影銀幕上。如果要搬上銀幕，就要把「後來每天都」這幾個字的意思，轉變成可視性的「狀態」予以呈現。

談到這裡，想必有人覺得，要把某個故事內容以劇本的形態呈現出來，實在是一件非常不自由又受拘束的事。其實只要了解劇本的特殊性質，從中學習到電影獨有的呈現方式，自然而然就不會覺得飽受侷限，無法海闊天空盡情揮灑，也比較容易將自己的感性融入劇本之中，不至於滿腦子都在抱怨種種限制了。不僅如此，如同短歌和俳句雖然字數受限，依然能夠保有各自的藝術性，在受到限制的情況下寫劇本，反而增添了劇本的獨特價值。如果在各種限制之下，還能努力創作出一部完美的劇本，也就表示我們挑戰成功了。劇本獨有的技巧，就是在這般艱難的環境之中誕生的。

10　影片的聲音來源不是由畫面裡的人物直接發出的，通常作為劇情發展的補充。

剛開始寫劇本的那段時期總會面臨一種心理障礙，不曉得該怎麼把它轉變成可視性的狀態。隨著體悟到的技巧愈來愈多，愈寫愈順手，甚至納悶自己以前怎麼連這點小問題都解決不了。在我們同業之中，不少人都有同樣的經驗。

我試著舉個例子幫助大家更容易了解。從藝術精神的高尚角度來看，編劇構思劇情時習慣把劇中人物分別寫成「主角」和「配角」，這種寫法似乎有點低俗、有點市儈；但若將這種寫法視為一種技巧，這樣的稱呼確實有它的用意。前面舉例的「他和她後來每天都在那地方見面」，假定在這部戲裡「他」是主角，並且除了「他」和「她」以外就沒有別的角色了，這時要在劇本裡把「後來每天都」的意思以可視性狀態呈現，就必須將這兩人每天見面的場景逐一寫出來才行。不難想像這種寫法有點麻煩。假如劇情裡允許「配角」出現，那麼身為主角的他可以告訴那個配角：「我後來每天都和她在那地方見面！」或者可以讓他在街邊和擦鞋匠隨口閒聊：「我和那女人天天都在那兒碰面哩！」這是最為簡潔的呈現方式了。

再舉個例子。有個男人想去探望住在郊外吉祥寺一帶的恩師，並且打算在搭乘都營電車前往拜訪的途中，隨便找一間百貨公司買件伴手禮帶去老師家。現在要把這段情節寫成劇本，該怎麼寫呢？假如戲裡就只有這一個男人，任憑妙筆生花的編劇也只能寫出他搭上電車的場景而已，至於他心裡有什麼盤算？為什麼要搭電車？這些細節完全無法呈現出來。這時候如果可以加上「配角」，就可以藉由他們的對話來表達這男人為什麼要搭電車：「嘿，好久不見！去哪裡？」「我恩師住在吉祥寺。」光是簡單兩句話，已經充分說明他搭電車的理由了。至於他想半路下車的部分，可以透過兩人的交談來解釋：「要下車囉？」「嗯，我打算在這附近買件伴手禮帶去。」暫且不論這樣的安排是否巧妙，至少那個男人的想法可以在畫面上呈現出來。

我們可以進一步把這項技巧廣泛運用在劇本所有的人物配置上，如此一來就能大致估計出必要角色的人數與類型。這種技巧甚至能夠協助編劇更加明確地表達出隱含在字裡行間的電影主題。總之，從前面兩個例子至少可以明白，學習劇本的寫作技巧可以免去許多不必要的麻煩，絕不是一件徒勞無功的事。不論是多麼偉大的主題、多麼出色的題材，假如沒有旗鼓相當的呈現技巧，使得那些主題、題材的優點連一半都沒能表現出來，也就無法成為一部完美的作品了。

話說回來，若是只須寫出所謂的講演電影之類的劇本，單純著眼於編劇本身的主張、或是電影裡的道德倫理就可以的話，我們用不著這番大費周章，隨便用點粗淺的技巧湊合湊合也就夠了。但是，假如想要寫出一部內容與形式兼具的精彩劇本，光是要學會如何純熟運用相關的技巧，就得不惜殫智竭力，潛心鑽研了。

我們同業常有人抱怨劇本愈寫愈不好寫，這絕不是譬喻或說反話，就是字面上的意思。事實上，隨著寫劇本的歲月漸長，每個階段的難度也逐漸提高，就連擁有豐富經驗的編劇所耗費的精力，同樣不亞於當年撰寫出道之作的時候。反倒是在大約寫了五、六部劇本拍成電影的那段時期工作最為起勁，說難聽點是初生之犢不畏虎（其實這種時候在工作上最容易出現隨便應付的惡形惡狀），輕鬆愉快自顧自地寫劇本。

關於鑽研技術這一回事，無論是任何領域的工作都不容許草率敷衍。尤其是寫劇本的時候，自以為運用了高明的技巧，可是看在別人眼裡，那個部分卻特別惹眼，這就表示還沒有學到真正的精髓，恐怕得窮盡畢生之力，才能到達渾然天成的境地吧。說不定一輩子都達不到。總之，這條路很長、很遠。

劇本的文章

以下列舉幾段文章作為範例，第一段摘錄自泉鏡花先生的《白鷺》[11]。

那天晚上，津川一行人要從砂子餐廳回去時，剛走下二樓就遇到了餐廳的老闆娘。早在阿篠還沒來到這裡工作之前，津川就與這位老闆娘相熟了。他們欣喜地聊了起來，藝伎也跟著湊了過來，三人談得相當熱絡。

順一早一步踏出了餐廳的木格門外。

阿篠送他一程。圍籬暗青，籬上的防盜釘鉤泛著涅白，月影掩映。阿篠與順一在小巷裡並肩而行，趿著木屐的腳步聲略顯沉重。儘管她佯裝不在乎地抬頭挺胸，邁出一步又一步，無奈轉眼間就走到巷口了。電車鐵軌旁的街道是那麼樣的熱熱鬧鬧，後巷裡的燈火卻是閃閃爍爍，猶如人影幢幢。臨別時，阿篠靠上前去，抬起的衣袖恰巧輕輕撩劃過他的和服袖兜。

「……最近還會再來嗎……」

「一定來！」

聽到順一不假思索的肯定答覆，不知道為什麼，阿篠在他面前伏下臉來，頭上的圓髻宛如即將滑落的露珠似地，沉甸甸的。……

這段文章如果改寫成劇本，會變成什麼樣的形式呢？我們現在就和山形雄策[12]先生改寫後的劇本比較看看。

11《白鷺》為日本小說家泉鏡花（一八七三～一九三九）於一九〇九年在《東京朝日新聞》連載的作品。

12 山形雄策（一九〇八～一九九一），日本編劇家。

○砂子餐廳外面

津川臨走前，還站在餐廳的玄關與老闆娘以及藝伎聊得十分熱絡。順一和阿篠先行離開餐廳，佇立在路旁的月蔭處。阿篠離情依依地低聲問道：

「……最近還會再來嗎？」

順一凝望著阿篠的眼眸，信誓旦旦地回答：

「一定來！」

不知道什麼緣故，阿篠聽了以後只低下頭來。那模樣看來格外孤單……（下略）

不過，借用芥川龍之介先生對泉鏡花先生文章的評語，「散發出一種比世人所謂的獨特更為獨特的」香氣與習氣。就這點而言，或許引用泉先生的文章做為例子有失妥適。此外，或許也有人認為，擅自潤改如此嘔心瀝血的大作，是對鏡花文學的一種冒瀆；但是在我看來，山形先生改寫的方式再好不過了，畢竟劇本文章必須經過精心淬鍊，還得將各種寓意蘊含其內。暫且不提劇本文章的難處，我想，各位在對照完前面兩段文章後，應該對於劇本文章的「去蕪存菁」有更進一步的體悟了。

劇本真正的目的並不是透過文章講故事，而是藉由文章的媒介，到電影裡講故事。因此「去蕪存菁」之中的「菁」，必須侷限在能夠用電影畫面呈現出來的範圍裡。

1 曠野上已是遍地積雪。

2 農家的後門外，雪花片片飄落。

3 地爐裡燃著赤紅的火焰，上方吊著一只黑色的大鍋。

4 圍坐在地爐旁烘手取暖的務農夫妻與幾個孩子。

這場瑞雪下得好哪！

今年又是個豐收年嘍！

咕嘟咕嘟！

滋嚕滋嚕！

吊在地爐上方的那只

「什錦燉菜鍋」

正在開心地唱著歌兒。

5 地爐旁，太太伸手揭起鍋蓋。霧白的蒸氣氤氳而上。

6 鍋子裡，地瓜和白蘿蔔在冒泡的熱湯中不停翻滾。

7 幾個孩子都露出一臉饞樣。

8 鍋子裡，筷子在裡面來回翻攪，然後斟入醬油。

9 幾個孩子都露出一臉饞樣。

這是山本有三[13]先生的劇本。應該說，這是他的一首名為《雪》的散文詩其中一節，並且特別註明了「借用Scenario形式」。這篇詩文描寫適切、無一贅詞，請各位參考。

也就是說，劇本文章必須在能夠以電影形態呈現的限度之內，盡可能簡潔有力、乾淨俐落、直截了當，並且如果行有餘力，甚至還要提供導演執導時的重點，把攝影機的架設位置與角度也以暗示的方式寫進去。為了達到這項目的，首先要由確切掌握故事內容的具體面向，然後置換成最為凝練的文章。

一名士兵待在南方的孤島上三年，如今終於回到思念的祖國，從浦賀港上岸了。然而上岸後，映入眼簾的景象令他不敢置信。他看到的是戰敗的祖國滿目瘡痍、卑賤冷漠的現實樣貌。他拖著癱軟而疲憊的腳步，滿腦子只想著趕快回到故鄉。

這是最近某人送來給我的劇本的其中一段。大家應該已經看出來了，這段文章並不是用劇本的形式撰寫的。原因顯而易見，這篇文章只讓人強烈感受到，執筆者意圖完全藉由文章來傳達自己的想法，而不是透過文章來打造一部電影。如果非要從中挑出一些劇本化的用語，頂多只能挑出「從浦賀港上岸了」「拖著癱軟而疲憊的腳步」罷了。

關於劇本裡的遣詞用字應當如何精準到位，以下節錄谷崎潤一郎先生於《文章讀本》裡的一段話供大家參考：

印象中，有位法國文豪曾經說過這樣的話：「文章中的每一個位置都只能嵌入唯一一個最適切的詞彙。」請各位特別留意何謂唯一一個最適切的詞彙。當有幾個含意近似的詞彙可供應用，而你覺得隨便用哪一個都無妨的時候，表示思慮還不夠周詳縝密。只要進一步斟酌推敲，必定會發現有某一個詞彙比其他的更為貼切。舉例來說，就連散步這種無關緊要的小事，都有「散步」、「信步」、「漫步」、「閒步」等等詞彙可用，但是假如認為不論用哪個，意思都一樣，那就錯得離譜了。在某個情況下，用「散步」比「信步」來得合適；而另一個狀況下，用「漫步」比較恰當。倘若對類似詞彙間的些微差異渾然不覺、感覺遲鈍的話，就不可能寫得出好文章了。

以劇本來說，一篇達意的文章除了意思通達之外，還要力求簡練，如同沿著三角形的邊緣行走，切勿繞遠路，務必寫出最到位的字句。而且這項原則不僅適用於「舞台指示」，也就是劇本裡的敘述性文字說明，連台詞也同樣適用。例如，用來指自己的第一人稱代名詞，有時候

---

13 山本有三（一八八七～一九七四），日本劇作家、小說家暨政治家。

用「我」，有時候用「敝人」或「鄙人」比較符合情境，這樣的情形很常見。在這裡隨手寫下一些第一人稱代名詞，從天皇自稱「朕」開始：

老夫、老漢、老身、老生、卑末、卑人、治下、治生、草民、小的、小人、小可、鄙夫、鄙生、鄙人、不才、弟、弟子、後生、晚學、受業、敝人、個人、本人、你生、小生、在下、吾徒、吾人、吾、我、我輩、愚、己、自己

另外，還有方言中的「咱」、「俺」等等，不勝枚舉。不僅如此，有時候雖然只有自己一個人，卻會使用「我們」、「我等」的複數形，或者用「山田」、「花子小妹」這種套用自己的姓名或暱稱的方式，抑或是「卑職」、「貧僧」、「為師」、「為父」這類表示自己的身分地位的講法。說得更極端一點，甚至有人用過「他」、「她」這種明確的第三人稱來形容自己，就連「me」都有人用了。最重要的是，以上列舉的各種用法，在文章中沒有絲毫不自然之處。

劇本的文章和台詞也一樣，比如「某人送他出去」的寫法與「他被某人給送出去」的寫法，又例如「馬正在跑」的寫法與「正在跑的馬」的寫法，呈現出來的畫面應該完全不同，劇本的意涵與措辭的講究，正是由此體現。大家不妨想像一下，當劇本寫的是「馬正在跑、馬正在跑……正在跑的馬」，浮現在你腦海裡的影像，應該就可以感受到箇中奧妙了。

由此可知，縱使寫劇本時可以盡情發揮，但是在選詞擇字時，仍然必須再三琢磨才行。

劇本的時態

目前劇本文章使用的時態大致有以下兩種形式，各舉一例如下。首先是八木隆一郎先生與北村勉先生共同改編自長塚節原作的《土》（內田吐夢先生執導）[14]的其中一段，其次是池田忠雄先生改編自岸田國士先生原作的《暖流》（吉村公三郎先生執導）[15]的其中一段。

【範例一】

○田埂

勘次拚了命狂奔過來。他滿臉驚恐地回頭張望了一下，又繼續往前跑了。

14 一九三九年上映的日本電影《土》改編自日本小說家長塚節（一八七九～一九一五）的同名長篇小說，被譽為農民文學的代表作之一，該片導演為內田吐夢（一八九八～一九七〇），共同編劇包括八木隆一郎（一九〇六～一九六五）、北村勉（生卒年不詳）。

15 該片原作為日本小說家暨劇作家岸田國士（一八九〇～一九五四）的同名長篇小說，曾多次改編為電影與電視影集，此處為一九三九年上映的日本電影，導演為吉村公三郎（一九一一～二〇〇〇），編劇為池田忠雄（一九〇五～一九六四）。

平造和派出所的警察大人來到另一條田埂。

平造：「俺知道是誰幹的！除了那傢伙不會有別人啦！」

警察：「你真的光是看到玉蜀黍的粒子，就能分辨出是自己種的嗎？」

平造：「大人，俺的玉蜀黍可是用了好多酒糟施肥養出來的，穗子抽得高長又飽滿哩！」

平造激憤地說，和警察一同往勘次家的方向走去。

○地主家的門前

勘次衝了過來，不敢踏入氣派的正門，提心吊膽地繞到後面溜了進去。

○勘次家的屋後

平造和警察大人一起在竹叢裡找了又找，阿次和與吉（備註：兩人都是勘次的孩子）站在略遠處，面露懼色地望向了平造和警察大人。

平造：「找到啦！找到啦！哼，居然藏在這種地方！……大人，您瞧瞧，俺的玉蜀黍跟別人的就是不一樣吧！那小子根本不可能種得出那麼好看的嘛……俺敢保證，他的田地裡一定連一根穗子都結不出來！」

警察：「他偷了這麼些玉蜀黍，打算做什麼？」

平造：「天曉得！那小子是個廢物，高齡八十的老丈人嫌他沒用，把他給轟出家門啦。哎，我和他老丈人卯平是朋友，所以想起那小子更是氣不打一處來哩！」

○地主家裡，夜晚

阿次從後門走了進來。

夫人：「喔，是阿次呀，勞妳跑這一趟。來，過來這邊。」

阿次走到夫人身邊蹲了下來。

夫人：「妳已經知道那件事了吧？」

阿次的淚水在眼眶裡打轉，不發一語。

夫人：「勘次這回可闖禍了……。」

阿次：「夫人，您曉得我爹在哪兒嗎？」

【範例二】

○行駛的汽車裡

啟子與祐三的身體隨著車子的行駛而左搖右晃著。

啟子：「這麼說，醫院的經營狀況已經很不樂觀了……。」

祐三：「——可以這麼說。」

啟子：「如果是對我有所顧忌，請儘管放手去做。就算得大刀闊斧改革，我可以縮衣節食過日子的……。」

祐三：「請別那麼悲觀，我不會輕易認輸的。哎，別用可憐兮兮的眼神瞅著我。請放心交給我去辦。」

啟子：「好的。」

祐三（忽然看著她的手指）：「怎麼這麼久了還沒好？傷口還沒癒合嗎？」

啟子：「是呀，不知道為什麼會拖那麼久呀？笹島醫生說，可能是刺進去的針上帶有黴菌的緣故哦。」

祐三：「——妳都讓笹島君看診？」

啟子：「是呀……。」

祐三：「他該不會是蒙古大夫吧……。」（笑）

啟子：「哎呀，您好壞喔……。」（笑）

○醫院裡，走廊上

兩人並肩而行。

醫院員工向他們欠身致意。

不久，兩人道別。

祐三：「那麼，祝妳早日康復……。」

啟子：「謝謝您。」

祐三進入旁邊的主管辦公室，桂子[16]沿著走廊繼續前進。

○外科診療室

啟子進入。診療室裡的幾個人紛紛向她鞠躬問好。

○手術室門口

笹島醫生和仲間醫生在手術室裡。護士探頭進來。

護士：「笹島醫生，院長千金來了。」

笹島：「知道了。」（起身）

仲間趿著拖鞋故意踩住笹島的腳。

仲間：「喂，你到底幾時才要把人家的手指治好啊？別拖太久啦！」

笹島：「少開我玩笑！」（難為情）

仲間：「你那張撲克臉已經不管用啦，心裡想什麼，臉上一清二楚……可惡的傢伙！」

笹島：「你才是可惡的傢伙呢！要怎麼胡思亂想都隨便你，可別把病情延宕也怪到我頭上來了。」

16 日文「啟」與「桂」同音，此處可能為作者誤繕。

仲間：「別再找藉口啦，還不快去！」

笹島從鼻孔噴出一聲訕笑，走出手術室。

○診療室

笹島進入，向啟子鞠躬致歉：「讓您久等了。」並請她坐到診療椅上。

各位讀完這兩段劇本即可了解，前者是以過去式書寫，後者則是以現在式書寫。前面那段文章有個現在式的句子「平造和派出所的警察大人來到另一條田埂」，這並不是單純的現在式，應該看成為了讓描述文字變得鮮活而使用的現在式形態的過去式。

那麼，劇本文章的時態，到底應該選擇過去式還是現在式呢？

如前所述，劇本真正的目的並不是以「讀者」為對象講故事，而是把寫在劇本裡的事物轉換成「電影」的樣貌重現。也就是說，劇本是影像電影前身的文字電影，因此在劇本裡描述的情節進展，必須與按照劇本內容製作成電影的情節進展相同。當我們看一部電影時，那部電影對我們訴說的一樁樁事件，總是以現在進行式來呈現每一個瞬間，絕不是用過去已發生之事的形態出現。

即便是歷史電影或古裝劇等等發生在很久以前的往事，我們在觀看的當下並不是抱著思古幽情的心態，至少在看電影的那段期間，都是身歷其境目睹每一件事的現在進行式，等到看完以後才重拾那股懷舊之情。基於這個理由，我認為劇本文章即便是以漢文調或仿古文撰寫，唯獨時態必須採用現在式才對。

不僅如此，過去式的文章主要是記錄過去已發生的事件，而現在式的文章不僅是同步轉述事件的發展，也具備近似於命令式的指定式，或稱指示式的效果。例如在軍隊組織裡，上級會以命令句下達口令，這時的命令句並不是現在進行式的意思，而是告知對方必須做什麼動作的指令。

劇本文章並不僅僅是紀錄式的文體，而指定式或稱指示式的用法也有其意義。關於這部分，我想應該不必多做說明了。不過，還是有些人覺得用過去式寫文章有助於敘述上的流暢，此外，過去式對劇本來說也並非一無是處，端視個人的習慣逕行運用亦無妨。我只是想說，原則上應該採用現在式。

在此補充一點，八木隆一郎先生後來的作品，也大多使用現在式書寫了。

劇本的長度

從理念來說，電影的良莠並非取決於電影的長短，而編劇的創作欲望也不能受限於電影的長度。但是，就鑑賞者的角度而言，連續三、四個小時觀看同一部作品實在違背生理條件，何況到目前為止，一些被譽為名作和傑作的電影長度，以八千呎到九千呎左右居多，換算成時間，約莫一小時三十分到五十分前後，可是觀看時感覺內容相當充實，彷彿看了足足長達一萬呎以上的片子。換句話說，絕大多數電影以一卷八百呎計算，總長約為十卷到十二卷的膠卷。至於短篇電影，也就是一般俗稱的三卷片，長度通常是二千四、五百呎到四千呎左右。

以下列出放映時間與膠卷的呎數及公尺數的對照表供各位參考。不過，這張表格是以一秒三轉，也就是二十四格，換算成一分鐘的速度即為八九．九呎，等於二七．四公尺的標準速度為基準。

時間	呎數	公尺數
1分鐘	89.9	27.4
20分鐘	1798.0	548.0
25分鐘	2247.5	685.0
30分鐘	2697.0	822.0
35分鐘	3146.5	959.0
40分鐘	3596.0	1096.0
45分鐘	4045.5	1233.0
50分鐘	4495.0	1370.0
55分鐘	4944.5	1507.0
1小時00分鐘	5394.0	1644.0
1小時05分鐘	5843.5	1781.0
1小時10分鐘	6293.0	1918.0
1小時15分鐘	6742.5	2055.0
1小時20分鐘	7192.0	2192.0
1小時25分鐘	7641.5	2329.0
1小時30分鐘	8091.0	2466.0
1小時35分鐘	8510.5	2603.0
1小時40分鐘	8990.0	2740.0
1小時45分鐘	9439.5	2877.0
1小時50分鐘	9889.0	3014.0
1小時55分鐘	10338.5	3151.0
2小時00分鐘	10788.0	3288.0
2小時10分鐘	11687.0	3562.0
2小時20分鐘	12586.0	3836.0
2小時30分鐘	13485.0	4110.0

如果要把這張表格上的時間與呎數直接換算成劇本的篇幅長度，亦即幾呎等於幾張稿紙，恐怕有困難。以一般戲曲或廣播劇本來說，通常一張四百字稿紙大約等於一分鐘，假如根據這個基準來估算電影，差不多是九十張四百字稿紙等於八千呎左右吧。不過，這個數字會隨著劇本的品質以及導演的執導手法而有所變化。以下以伊藤大輔先生執導的自撰劇本《興亡新選組》[17]的解說文為範例，他在文章中提到了劇本與執導之間的相關性。

字幕

話說，堪稱暗殺時代的幕府末期，尤其是最為慘烈的文久元年至三年間……

刀光劍影……

（劇本上僅僅只寫了「刀光劍影」一行字。如果導演兼任編劇的時候，在實務上這樣寫就可以了。〔中略〕若是細看我的拍攝腳本，在「刀光劍影」這行字底下，還附註了以下的說明：

從字幕進O.L.，刀尖刺出的移動拍攝。染紅的膠片兩格，刀尖前刺、閃晃、劈落、拔出……。紅三格。吶喊的面孔，三重曝光五、六格。紅兩格。散落一地的白紙。以上拍成七個

17 伊藤大輔（一八九八～一九八一）為日本電影導演暨編劇家，作品多為古裝片。其親自編劇與執導的作品《興亡新選組》於一九三〇年上映。

鏡頭。）

事實上，這未必如伊藤大輔先生所言，僅適用於導演與編劇為同一人的情況。即使是話劇，也沒辦法把每一個人從頭到尾的所有動作全都詳細寫在劇本裡。又比如劇中角色唱歌的情節，劇本上只會寫「唱〈菩提樹〉」而已，但拍攝時仍然必須拍足影片需要的歌曲長度。不僅如此，在劇本上只寫了一兩行的事，在影片中卻要用相當長的時間來描述，或是相反地，在劇本上占了很長的篇幅，可是影片裡卻只是一瞥而過的短短畫面，這些情況都是司空見慣。

因此，若用極為粗略的估計，九十至一百多張四百字稿紙的篇幅，應該是最恰當的劇本長度了。

如同前面提過的，一般認為創作熱忱不應該受限於膠卷的長度，否則聽起來不太合邏輯，心裡也覺得不太舒服；可是如果換個面向思考，藉由這樣的限制，將素材善加整理、提高純度，反而有助於提升電影的品質，讓電影變得更為縝密。

總而言之，只要觀影者的生理條件許可，希望電影放映的時間加長，那麼寫劇本的人就應該盡己所能，在限度範圍之內，努力做最佳的呈現。事實上，有些部分在執筆過程中認為不容增減分毫，可是寫完擱置一旁幾個月後再回頭來看，忽然覺得拿掉似乎也無所謂。寫劇本時，應當力求推敲再推敲，盡可能刪除任何不必要的部分。紀德曾在一場名為〈戲劇的演進〉的演講中（河上徹太郎[18]先生迻譯）表達了以下的看法：

偉大的藝術家，亦即受到艱難所鼓舞，化各種阻礙為墊腳石之人。以米開朗基羅為例，相傳他之所以構思出〈摩西坐像〉那般彎曲的姿態，原因是大理石材料不足。還有埃斯庫羅斯由於沒有夠多的舞台演員，不得已只好讓被綑綁在高加索的高山上的普羅米修斯保持靜默[19]。希臘人甚至把在琴上多加一根弦的人逐出城邦之外。藝術就像這樣，生於束縛，活於鬥爭，死於自由。

18 河上徹太郎（一九〇二～一九八〇），日本文藝與音樂評論家。
19 出自古希臘悲劇作家埃斯庫羅斯（Aeschylus，西元前五二五或五二四～西元前四五六或四五五）的作品《被縛的普羅米修斯》，內容描述桀驁不馴的普羅米修斯仗義協助凡人而惹怒了宙斯，因而受罰被綑綁在高加索的高山上。

結構

題材

從理論而言，寫劇本的事前準備工作步驟如下：第一階段是決定主題（theme），第二階段是根據主題來蒐集題材，第三階段是把蒐集到的題材彙整成一個故事（story），第四階段則是把那個故事變成情節（plot）的形態。到了最後這個步驟，才能開始著手寫劇本。

原則上的順序是：主題—題材—故事—情節。不過，這只是理論，實際過程未必如此。很多時候是由題材決定主題；或者把隱約浮現腦海的故事經過彙整之後，自然而然得到了主題；甚至一開始是由題材刺激了創作欲望，其後才產生故事或主題。因此，理論歸理論，實際上並沒有所謂正確的順序，完全因人而異。事實上，編劇的創作欲望經常是由主題、題材、故事這三位一體共同激發出來的，很難說是其中單獨一項的成果。

在日本，向來習慣將這些步驟統稱為「原作」；但嚴格來說，題材——至少到故事之前的步驟，並不一定具有某種固定的形態，通常可以是社會事件的一部分、日常生活中的一件小插曲、旅遊中的見聞，甚至是小說或戲曲的其中一段。如果是由一句詩得到的靈感衍生出一個故事，或是看到一個老人在路邊發傳單的一幕啟發出一個故事，這種情況會特別以母題或動機（motif）來稱呼，有很大的機會由此發展成為劇本的題材。

至於究竟該選擇什麼樣的題材，或者換句話說，到底該從圍繞在自己身邊多采多姿的生活中擷取什麼東西當作題材，關鍵在於是否擁有一雙觀察人生百態的慧眼。契訶夫的遺稿中有一部《一八九一至一九〇四年的備忘錄》，裡面記錄著如下的許多片段：

＊有個男人遭車輪碾過身軀被奪走了一條腿。他只擔心藏在那條腿的靴子裡的二十一盧布有沒有遺失。

＊有人送了魚給老爺爺。老爺爺吃了魚之後依然好端端的，沒有中毒，家裡的人這才放心地一起吃起魚來。

＊有個官吏看了兒子的成績單，發現所有科目都是五分，立刻把兒子揍了一頓。後來他才得知，原來五分就是滿分，結果他又把兒子揍了一頓。原因是他惱羞成怒。

＊一對夫妻相當好客。因為只要家裡沒客人，兩人總是從早吵到晚。

＊俄國的酒館，就連美麗的桌巾也散發著惡臭。

毋庸置疑，這些毫無關連性的片段，日後將會個別放入他作品的適當場景裡。在夏目漱石先生的日記和遺稿中，也時常出現這類隨意記下的見聞或心得。

＊人們紛紛站了起來。簷廊傳來一個女士的聲音：「他只是基於禮貌護送我過去而已

呀！」說話的女士應該是在英國住了九年的夫人。

*兩個身穿帶有家徽的灰藍色和服的女子，腳上趿著專在院子裡穿的杉木屐，站在開滿杜鵑花的庭院裡聊天。山崖近在眼前。「從這裡可以眺見帝國劇場，還可以望見在九段[1]施放的煙火，一切盡皆一覽無遺。」父親說道。

*有個小職員出差前上了妓館，點了兼差的娼婦，還說最好是家庭主婦。老鴇於是把旗下小姐的相片拿給他挑選。他赫然看到了自己妻子的相片。老鴇告訴他，那名主婦只有〇號到〇號之間可以接客。小職員想了一下，那段時間正是自己出差的日子。

*是公（中村）[2]在湯河原說，馬鹿囃子[3]難得很，如今東京的藝伎只剩下吉原[4]的阿貞還懂得怎麼唱了。他把馬鹿囃子和木遣歌[5]弄混了。說不定他以為手古舞[6]是一種祭神之舞呢。

*有個按摩師[7]說，一等他存夠錢，就要去東京開包廂叫藝伎來唱歌。按摩結束要回去時，我提醒他下樓危險，需不需要幫忙？他回答不礙事的。我不放心地又問了一次，卻見他健步如飛地下樓梯了。

*家裡不讓仲六買八十五錢的喇叭，他一氣之下躲進了地板底下[8]，怎麼都不肯出來。愛子做了海苔飯捲遞進地板底下，還在生氣的仲六一臉饞相，三兩口就吃光了，但是依然不肯開口講話。純一生氣時也會脫光了衣服鑽進地板底下睡覺，同樣不肯出來，一旦有

人靠近就會抓起一把泥土往人身上扔。

*我待在京都時十分想念東京，到最後不得已，只得一路散步到京都的火車站，等候從東京開來的火車，瞧一瞧車廂裡來自東京的那些面孔，聊以慰藉。

這類例子還有很多。在全俄國立電影學院的教科書中，非常推薦像這樣把某個時刻的見聞與觀察記錄下來，認為這是「人們不同的性情或緣由造成生活上的包羅萬象」，並且強調「我們必須將這些現象區分成偶發性的與普遍性的，如此才能創造出具有真實性的生活樣貌」。這

1 日本地名，位於現今東京都千代田。
2 中村是公（一八六七～一九二七），日本明治時代政治人物，為夏目漱石的友人。
3 神社的祭典音樂。
4 日本江戶時代的妓院區，位於現今東京都淺草。
5 一種日本民謠。
6 日本江戶時代的神社祭典中，女子扮成男裝，在神轎前面跳遊行先導舞。
7 當時的按摩師多半是視障者。
8 日本傳統房屋為離地式的木造屋，地板並非緊貼地面，可容人爬入。

種方法在我們這一行裡傳承已久，並且把記錄這些片段的記事本暱稱為味噌本[9]。

味噌，相當於梵鐘的撞鐘中心點，只要擊中那處地方，就能敲出最為宏亮的鐘聲，也就是象徵著把繁雜的事件統整為一個單純形貌的部分。那或許是台詞，或許是動作，也可能是劇本的結構。以往的電影不乏這類例子：僅透過寥寥幾件小事就描述出比千言萬語更觸動人心的父與子無盡的親情，又或者只用一句話就活靈活現地勾勒出一個落魄女子錯綜複雜的心態。

於此同時，我們也必須謹慎善用那些「味噌」，千萬不可因此導致劇本走入了旁門左道。在煞費苦心寫劇本時，恰巧發現了某個絕妙的「味噌」，立刻迫不及待地把它放進眼前的作品裡——這是寫劇本的人共有的問題。寫劇本時的首要考量當然是整部電影的均衡性。再怎麼絕妙的「味噌」，也不能硬塞進電影裡，造成劇情走向的偏頗。撞鐘時並不是隨意敲擊鐘身的任何一處都可以。

我認為剛開始寫劇本的人的通病之一，就是不懂得如何巧妙地取捨素材。常見的狀況是，即使覺得不太對勁，還是統統放進去，根本忘了顧及劇本整體的均衡性。想寫進去的、靈光一閃的，各式各樣的「味噌」，從第一行到最後一行塞得滿滿的，反而使電影的主旨變得混沌不明。為了描寫具有真實性的生活，而把一個人物的行動從早到晚鉅細靡遺地記錄下來，這種寫法簡直愚蠢透頂。為了真實地描寫具有真實性的生活，必須「有所取捨」。除非能夠對於呈現電影的主旨有所助益，否則就該毫無眷戀地從劇本裡予以「捨棄」。換個角度思考，在劇本的寫作過程中，「捨棄」的工作比「納入」更為艱鉅。可以說，如果一個編劇能夠從一開始就精準判斷要不要放入那個「味噌」，就足以代表他擁有非凡的自信。

不過，我的意思並不是說，只要能講完故事的梗概，那些周邊的環境與氣氛就不必詳細描述了。如果鮮明的描寫有助於強調電影的主旨，就該細膩描繪其周邊的環境與氣氛。我曾經在某一本雜誌上寫過文章提及關於這種「捨棄」的困難所在，結果遭到誤解，接到來稿舉例從邏輯的角度反駁說，以大船製片廠的劇本和夏爾．斯巴克的劇本做比較，大船的劇本雖然寫得非常詳細，但是這種詳細僅限於劇中主軸的事件，顯得膚淺而單調，也就是說，大船的編劇群把自己關在狹窄的視野裡，對於自己不熟悉的東西一概「捨棄」；相較之下，斯巴克的劇本可以讓人感受到人生的豐富與深度，換個角度來看，那些不重要的細節才是最重要的。——事實上，我所謂應該捨棄的對象，絕不是自己不熟悉的事物，而是不適合放在那部作品裡的事物。如果讀者對於大船的劇本只詳細寫了劇中主軸的事件而感到膚淺與單調，那麼問題不是「捨棄的事物」，而是在於「捨棄的方法」。

把該捨棄的事物捨棄、該納入的事物納入——這話說來簡單，一旦身歷其境，就會發現絕不簡單。尤其是當想到某個「味噌」時，自己多半會得意洋洋，別說捨棄了，甚至還會特地改

9 應是以日本飲食中不可或缺的調味料「味噌」，比喻讓劇本或小說增香添色的珠璣妙語，相當於現代的「點子」、「創意」。

變部分結構來納入這個點子，結果弄得自己連一個字都寫不下去，開始懊悔當初似乎不該放進來，只好從頭重新修改一遍，形同白費功夫。捨棄，確實是一門大學問。

無論如何，劇本的題材不管出自何處，首要條件就是必須能夠改編成電影。也就是說，我們必須了解，在現實生活中得到的感動，與從電影裡得到的感動，具有本質上的差異。我們從小說和戲曲裡擷取題材時，也要明確分辨其具有的特性必須能夠同樣適用於電影。

著名的美國女編劇家安妮塔・露絲[10]很久以前發表過關於題材的選擇標準，值得我們深思：

> 我們過去對電影的要求，多半是火車撞車、歹徒墜落山崖這類「表象的活動」。（中略）可是電影的「活動」未必是表象的，也可以是心理層面的。總之，無論如何，絕對不能讓觀眾覺得宛如「一灘死水」。

露絲這段話說得十分淺白，應該不需要多做解釋了，不過我還是想補充一下，這裡所謂的「活動」，並不是單指「動作」的意思。在電影畫面中，即使只是輕輕動一下手指，其代表的意義遠遠超乎日常生活中同樣的舉動，而這樣「活動」是不可欠缺的。

換言之，電影必須僅憑本身的聲音與動作，表達出一切的敘述。這種呈現方式自然有其侷限，選擇的題材也勢必同樣不能超出這個範圍。舉凡街頭、家庭、工廠、辦公室、學校、咖啡廳、火車、田園等等，只要是有人的地方，題材俯拾皆是。即便是同樣的題材，端視編劇家的人生觀，可以成為了不起的傑作，也可能淪為不及格的劣作。題材選擇的基準應當在於適不適合透過電影來呈現。精彩的戲曲或小說改編成電影，卻拍出了不太精彩的電影，原因未必歸咎於改編過程的失誤，很可能錯在沒察覺戲曲或小說與電影有本質上的差異，導致題材出現了水土不服的狀況。

順帶介紹《三十六劇》（*36 situations dramatiques*）。這是約翰．彼得．愛克曼[11]在《歌德談話錄》於一八三〇年二月十四日的記事中，提到「卡洛．戈齊（Carlo Gozzi，一七二〇～一八〇六，義大利劇作家）主張世上的悲劇場面只有三十六種。席勒[12]費心鑽研，試圖發現戈齊遺漏的場面，可惜始終沒能成功」，但是戈齊挑選出來的三十六種劇情變化如今已經佚失，現在流傳的是法國的喬治．普羅蒂[13]接續研究的成果，好萊塢的電影研究所的弗雷德里克．巴馬也

---

10 Anita Loos（一八八九～一九八一），美國編劇家。

11 Johann Peter Eckermann（一七九二～一八五四），德國詩人暨作家。

12 弗里德里希．席勒（Johann Christoph Friedrich von Schiller，一七五九～一八〇五），神聖羅馬帝國詩人、哲學家、歷史學家暨劇作家，德國啟蒙文學的代表人物之一。

13 Georges Polti（一八六七～一九四六），法國戲劇學者。

直接引用。我雖然懷疑這三十六個項目具有多少參考價值，總之，多看看總是無妨。不過，這裡提到的「央求」或「拯救」等項目，並不是直接單一構成戲劇，而是這些情境都含有戲劇的要素，只要加以適當排列組合，就可以構成一部完整的戲劇。例如《深閨疑雲》（*Suspicion*，亞佛烈德．希區考克[14]執導，山姆森．雷佛森、瓊．哈里森、艾瑪．雷維爾[15]共同編劇）就應用了「可疑之人或疑問」、「錯誤的判斷」、「野心」、「逃亡」、「反抗」等等劇情並予以適度分配，從而激盪出豐富的戲劇張力。

以下列出普羅蒂的《三十六劇》：

1 央求（請託）
2 拯救（援助）
3 復仇（由復仇招致的禍患）
4 親族間的報復（最知名的例子就是《哈姆雷特》）
5 逃亡（追捕）
6 苦難（災殃）
7 被捲入殘酷或不幸的遭遇
8 反抗（叛變）

9 奮戰（勇敢的爭鬥、大膽的企圖）

10 綁票

11 可疑之人或疑問（謎）

12 努力朝目標邁進（獲取）

13 親族間的仇恨（例如《紅髮男孩》[16]《歸鄉》[17]）

14 親族間的爭執（《卡拉馬助夫兄弟們》是不錯的例子）

15 由姦情引發的殺機（造成兇殺案的姦情）

16 精神錯亂

17 因魯莽而招致命運的改變（輕率）

---

14 Alfred Hitchcock（一八九九～一九八〇），原籍英國，知名美國演員、導演、編劇暨製片。

15 該片於一九四一年上映。山姆森・雷佛森（Samson Raphaelson，一八九四～一九八三，美國編劇）、瓊・哈里森（Joan Harrison，一九〇七～一九九四，英國編劇）、艾瑪・雷維爾（Alma Reville，一八九九～一九八二，英國編劇，亦為希區考克夫人）。

16 *Poil de carotte*，一九三二年上映的法國電影，由儒勒・雷納爾（Jules Renard，一八六四～一九一〇）於一八九四年出版的中篇小說改編而成。

17 一九二七年上映的日本電影，由日本小說家菊池寬（一八八八～一九四八）於一九一七年發表的同名獨幕戲曲改編而成。

18　不知情而犯下了愛慾之罪（例如默阿彌[18]鍾愛的畜生道之類的題材，以及索福克勒斯[19]的《伊底帕斯王》都極具代表性）

19　無意中犯下殺傷親族之罪

20　為追求理想而犧牲小我

21　為了親族而犧牲自己

22　為了愛情而有所犧牲

23　犧牲了所愛之人

24　三角關係（居優勢與居劣勢者的對立）

25　通姦

26　不倫之愛（例如母親與女兒愛上了一個男人）

27　發現所愛之人有不名譽之事

28　橫亙在自己與情人之間的阻礙

29　愛上仇敵

30　大志（野心）

31　背離神意的相爭

32　誤會的嫉妒

33 錯誤的判斷
34 悔恨
35 尋找與尋獲離去之人
36 失去所愛之人

主題（Theme）

前面已經提過，題材、主題（theme）與故事（story）經常是三位一體，彼此密不可分。當我們思考，究竟什麼是讓一位編劇產生創作欲望的直接動機？有可能是他在某種機緣之下所見所聞的某一件事，也有可能是他自身毫無事實根據的浮想聯翩（亦即點子，idea），我們特別把這種情況稱為母題（或稱動機，motif or motive）。關於這一點，前面同樣提過了。除此以外，還經常是由諸如下列情形誘發了編劇的創作動機。首先看第一個例子：

18 河竹默阿彌（一八一六～一八九三），日本江戶時代的歌舞伎劇作家。
19 Sophocles（西元前四九六或四九七～西元前四〇五或四〇六），古希臘劇作家代表人物之一。

輸掉這場戰爭以後，戰爭赤裸裸的真面目隨之暴露，許多年輕人心神恍惚，彷彿身在虛無的深淵裡漂游浮沉。他們曾經為了國家的光榮而甘願奉獻生命，如今卻紛紛淪為無賴之徒。然而，這種狀態不該再持續下去。只要等到不久之後，他們宛如死而復生，魂魄歸位，屆時必將自我覺醒——原來魚肉鄉民的就是他們自己！原來控制他們一切思想行動的「老大」亦是他們自己！年輕人，快快睜開眼睛吧！快快抬起頭來仰望洋溢著希望的太陽吧！

從上述片段的內容可以看出，這已經超越了母題的範疇，很明顯地包含了編劇對於人生、對於社會的批判，並且確切指出了其創作欲望的方向。到了這樣的程度，應該稱為主題（theme）了。接下來再看另一個例子：

如今世道險惡，實在不適合那些正直、無欲且謹慎的人們生活。來自世間的一道道冷峻寒風，無情地颳過他們的軀體，吹散了僅有的喜悅，掠奪了微小的希望。現在他們最需要的是得到溫暖關懷的包容，以及一絲美麗的夢想。

這段話同樣是一個主題，也就是編劇在這部電影裡想要表達的、想要訴說的「人事物」。由此可知，編劇的人生觀與電影的主題保持著若即若離的關係；反過來說，也就是那位編劇如何看待人生。從一位編劇選擇的主題，即可窺見他的人生觀、社會觀，以及人性。

我在前面的〈關於電影的大眾性〉那一節裡這樣說過：

> 電影真正的「可看性」，最重要的基礎在於獨創性。有獨創性，也就不會落於陳腔濫調；想要不落於陳腔濫調，編劇在觀察事物時必須獨具慧眼，從而提出獨到的見解，使得主題有其獨特的深度。

簡而言之，主題，就是編劇對於人事物批判的結果。我們也再次驗證了電影的深度和可看性，與電影的主題有多麼密切的關係。

然而，主題通常十分抽象，無法直接成為故事。為了讓故事成形，必須先將主題具體化。譬如，前面舉出兩個關於主題的範例，第一段摘文後來成為《我一生中最光輝的日子》（新藤兼人[20]先生編劇）的故事，描述一名年輕軍官於二戰結束前夕暗殺了倡導和平主義的內閣官員，如今卻淪落到在銀座後巷的舞廳當個保鑣；第二段摘文後來成為《美麗的星期天》（植草圭之助[21]

20 新藤兼人（一九一二～二〇一二），日本電影導演暨編劇。
21 植草圭之助（一九一〇～一九九三），日本編劇暨小說家。

先生編劇）的故事，描寫一對情侶雖然貧窮，仍在某個星期日度過了愉快的一天。當然，我一再重述，有時候是先有主題再發展成故事，有時候卻是由題材來定下主題，順序五花八門，但是無論如何，整部電影的軸心必須是主題。一部主題不明確的電影，即便題材多麼精彩，也絕不會成為傑作。

主題並不僅僅是概念。諸如「同情」或者「愛情」，只是一種概念，為了讓它成為主題，一定要賦予概念更為明確的方向。如果把「正義」這個概念導引到某個方向，變成「正義偶爾也會被邪惡擊敗」或者「正義向來戰勝邪惡」，這時就成為明確的主題了。

不過，主題絕對不等於編劇的思想。雖然可以從主題稍微看出編劇的部分思想，但如果要把主題彙整成思想體系的明確形態，恐怕應該寫成一篇論文才講得清楚了。只是不可避免地，既然要把主題具體化為一部電影，那麼編劇的思想也就自然而然地滲入整部電影的每個角落。

主題也不等於「目的」。二戰期間，多數日本電影失去了深度與可看性的最大原因，就是當時由情報局負責督導電影事業，並且強制規定電影製作的目的是「啟發與宣傳」，甚至到了二戰結束後的一段時期，雖然電影的類型有所轉變，但依然缺乏深度與可看性的原因，同樣是被迫接受ＣＩＥ[22]的指導。在那樣的時空背景之下，電影失去了原本應有的主題，純粹是以破除軍國主義與封建思想、揭發軍閥惡行為目的。

當「目的」達成了或是失敗了以後，「目的」本身也就隨之消失了。那些老套的偵探片即使享有賣座的票房，也不具有雋永的電影價值，原因就在於那一類電影的目的只是抓到兇手或是解開祕密，就算故事內容錯綜複雜、曲折離奇，觀眾的興趣頂多只能持續至抓到兇手或是解開祕密為止，隨著真相大白，觀眾的興趣頓時消失，到此結束了。也就是說，所謂的「目的」，並不是由編劇的內在自然湧現的批判人生的結果，而只能是從外部賦予的、由外部添加的東西。正因為如此，「目的」即使能成為催生出一部電影的動機，也絕對無法直接成為電影的主題。因此，當編劇基於某種目的而不得不寫出一部電影時，一定要比那個目的再向前跨出一步，比那個目的再推進到更深遠的地方，從自己的心底挖掘出真正想寫的主題才可以。諸如《辣手摧花》（*Shadow of a Doubt*，亞佛烈德．希區考克執導，桑頓．懷爾德、莎莉．本森[23]、艾瑪．雷維爾共同編劇）或《深閨疑雲》這類所謂的驚悚片之所以不同於一般的偵探片，關鍵在於驚悚片的編劇是從人生觀照的視角明確掌握住劇中人物的人性。無庸贅言，如果想把政治思想的宣傳、宗教理念的布達甚至是勸善懲惡拿來當成電影的目的，那是不可能成為電影真正的主題的。藝術作品的主題，絕對不可以是隨著目的達成而消失的東西。勸善懲惡可以是電影

22　民間情報教育局（Civil Information and Educational Section）的縮寫，隸屬於駐日盟軍最高司令官總司令部，於一九四五至一九五二年美國政府接管日本期間負責實施教育、宗教、藝術等文化政策。

23　該片於一九四三年上映。桑頓．懷爾德（Thornton Wilder，一八九七～一九七五，美國小說家暨編劇）、莎莉．本森（Sally Benson，一八九七～一九七二，美國編劇）。

的結果，但不能是電影的目的。

說到這裡，各位應該已經了解，貫穿一部電影的最大主題只能有一個；但是當一部電影是由幾個小故事串連起來的時候，則可以包含幾個小主題。那些小故事個別的小主題，在本質上都必須能夠共同烘托那個貫穿整部電影的大主題。萬一小主題的本質與大主題背道而馳，將會導致主題分崩離析，使得電影曖昧不明。當過度強調各自的小主題，而忽略了貫穿整體的大主題，也會產生同樣的副作用。電影的主題絕對不可以像醉漢說話，驢頭不對馬嘴，不知道他整段話的重點到底在哪裡。即使個別的小主題乍看之下似乎與大主題並不吻合，終究仍須烘托出大主題的重要性才可以。為了強調「正義向來戰勝邪惡」的主題，也把「正義偶爾也會被邪惡擊敗」的主題附加進去，這樣做並不會造成任何不協調的感覺。

不過，主題無法直接成為藝術作品，為了讓電影的主題能夠昇華到藝術作品的階段，編劇必須想方設法模擬觀眾的心理狀態，誘導觀眾打從心底感受到電影的主題。以劇本而言，這個步驟決定了故事如何成形，同時也是藝術活動的第一階段。

故事（Story）

我曾經聽過，新聞報導必須包含五項條件，稱為「5個W」：

Who（何人）——人物

When（何時）——時間

Where（何地）——場所

What（何事）——事件

Why（為何）——原因

這五項條件必須俱全，缺一不可。其實電影也相同，一樣有其必備的條件，才能順利地依據某個主題的軸心，繼而開展出故事（story）。

不僅僅是電影的故事，包括敘事詩、戲曲、小說等等，所有透過故事形式來訴說的作品，都必須按照以下的原型才能成形：

某人或某物——（主體）……性格

如何對某事——（事件）……行為

於何時何地——（背景）……環境

除非以上的「性格」、「行為」、「環境」三項條件同時齊備，否則小到迷你短篇，大至恢弘長卷，統統無法成形。舉例來說，「很久以前在某個地方」指的是「環境」，「老公公和老婆婆」指的是「性格」，接下來的「去洗衣」或「去除草」的「行為」之中，雖然省略了「捧著盆子」或「揹著籃子」，也沒提到是「走過去」或「跑過去」等等「如何進行」的細節，但是就連這樣一個短短的故事裡，同樣包含了上述三種要素。

如果反過來問：只要同時具備「性格」、「行為」、「環境」這三種要素，是不是就一定能寫出一個故事呢？這可未必。儘管這三種要素是形成故事的必要條件，但是還需另一個重要的條件，才能形成一個完整的故事（story）形態——那就是在描述的每一件事之間，一定要具備某種有機的連結。

以下引述布魯諾・陶特日記的其中一段，出自他的著作《日本美的再發現》（篠田英雄先生翻譯）[24]。

二月七日（一九三六年）**橫手——六鄉——大曲**

早晨，車程兩個鐘頭抵達橫手。冬天的空氣格外凍寒清冽，讓人強烈地感受到自己還活著。幾位美麗的婦人（我遇到了手持杏花枝條的年輕女子，純樸而清新，美極了）身穿具有當地特色的服飾，使我聯想到西伯利亞的婦女。至於男子的服裝則完全是俄羅斯風格，一點也不像日本的傳統服裝。

停車處有著各式各樣的雪橇車。我看到形似四輪馬車的篷頂雪橇車，車身還施上彩繪，真像玩具。這地方的居民非常和藹可親，冬天的景色更是美不勝收。小鎮後方的連綿高山上妝點著靄靄白雪。數不清的雪橇在雪地裡來來往往。

橫手車站的站長熱絡地款待我們。當他得知我們要去六鄉，還特地指派站務員帶路。停在車站前的雪橇車，車身正面開了個窗口，好讓乘客望見外頭的景致。路面的積雪深達一公尺半至兩公尺，家家戶戶不僅一樓埋在雪裡，甚至連二樓都遭殃了。積雪開始融化，變得很滑。手推雪橇和馬拉雪橇到處穿梭，從家戶的門口到路面有一道雪坡。穿著鋪棉外套的人們——婦人個個都穿著——看起來好像熊。每一個孩童都裹上了鋪棉外套。

這是從〈雪中的秋田——日本冬季之旅〉的遊記裡摘錄出來的一段，描寫的是他眼中的橫手小鎮一個雪日早晨的情景。不過，如同一般的日記文體，每一件事彼此之間並沒有特別的關係。

手持杏花的美麗女子、身穿俄羅斯風格服裝的男子、如玩具般的彩繪篷頂雪橇車、像小熊似的孩童們、橫手車站的站長以及站務員，再加上時值二月七日一個雪日的早晨，場所位在秋田的橫手小鎮，從那裡再搭乘交通工具前往下一個地點的人是布魯諾・陶特——「性格」、「行

24 布魯諾・陶特（Bruno Julius Florian Taut，一八八〇～一九三八）為活躍於威瑪時期德國的建築師、城市規劃師暨作家，為了逃避納粹迫害而於一九三三年離開德國，翌年輾轉抵達日本，後將流亡日本期間的遊記與演講彙編成本書出版。篠田英雄（一八九七～一九八九）為日本哲學家暨翻譯家。

為」、「環境」三種要素一應俱全，唯獨欠缺每件事情彼此間的關連，充其量只是一篇單純的紀錄，很難形成一個完整的故事（story）。

假設略添幾筆，把一件件事情串連起來：陶特在雪中的橫手小鎮上看到一位手持杏花的美麗女子，忍不住有點動心，這時突然出現了一個身穿俄羅斯風格服裝的男子，與那位女子親密地聯袂而去，陶特不禁感到幾分孤單寂寞。當透過這樣的連結之後，就成為一個簡單的故事（story）形態了。

我們不妨將故事往下發展，讓陶特與站長會面。正當他接受站長的熱情招待時，來了一台好看的篷頂雪橇車，車上是剛才那位手持杏花的女子，而且那名女子還與站長熟識。到這裡，故事變得愈來愈複雜了。不僅如此，如果再把像小熊似的孩童們以及站務員的連結納入考量，這個故事就會更接近完整的形態了。

我們再回頭審視陶特的原始日記，讀起來只覺得是在陶特身邊「接續」出現的不同人物與事情，但由於彼此之間沒有特殊的「連結」，致使無法形成故事應有的形態。結論就是，故事（story）不僅是人物或事件的「接續」，還必須讓人物或事件彼此之間保有適切的有機「連結」。我們從「接續」這個詞語中，未必能感受到有機的因果關係；但是在「連結」這個詞語中，卻能看出隱含著邏輯順序，也就是有機的因果關係的暗示。故事（story）就必須具有這樣的要素。

現在，試著想一想我們的現實生活。在我們的現實生活中的狀況，通常只是在A事發生之後，再接續發生B事。也就是說，事情只是按照時間順序接著發生，但A事未必是B事的邏輯性前提。早上起床後就算不洗臉也可以吃早餐，換言之，洗臉和吃早餐這兩件事之間，雖然有時間順序上的關係，卻沒有必然的連結相關；但是，早上起床後嘴裡黏呼呼的很不舒服，所以要先漱口完再吃早餐，這麼一來，這兩件事就產生簡單的因果關係了。並且，從這個例子還可以知道，在現實生活中發生的事，就算具備有機的連結，也未必是接續發生的，在一件事和另一件事之間，還穿插了其他不同的事，涉及的層面繁多又複雜。

再舉個例子。媽媽讓小孩吃泡芙是母愛的展現，絕不會是故意讓小孩腹瀉受苦才給他吃的。事實上，從小孩吃下泡芙到出現腹瀉症狀之間，必定還發生了很多事足以打斷這兩件事的因果關係，若是把那些事撇開不談，結果就會變成媽媽基於母愛讓小孩吃下的泡芙，卻成了讓他腹瀉受苦的原因。在故事的世界裡，必須存在這種因果關係。如果只是把現實生活中的事情按照發生的順序直接記流水帳，既不做取捨選擇，也不按照邏輯調整，那就無法形成故事了。

因此，一個故事的形成，首先必須挑選適合那個故事呈現的各種素材，其次是把挑中的素材按照主題個別調整，讓它們保有適切且有機的因果關係，再依序放進邏輯系統裡。

一個精彩的故事必定如上所述，把幾則小故事依照主題做調整、分配、裁剪之後，依照順序擺入一連串有連結關係的系統裡，它們仍須保有邏輯性的因果關係，而且不可以讓人看出斧鑿的痕跡，極其自然地讓故事一氣呵成。

前面已經談過了主題和故事之間的關連性，這裡再次引述《美麗的星期天》的故事當作本節的最後一個範例，請與前一節的同一部電影的主題摘文相互對照，我想應該更能體會這兩者的關係。

某個星期天，雄造與昌子計畫共度一個愉快的約會，可惜現實並不如想像中那般夢幻。這一天，兩人身上的錢加起來只有三十五圓，拿去買彩券太浪費了，參觀十萬圓的樣品屋對他們來講更是高不可攀，只敢鼓起勇氣去瞧瞧公寓的出租套房，無奈看了以後還是租不下手。後來他們發現一群孩子在路邊打棒球，一時興起加入了隊伍，沒想到揮出去的球竟然不偏不倚擊中一家攤販，不得不賠償對方，結果口袋裡只剩下二十圓了。雄造忽然想起當兵時的同梯摯友目前在經營一家歌廳，於是帶著昌子前去敘舊，可惜朋友不在店裡，他還被當成了一般上門光顧的男客。兩人十分沮喪，昌子這時提議用剩下的二十圓去聽演唱會，便馬上趕往公會堂，怎料剩餘的門票竟被排在雄造前面的那個專賣黃牛票的統統買光。雄造氣不過，立刻上前理論，卻被那人的同夥不費吹灰之力地打退。冷雨淅淅瀝瀝，彷彿全世界都離他們遠去。兩人垂頭喪氣地回到了雄造的租屋。對雄造而言，身邊僅有的只剩下昌子。他滿懷激情地向昌子索求肉體的慰藉，昌子因心生恐懼而拚命拒絕，雙方僵持一陣之後，昌子終於絕望而放棄抵抗。雄造看到昌子臉上悲痛的神色，赫然清醒過來，拉著她再度出門。雨已停歇，兩人走在廢墟夾道的柏油路上，勾勒著未來要開一家咖啡廳的夢想計畫，這是此時的他們唯一的幸福了。不久，月兒升起，兩人來到公園。萬籟俱寂，黑夜中的露天音樂台，開始了一場獨屬於他們的音樂會。指揮家雄造器宇軒昂地站在舞台上，昌子的鼓掌聲在四周迴響。指揮棒高高揚起。廣大的音樂台，只有風聲從空蕩蕩的座位之間吹掠而過，然而聽在他們的耳中，卻猶如未完成交響曲第一樂章那般淒愴悲壯。

順道補充，由於這是從一開始就專為電影撰寫的原創故事，因此不論是質的方面和量的方面都經過精心考量。我前面舉的例子都屬於這種原創故事。但是美國現在有很多電影都是從小說、戲曲等等其他文學作品的故事改編而成。日本過去有一段時期也拍了不少這類電影，一併在這裡提一下。

志賀直哉[25]先生與小津安二郎[26]先生曾經以〈電影與文學〉為題做過一場對談，以下摘錄部分內容。請特別留意關於文學作品與電影之間由於差異而產生的衝突。

25 志賀直哉（一八八三～一九七一），日本小說家。

26 小津安二郎（一九〇三～一九六三），日本導演，與本書作者聯手打造多部日本經典電影。

說到底，還是用量身打造的劇本拍出來的電影最好看了。由小說翻拍而成的電影，看起來總是有種隔靴搔癢的感覺，不夠痛快。就拿我自己的小說——《赤西蠣太》來講好了，第一次看的時候覺得不像是我自己的東西，直到第二次自己去電影院看，這才覺得有意思。第一次是把它當成自己的作品來看，心裡五味雜陳，完全無法接受；第二次則是把它當成伊丹君[27]的作品來看，總算覺得有趣極了。（中略）第一次放映結束以後，人家問我感想如何，我實在不知道該如何回答才好，因為當時從頭到尾都是抱著觀賞自己作品的心態去看的。

志賀先生的這段話不愧有他一貫的作風，倘若換成其他作家，不可諱言有些人還是堅持經過翻拍的電影仍然屬於「自己的作品」。不過，我認為志賀先生說得沒錯，當一部文學作品被拍成電影之後，那部電影的成敗，都必須改由編劇一肩挑起。

如果使用文學作品改寫成劇本，有時候只會保留文學作品的主題，而將它的故事予以修改調整；也有可能相反地，主要只擷取文學作品的某些插曲、故事走向抑或整體氛圍，但卻換成另一個主題。這麼做的理由不見得是劇本改編者的喜好或是能力有限，應該說是電影和文學作品的本質不同。當馬克西姆·高爾基[28]的《在底層》（*Les Bas-fonds*，葉夫根尼·札米亞京、雅克·孔帕內茨共同編劇，尚·雷諾潤色，夏爾·斯巴克寫台詞，尚·雷諾執導）[29]被翻拍成電影時，將主人公塑造成一位家道中落的男爵，結果電影大受歡迎，由此可見改編的重要性。

當然，翻拍電影的劇本並不一定要與原著不同。必須注意的是，文學作品的價值無法直接移植為電影作品的價值。況且電影有其明確的需求，即便是傑出的文學巨著，在改編的時候，還是要根據電影的需求予以重新審視。

> 是由小說改編的也好，是從戲曲改編的也罷，與其講究它的身世，不如省思這部電影到底拍得好不好。——換言之，我認為所有問題與結論的根源，都在於「翻拍成電影」這件事本身。

27《赤西蠣太》為志賀直哉於一九一七年發表的短篇小說，曾多次翻拍成電影及電視劇，此處提到了「伊丹君」，因此是指一九三六年由伊丹萬作（一九〇〇～一九四六）執導的同名電影。

28 馬克西姆・高爾基（Maxim Gorky本名Alexei Maximovich Peshkov，一八六八～一九三六），蘇聯作家、社會主義活動家，《在底層》為一九〇二年的戲曲作品。

29 一九三六年上映的法國電影。葉夫根尼・札米亞京（Yevgeni Zamyatin，一八八四～一九三七，俄國作家），雅克・孔帕內茨（Jacques Companeez，一九〇六～一九五六，俄國編劇），尚・雷諾（Jean Renoir，一八九四～一九七九，法國導演），夏爾・斯巴克（Charles Spaak，一九〇三～一九七五，法國編劇）。

這是已故的村田實[30]先生在十幾年前說過的話。無奈的是，一般人往往誤把文學作品和用它翻拍而成的電影劃上等號。

倘若容許我使用極為精準的描述，並不是直接將文學作品拍成電影，正確的講法應該是以文學作品為依據所寫出來的原創故事翻拍成電影。正如村田實先生所言，一部翻拍完成的電影，其價值在它自己身上，而不在於它的「原產地」為何。

情節（Plot）

一般人不容易分辨情節（plot）和故事（story）的差異。其實通常談到電影的基本知識時，這兩個名詞在類似的情況下也經常混合使用，不過就嚴格的定義而言，這兩者完全不同。

故事（story）是劇本最原始的形態，可以成為劇本創作的基礎，但是無法直接成為劇本結構的基礎。為了邁向劇本結構的第一階段，故事必須至少具備一個情節（plot）應有的「巧思」才行。

以「媽媽讓小孩吃泡芙，結果小孩中毒死亡」這起事件為例，這樣已經可以形成一個故事了，但是還不足以成為一個情節，也不能成為劇本結構的基礎。理由是其中沒有「巧思」。

如果稍加潤飾，「某一天，媽媽回到以前幫傭的公館問安，在那裡吃了泡芙，也帶了一兩個回家給小孩吃。小孩吃得非常開心，可是當天晚上卻中毒身亡了」，如此一來，已經超越故事（story）的領域，堪稱具備一個情節（plot）應有的「巧思」了。

　我在前面談到主題（theme）的那一節裡，曾經引述《我一生中最光輝的日子》為例，故事一開始是一個名叫沼崎敬太的年輕人在二戰期間接受國家動員而投入後備勞動行列，緊接著加入部隊成為軍官。他始終深信日本將會贏得最後的勝利，卻在戰爭步向尾聲之際赫然聽聞日本天皇接受了《波茨坦宣言》[31]，於是憤而暗殺倡導和平主義的內閣官員戶田光政。不久，二戰結束，失魂落魄的他得知軍閥於戰爭期間的真面目，精神大受打擊，宛如游魂一般渾渾噩噩度日。四年後的今天，他淪落到在銀座後巷的舞廳「明星」當保鑣，而這家舞廳的幕後老闆是戴著民主主義假面具、實則無惡不作的政界大老佐川浩介。不過，以上的描述只能算是故事（story），並不是情節（plot）。若要進一步變成情節，首先必須決定這個故事要以什麼場景來揭開序幕——究竟要選擇他接受國家動員而投入後備勞動行列的情形？或是漸露疲態的戰況？還是暗殺內閣官員的時刻？抑或是敬太四年後的樣貌？這部電影決定從暗殺內閣官員的時刻當作

30 村田實（一八九四～一九三七），日本導演、編劇暨演員。

31 一九四五年七月二十六日中美英三國（數日後補列蘇聯）於波茨坦會議結束後聯合發表的公告，主要決議是對日本公開招降。

這一幕情節的開端。接下來要考量的，就是如何從情節進一步形成劇本的結構（construction）了。結構的任務是根據事先規劃的情節來決定該怎麼呈現場景，譬如，開頭應該是黑夜裡戒備森嚴、殺氣騰騰的軍營？或是猝不及防的戶田光政被子彈射中倒下？還是沼崎中尉搭乘軍用卡車疾駛向戶田公館的行動？以下摘錄劇本的部分內容供各位參考。

字幕　一九四五年八月十四日

字幕　戰爭結束前夕

〇陷入火海的街景

一輛軍用卡車衝過烈焰急速奔馳。

〇卡車上

陸軍中尉沼崎敬太緊握著豎抵在車內踏墊上的軍刀刀柄，兩眼直勾勾地凝視前方，目光透著凌厲的殺氣。

坐在他前方椅凳的下級士官與士兵，那僵硬的面孔無不流露出緊張的神色。

〇卡車

瘋狂疾駛。

急轉彎。眼前就是目的地了，那棟沒被火舌完全吞噬的公館。

○公館的地下書房

角落的電燈發出微弱的光線。

戶田光政正在寫字，聽到軍靴步下樓梯的聲響，回頭探看。

站在樓梯口的沼崎中尉，手中握著一把槍。

也就是說，情節介於故事與結構之間，比故事更為具體，亦是劇本結構的直接基礎，因此，萬一情節沒有編寫妥當，將會導致結構不穩固，連劇本也會出現不自然的部分了。

川端康成先生的著書《小說結構》裡有以下這段話：

借用愛德華．摩根．福斯特[32]教授的例子來說明，如果寫成「國王駕崩，接著，皇后殯天」，這是故事；假如寫成「國王駕崩，悲痛欲絕的皇后也跟著殯天」，這就是情節了。後者不僅有時間上的脈絡，更重要的是有強烈的因果相關。（中略）倘若寫成「皇后殯天，然而，誰都不明白原因為何，直到後來人們才曉得她在國王駕崩之後痛不欲生，終究心碎而亡」，這樣的情節帶有神祕感，能夠引發後續的高潮迭起。這種形式中斷了時間

32 Edward Morgan Forster（一八七九～一九七〇），英國小說家。

脈絡，在容許的極端範圍內讓故事性發揮到極致。在故事裡的皇后之死，我們會問：「然後呢？」；至於在情節裡的皇后之死，我們則會問：「為什麼？」

換言之，情節是最早決定誰與誰為何會邂逅、那種事件該安排在什麼地方等等的步驟，更是在完成劇本結構之前，最能充分展現編劇強力作為的階段。有一段時期，許多日本的影評人對於劇情片呈現出來的寫實精神以及紀錄片式的拍攝手法，給予非常高的評價，其實這也可以視為對於編劇千篇一律的套路極為露骨的反諷。

總而言之，情節是把幾則小事件順著同一個方向配置彙整，其任務是藉此漸次闡明編劇隱喻的主題。因此，我並不鼓勵基於趣味本位，刻意布置出複雜離奇情節的編寫策略。這裡同樣引述川端康成先生另一本著作《小說研究》中的一段話：

> 將情節設計得無比複雜，使得讀者無法分辨故事裡的人物，或者記不得事情的來龍去脈，這並不能算是高明的寫法。故事要單純一些來得好。可是太過單純化，以致於平凡無趣，也不太妥當。這就如同縱觀作品整體時，由於情節過於龐雜，看起來宛如一具肉體不夠豐滿、因而顯得瘦骨嶙峋的身軀，感覺不怎麼舒服。這種觀後感肇因於情節的盤根錯節，導致細節的描繪不夠充分。若要避免這種缺點，應該減少情節，用豐富的描繪覆蓋在

骨幹之上，這樣的寫法才能夠讓讀者回味再三。

雖然川端先生在這裡談論的是長篇小說的情節，但我認為應該同樣適用於電影領域。

關於架構情節的方法，隨著不同編劇的喜好而各有特色、別具風格，不過最常用的形式有三種。其中尤其普遍且最為單純的方法，就是上面引述過的福斯特教授所說的「國王駕崩，悲痛欲絕的皇后也跟著殯天」，亦即第一起事件是第二起事件的原因，而第二起事件是第三起事件的原因，緊接著依序發展出第四起、第五起等等事件的情節形式，換言之，就是以直線型貫徹到底，採用最單純的邏輯演繹向前推進的方法。這種方式常見於童話故事，還有動畫電影的情節也大多屬於這個範疇。

這可以說是情節的基本形式，其他各種形式的情節也都是由此變化而成的。不過這種形式的缺點在於過於呆板，從頭到尾只有單線發展，變化太少，無法完整呈現出錯綜複雜的真實人生。如果要用這種形式來暗示現實世界的真面貌，必須先做好勢必面臨極大困難的心理準備。

如果把這種形式稱為直線形情節，那麼相對地有另一種情節叫做斷續形。也就是說，不是像直線形情節那樣，很規律地依序發生第一起、第二起、第三起事件等等，而是在一則事件進行的途中插入另一則事件，彷彿打斷了前面那則事件似的。這種方式只要巧妙地來回操作幾次，就會有好幾則事件穿插進來，並且維持一定的秩序，朝著闡明主題的方向漸漸邁進。乍看之下，前一則事件似乎被後一則事件打斷了，實際上那些事件彼此之間都有著有機的連結，隨著情節的進行，有機連結的緊密度愈來愈大，到最後那些事件全部合而為一，達到最高潮。換句話說，由幾個小的直線形情節斷斷續續結合在一起，最終形成一個大的情節。比如「皇后殯天，然而，誰都不明白原因為何，直到後來人們才曉得她在國王駕崩之後痛不欲生，終究心碎而亡」就是這種斷續形情節的基本形式。首先把皇后殯天視為一則事件，接著插入駁斥這則事件的另一則事件，最後才揭曉原來皇后是為了國王駕崩以致於心碎而亡的謎底。這就是情節發展的順序。

這種形式由於是一則事件裡插入另一則事件，自然而然衍生出深遠的意涵，有助於豐富電影本身的變化與隱喻，也更容易暗示真實人生錯綜複雜的樣貌。目前中篇長度以上的劇情片，大多採用這種方式來編寫情節。用河流來做譬喻，也就是有幾條迂迴曲折的支流分別匯入一條主流，使得主流的水量愈來愈大。事實上，我們的確把相當於主流的主情節稱為主幹，相當於支流的副情節稱為分支。

如同我在主題那一節說過的，只要不至於喧賓奪主，加入主幹的分支數量不受限制。不過，主幹通常只有一個，如果分支的事件太多，將會導致主幹過於隱晦，讓人看不懂主題想表達的重點是什麼。我們再複習一次前面提到的例子，如果把「媽媽讓小孩吃泡芙，結果小孩中毒死亡」這則事件當作主幹，那麼中間發生的一些旁支，例如有人來為公館的小姐說媒、鄰居太太生了孩子等等事件，都不可以模糊了主幹的焦點。

以上兩種情節的形式，有人稱前者為單純結構、後者為複雜結構。除此之外，還有另一種常用的形式，也就是所謂的惡漢體（Picalesque）[33]。若以日本傳統的形容法，應該稱為齒梳式或念珠型更為貼切。

這是源自於西班牙一度流行的以流氓怪盜為主人公的故事形態，由幾則擁有獨立完整情節的小故事，經過排列組合成為一個大情節。屬於這種類型的例子包括：《舞會的名冊》（*Un carnet de bal*）[34]、《靈與肉》（Flesh and Fantasy）[35]、《曼哈頓故事》（*Tales of Manhattan*）[36]、溝口健二執導的《西鶴一代女》（依田義賢編劇）[37]等等。以《曼哈頓故事》為例，故事描述一位演員訂製的一套燕尾服因故輾轉流落到不同人的手裡，最後淪為黑人部族的稻草人身上的

---

33 一般寫作picaresque，或為誤繕。十六世紀中葉，自西班牙普及於歐洲的小說類型，以出身社會底層的流浪漢或無賴等人物為主人公寫成的第一人稱自傳體歷險記，通常含有社會批判的意味。

34 一九三七年上映的法國電影。

35 一九四三年上映的美國電影。

36 一九四二年上映的美國電影。

37 溝口健二（一八九八～一九五六）為日本導演暨編劇，依田義賢（一九〇九～一九九一）為日本編劇。本片為一九五二年上映的日本電影。

衣服。單看這樣的故事內容，雖然有些許的邏輯脈絡，但是燕尾服落入下一個人手中的故事與故事之間，並沒有特殊的連結。再來看《舞會的名冊》，故事描述一個寡婦逐一探訪曾經當過她舞伴的那些男士的歷程，串起整個故事的只有寡婦的尋人行動，但是第一個男舞伴的故事和第二個男舞伴的故事之間，看不出具有邏輯脈絡的密切相關。至於《西鶴一代女》也一樣，串起整個故事的只有名為阿春的女主角一生的種種經歷，但是每一段經歷，也就是第一則事件和第二則事件之間，幾乎稱不上具有邏輯性的因果相關，就算有也非常微弱。此外，就內容而言，在日本的經典文學作品之中，屬於這種惡漢體的有井原西鶴[38]的《好色一代男》及上面提到的電影《西鶴一代女》的原作《好色一代女》，更古老的作品還有紫式部的《源氏物語》[39]等等。不過，《源氏物語》被翻拍成電影（新藤兼人先生編劇，吉村公三郎先生執導）之後，人物角色之間各有因果相關，歸納成一連串的情節發展，這時候當然應該被分類在「複雜結構」的第二種形式。至於外國文學則有《一千零一夜》以及羅曼．羅蘭的《約翰．克利斯朵夫》[40]等作品屬於這種惡漢體。

另外，由丹尼．凱主演的《白日夢冒險王》（*The Secret Life of Walter Mitty*，詹姆士．瑟伯原作，埃弗雷特．弗里曼與肯．英格倫共同編劇，諾曼．麥克勞德執導）[41]描述的是一個在出版社工作的年輕人常做各式各樣的白日夢，在一個個白日夢中，他分別化身為在中國海域遭遇船難的帆船船長、順利完成艱鉅手術而贏得美麗護士尊敬的名醫、飛行技術高超的空軍軍官、賭技一流的瀟灑紳士、遠赴西部拓荒的勇敢青年、巴黎的時尚設計師等等，總之，男主角的翩翩風姿在這部喜劇片中展露無遺。這同樣屬於惡漢體情節的一種處理方式，僅供各位參考。

至於編劇的重心是放在貫穿整部電影的主幹情節，還是各個部分的分支情節上，當然不一而足；但至少戲劇表現的重點，以上述電影為例，與其說是燕尾服的命運、寫有舞伴姓名的記事本的下落，或是一個女子的一生，事實上更著重於以那些人事物為機緣而陸續發生的一則又

---

38 井原西鶴（約一六四二～一六九三），日本江戶時代的趣味和歌師、木偶戲劇作家暨社會風俗小說作家，《好色一代男》及《好色一代女》皆為代表作。

39 紫式部（約九七八～一〇一六或一〇三一）為日本平安時代女性文學家，其代表作《源氏物語》被譽為世上第一部長篇寫實小說。

40 法國作家羅曼・羅蘭（Romain Rolland，一八六六～一九四四）耗時二十年完成長篇巨著《約翰・克利斯朵夫》（*Jean-Christophe*），並以此作品榮獲諾貝爾文學獎。

41 丹尼・凱（Danny Kaye D，一九一一～一九八七，美國演員），詹姆士・瑟伯（James Thurber，一八九四～一九六一，美國作家、劇作家暨漫畫家），埃弗雷特・弗里曼（Everett Freeman，一九一一～一九九一，美國編劇），肯・英格倫（Ken Englund，一九一四～一九九三，美國編劇），諾曼・麥克勞德（Norman Z. McLeod，一八九八～一九六四，美國電影導演、作家暨漫畫家）。本片原作為詹姆士・瑟伯一九三九年的短篇小說，曾於一九四七年及二〇一三年分別翻拍成電影，此處指的是一九四七年版本。

一則事件。因此，把幾個分支情節聯繫匯聚成一個整體的主幹情節所肩負的角色，就好像串起無數珠子的一條線，也像是固定無數梳齒的梳軸。

這種形式由於事件彼此間的相關性不高，因此即使刪除其中一兩則事件，或者調換事件的排列順序，很多時候並不會對主幹情節造成太大的影響。也因為如此，如果沒有謹慎挑選事件與安排情節的主幹，將會導致整體結構鬆散，缺乏張力。不過，總而言之，每一則事件都可以隨意採用直線形情節或是斷續形情節，而且那些小情節聚集起來之後就會呈現整體情節的宏觀，因此這種形式同樣可以暗示廣泛人生的橫斷面。

但是另一種情形，諸如東寶[42]出品的《四個愛情故事》（第一個故事：黑澤明編劇，豐田四郎執導；第二個故事：小國英雄編劇，成瀨巳喜男執導；第三個故事：山崎謙太編劇，山本嘉次郎執導；第四個故事：八住利雄編劇，衣笠貞之助執導）[43]，或是英國電影《四重奏》（*Quartet*，毛姆原作，羅伯特．賽卓克．雪里夫編劇，雷夫．斯馬特、哈羅德．弗倫斯、亞瑟．克拉博利、肯．安納金聯合執導）[44]這樣的電影，是把完全獨立的不同作品彙集在同一部電影中，再取個總標題當作片名，這種情況只是一種權宜處理的方式，絕不能歸類為惡漢體，而必須依據個別作品的性質分別探討才行。

結構（Construction）

情節確定之後，接著終於來到劇本結構（construction）的步驟了。不過，在實際作業時，這兩個步驟之間並沒有嚴格的劃分，經常是在確定情節的那一刻也就同步確定結構了。

所謂的結構，是把一個故事透過劇本形態呈現出來時的內部骨架。以劇本寫作的順序來說，首先最重要的就是組構起整體骨架。萬一骨架不夠穩固，劇本自然變得鬆散。因此，這個

42 東寶株式會社，創立於一九三二年的日本大型電影公司。

43 本片為一九四七年上映的日本電影。黑澤明（一九一〇～一九九八，日本導演暨編劇），豐田四郎（一九〇六～一九七七，日本導演暨編劇），小國英雄（一九〇四～一九九六，日本導演暨編劇），成瀨巳喜男（一九〇五～一九六九，日本導演、製片暨編劇），山崎謙太（生卒年不詳，日本編劇），山本嘉次郎（一九〇二～一九七四，日本導演、製片暨編劇），八住利雄（一九〇三～一九九一，日本編劇），衣笠貞之助（一八九六～一九八二，日本導演、製片暨編劇）。

44 本片上映於一九四八年。毛姆（W. Somerset Maugham，一八七四～一九六五，英國小說家暨劇作家），羅伯特・賽卓克・雪里夫（Robert Cedric Sherriff / R.C. Sherriff，一八九六～一九七五，英國作家），雷夫・斯馬特（Ralph Smart，一九〇八～二〇〇一，英國導演、製片暨編劇），哈羅德・弗倫斯（Harold French，一九〇〇～二〇〇九，英國導演、編劇暨演員），亞瑟・克拉博利（Arthur Crabtree，一九〇〇～一九七五，英國導演暨攝影師），肯・安納金（Ken Annakin，一九一四～二〇〇九，英國導演、製片暨編劇）。

步驟向來是編劇最為嘔心瀝血的工作。假設完成劇本需要五十天，有些編劇甚至會耗費超過三十天，相當於三分之二的時間在結構的步驟上。

事實上，當一個故事改寫成劇本時該怎麼設計結構，這個問題關乎於電影的藝術性功能與影像化的科學表現力限制之間的協調性，同時也是確立電影風格的關鍵。無論編劇的藝術想像有多麼豐富，一旦要用劇本的形態呈現出來，就不能不顧及電影的科學表現力的侷限；但是編劇也無法忍受因為受限於電影的科學表現力，而被迫犧牲其藝術想像。此外，結構的優劣對於電影的成果有很大的影響，這也是多數編劇在寫劇本時，會把大部分心力投注在這項步驟上的緣故。

關於劇本形成戲劇性結構的規範，留待後文詳述，這一節先以劇本寫作前的預備工作，亦即目前一般採用的規劃結構方法來舉例說明。

最普遍的做法是首先構思劇本的整體骨架，再決定每一個場景以及在該場景內發生事件的順序，將之做成筆記，最後按照筆記寫成劇本。

○**高樓林立的深夜街頭**——員警驅趕流浪漢，回到派出所和同事聊談社會現況。突然電話鈴響。

○**公司**——大驚失色的工友急撥電話。蒙面的周二一，手槍，把工友踢飛。工友滾進另一個房間。被東西塞住嘴巴的值班職員已在那個房間裡。周二搶錢逃跑。

○街上——封鎖線，前面出現過的流浪漢和警官。遭到追捕中的周二衝進公用電話亭，打電話給須田醫師詢問孩子的病情。

○閣樓房間——患病女兒美智子，妻子真由美。睡眠不足，流理台上的咖啡壺。須田醫師來診療。

與一般的筆記比較，這一份算是寫得比較詳細，例如「睡眠不足」、「咖啡壺」之類的註記，將是後續事件的伏筆，或者是因應劇情需要的小道具。

總而言之，在規劃場景時也一併決定了各個段落。段落（sequence）是指在持續發展的故事中的每一場戲，也就是每一則完整的事件。用個簡單的比喻，就像在代數方程式中用括號圍起來的部分。不妨想成採用淡入或淡出鏡頭分隔開來的部分，大致上就對了。幾個場景（scene）集合成一個段落，再由幾個段落集合成為一部劇本。至於一部劇本含有幾個段落才恰當，端視劇本的長度決定，無法一概而論，通常長度為十卷左右的影片，一般由十七、十八至二十二、二十三個段落組成，最多不會超過二十四、二十五個。

有些編劇由此延伸出一種規劃劇本結構的方法，也就是以段落劃分，加上方框，像放進箱子裡一樣，再把箱格疊放起來，藉以決定劇情的整體走向與節奏。這種方法俗稱為「箱式規劃」。我本身還沒用過這種方式，以下節錄小林勝先生舊作《風流演歌隊》[45]的箱式規劃供各位參考。

1 **一八九二年五月左右**
（戶外）
憧憬的西洋風光

＝

2 **高台地帶住宅區**
（戶外）
壯士吟詩
大助遊學
小助笑

＝

3 **小助家**
大助小助嗟嘆世道
小鳥之女
鳥籠騷動

4 **戶外**
傳授賺錢法
成功

5 **戶外**
小助的戀情
女孩
把情書拿給大助

6 **改良堂本部玄關**
博文問答
女孩來（她是這一戶的千金小姐）

＝

7 **改良堂本部**
大助的菸草戰術
荒川五郎來訪

8 **大街**（戶外）
演歌
戲弄染八大助
五十年後的歌

9 **大街**（戶外）
演歌師的彈劾演說
某大官經過

10 **小助家**
演歌師的弟子
兩人飛黃騰達
治安條令
大助哆嗦

這部電影的箱式規劃共有二十六個「箱格」，小林勝先生附註的說明如下：

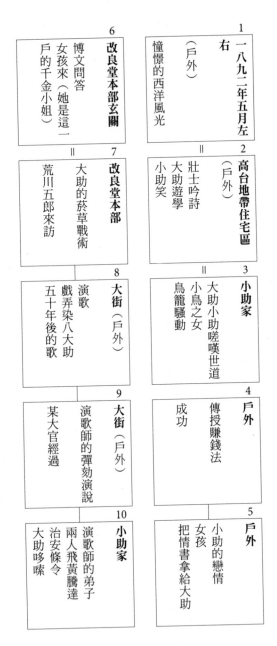

第一個箱格的設置是為了在電影的一開始暗示時代背景，並不是獨立的段落。第二個和第三個箱格合起來是一個段落，只是因為場景分別位於屋外和屋裡，行為舉止不太一樣，因此分成兩個箱格，但是由於彼此具有密切的相關性，所以箱格與箱格之間以「＝」符號連結。第六個箱格和第七個箱格的相關性也一樣，故而使用同樣的連結符號。採用「—」符號連結的箱格，表示是連續發展的情節（中略）至於箱格與箱格之間沒有任何符號的地方（中略）在改寫成劇本的時候，會用F.O.或F.I.間隔開來。不過，即使採取這種方式完成了箱式規劃，等到實際改寫成劇本的時候，仍會依據各種場景轉換技巧的不同，使得原本預定使用F.O.或F.I.的地方更換成O.L.，或者在一個箱格裡擴增為三、四個場景。

不管是前面說過的備註式筆記，還是這種箱式規劃，抑或是其他各式各樣的方法，總之，在劇本下筆之前先做好計畫的方式，不同於興之所至提筆就寫，不但可以預先掌握劇本的整體節奏，還能事先安排棚內布景與外景地的配置，此外，亦能把ＡＢＣＤＥ等等的出場人物適宜地分配在各個場景之中。尤其當一部電影從頭到尾的場景都設定在旅館裡或輪船上，也就是侷限在某個固定場所之內、場景變化相對較少，以及劇中人物幾乎只有兩位主角、其他出場人物

45 小林勝（一九〇二～一九八二）為日本電影編劇。該片為一九三七年上映的日本電影。

都是營造氣氛用的路人甲——諸如上述這兩種情境，若能採用事前規劃，將可有效幫助電影製作的通盤統籌。

話說回來，即便已經做好事前規劃，等到實際動筆的時候，仍然無法像解開數學算式的答案那樣順利，十有八九總是無法按照計畫進行，這時候通常就要予以彈性調整。不過換個角度想，假如劇本完全循序漸進，沒有一絲一毫的差池，那麼完成之後的樣貌恐怕會太過有條不紊、一板一眼，導致缺乏節奏感並且淡然無味了。說不定劇本就是因為沒有照著原本的規劃進行，才能釀製出濃郁芬芳的香氣來。

劇本的形態畢竟應當視內容而定，絕對不可以將內容棄置一旁，只管端出自己心儀的規格樣式，打從一開始就把所有的東西往裡面亂塞一通。劇本界過去有一段時期受到夏爾・斯巴克的影響，將散文式結構奉為最理想的劇本形態，但縱使如此，真正的關鍵仍然取決於內容。其實，如果把三、四部斯巴克的劇本拿來檢討比較，就會發現他的作品根本無法用一句簡簡單單的「散文式結構」就能含括一切。他的每一部作品都宛如一棟內部布局完美、外觀氣勢雄偉的建築，外在形態與內在意境無比契合，乍看之下雖像散文式結構，實則蘊含著斯巴克的人生觀與風格。這樣的風格當然不同於自我設限的樣板形態。

另外，法國劇評家法蘭西斯柯・沙塞[46]曾經說過，在一齣戲曲裡，劇作家必定有非在舞台上表演出來不可的情景。他講的雖然是舞台的戲曲，但我認為這個原則同樣適用於劇本的結構。沙塞將它稱為「非演出來不可的場景」，絕對不容許省略，一定要把這個行為呈現出來。他還提到，萬一這個行為是在閉闔的門扉後面表演、在觀眾面前只用對話帶過，那麼觀眾將會非常不滿意這齣戲劇。換成劇本結構的狀況來說，也就是思考究竟該把故事中的某一則事件透過一幕情景呈現，還是要藉由人物彼此間的對話帶過即可。這個問題不僅僅會影響觀眾觀看的感受，也和劇本本身的節奏與緊湊度有密切相關，甚至足以左右劇本的高尚或低俗。

假設在一個長篇故事中，遠方的女兒接到母親病危的噩耗而趕回家鄉，這時候究竟該把母親臨終的過程細膩描寫成一幕場景？還是應當省略那個臨終的場面，只將前後的情景勾勒出來，這樣更能凸顯戲劇效果？這個問題的答案必須根據故事的主題與性質來決定。如果那個故事並不需要敘述臨終的過程，卻刻意插入那樣的場景以企圖賺人熱淚，這樣的做法即使運用在通俗劇中也必須格外謹慎。萬一因此拖慢了劇本的節奏、鬆散了劇本的緊湊度，連帶導致劇本淪為低俗，不啻等於為求討好一小部分觀眾，反而使得劇本整體混沌不明，得不償失。在池田忠雄先生與小津安二郎先生聯手編劇的電影《長屋紳士錄》[47]中，一開始是由在街頭擺攤的算命先生田代在九段撿到一個小孩揭開了序幕，但在劇情結構中省略了那一個場景。略去那一

46 Francisque Sarcey（一八二七～一八九九），法國記者暨劇評家。

47 於一九四七年上映的日本電影。「長屋」為日文，意思是「大雜院」，此處保留史料的慣用片名。

幕，反而讓劇情更為緊湊，破題直入故事的核心。茲將開場部分的劇本節錄如下。第一個場景是住在大雜院的金屬首飾匠為吉吃完晚飯後小酌兩杯，一時來了酒興，便模仿《婦系圖》裡早瀨[48]的語調說起台詞，就在這時，田代一邊喊著「我回來啦——」一邊踏進家門：

〇金屬首飾匠為吉家中

為吉轉頭望著喊聲傳來的方向。

原來是他的室友田代回來了。田代是在街頭擺攤的算命先生。為吉一臉輕鬆地說：

為吉：「嘿，回來啦！」

田代：「家裡有客人？」

為吉：「沒。」

田代：「我怎麼聽到講話聲了？」

為吉：「沒什麼，是我自言自語啦……。今天這麼早回來？」

田代：「唔……進來吧。」

說著，田代把躲在門外的孩子喚了進來。

一個年約七、八歲的男孩，長相不怎麼俊俏。

為吉頓時臉色一沉。

為吉：「怎麼回事？」
田代：「我撿到這個孩子。」
為吉：「在哪兒撿到的？」
田代：「從九段那裡一路跟著我回來的。」
為吉：「啥？流浪兒？」
田代：「聽說老家在茅崎，來到九段的時候和爹娘走散了。今晚可以收留他一宿嗎？」
為吉：「不好，萬一惹禍上身就糟了。」
田代：「瞧著可憐哪。」
為吉：「誰要你沒事撿了個麻煩回來？說不定待會兒有人找上門來興師問罪……（靈光一閃）對了，阿種那兒好！送去阿種那兒！」
田代：「這……不曉得她願不願意留他一晚嗎……」
為吉：「哎，反正我不願意……。我討厭小鬼頭啦！」
田代：「是哦？」
為吉：「你把他帶去阿種那兒，快點帶過去……」

48 於一九四二年上映的日本電影，原作為泉鏡花的同名小說。內容描寫翻譯官早瀨主稅與藝伎阿蔦淒美的愛情故事。

田代：「這樣好嗎……」

田代露出了相當惋惜的表情，連喊幾聲「跟我走、跟我走」，便領著名為幸平的男童離開家門。

總而言之，在結構中選定「非演出來不可的場景」時務必慎重再慎重，一定要能夠充分烘托出故事主題的性質，以及整體節奏和劇情轉折才行。

情境

戲劇情境的製造

英國電影《長途跋涉者》（*The Overlanders*，哈里．瓦特編劇與執導）[1]是一部半紀錄片，內容描述澳洲沿岸地區有一群畜牧業者為了躲避日軍的轟炸及登陸，於是把飼養的大批牛群趕往內陸。雖然影片裡也對人際關係的糾葛有所著墨，不過主要的篇幅幾乎都放在費盡千辛萬苦遷徙大批牛群的歷程。

時值炎夏，缺乏飲水，成百上千的牛群渴得連舌頭都垂下來，無力地隨著前方的牛隻橫越荒野。牛群走到河流就在河畔停下、走到沼澤就在沼岸停下，總之，只要遇到水源，那些牧人就會讓牠們在那裡休息一陣子，然後繼續前進，可以說是逐水而居。有一天，不巧沿途未曾遇到任何水源，既沒有河流也沒有沼澤，牛群只能在酷熱的荒野邁步前行。直到接近黃昏時分，人與牛終於抵達了當天預定的宿營地。其實距離那處宿營地幾公里遠有一池泥沼，問題是深不見底，一不留心踏進去就會滅頂，因此那些牧人當然不肯讓任何一頭牛靠近。日落西山之後，荒野上總算開始吹起涼風了。微風拂過泥沼的蘆葦葉片，夾帶著水氣飄到了宿營地。有一頭又渴又累的牛忽然鼻尖翕動，嗅聞到水氣。緊接著兩頭、三頭、五頭、十頭牛隻無不紛紛翕動起鼻尖，憑著本能與直覺發現水氣來源的泥沼所在方位。接著，先是一頭牛朝泥沼的方向緩緩踱去，然後是兩頭、五頭、十頭、二十頭、五十頭、一百頭牛漸漸聚集成一大批，步伐也愈來愈快。那些牧人驚覺情況不對，立刻跨上馬趕上去，試圖把牛群追回來，無奈此時牛群已經朝泥沼集體狂奔，沿途揚起滾滾沙塵。數百頭、數千頭，一眼望不盡的牛群大軍，頭也不回地朝泥沼奔馳而去，把騎馬拚命追趕的牧人們遠遠地拋在後面。那些牧人揮鞭驅馬，急起直追，總算衝到牛群的前方，立刻拉馬掉頭，與狂奔中的牛群正面對峙……。這部電影的目的是藉由描繪牛群的生態來強調戲劇張力，而成效也確實相當卓著。

問題是，此處的戲劇張力，究竟從何而來？在這部影片中，並沒有人與人之間的對立，有的只是牧人們拚命阻止大批牛群朝深不見底的泥沼狂奔而去的奮力身影而已。儘管如此，觀眾仍能從那些鏡頭中感受到戲劇性，理由就在於後製編輯時把這個段落設定為劇情變化的關鍵。說得更詳細一點，如果銀幕上只是呈現大批牛群在荒野上奔馳的景象，即便場面多麼壯觀，聲勢多麼浩大，也只能展現出影像上的張力；但如果一開始就把這一幕設定為重要的情境，就能夠彰顯出恢弘壯闊的戲劇性。那麼，到底是在什麼樣的條件之下，才會產生這樣的戲劇情境（dramatic situation）呢？

關於這一點，布蘭戴・馬修曾在引述十九世紀的法國評論家費迪南・布呂內蒂埃[2]的觀點

1　該片於一九四六年上映。哈里・瓦特（Harry Watt，一九〇六～一九八七）為英國電影導演、製片暨編劇。

2　Ferdinand Brunetière（一八四九～一九〇六），法國作家暨評論家。

之後，表達如下的看法：

他（布呂內蒂埃）認為戲曲與其他形式的文學最大的不同之處，在於必須直接面對人類意志的活動。為了娛樂大眾，戲劇必須以爭奪的樣貌呈現在我們的眼前。劇中的主人公為了實現某種欲望或是某種目的，而不得不竭盡全力奮戰到底。亞里斯多德把戲劇定義為「動作的模仿」。他所說的動作，意思應當不是毫無意義的運動行為，而是指在這種爭奪中的重要元素，亦即主人公為了獲得某種人事物而用盡全力奪取的動作。主人公有時候會因為勢均力敵對手的出現而陷入危機，有時候則是被自身內心的弱點拖累而陷於懊惱苦悶之中不可自拔。總之，戲劇張力與觀眾的口味休戚相關。

事實上，不只是布蘭戴．馬修，幾乎絕大部分的戲劇學者都贊同這就是產生戲劇情境的直接原因。為了要製造出戲劇情境，就必須有某種對立，並且在對立物之間還必須處於矛盾糾葛的狀態才行。所以才會有一句話叫做「沒有爭奪就沒有戲劇」。動與反動，命題與反命題，這些就是促使戲劇情境逐步推展開來的基本條件。

在舞台劇方面，除了一兩齣特例以外，這種戲劇情境的主要成因都是人物與人物之間的抗爭對立。至於電影，如同前面舉過的例子，不僅包括動物與人類之間的對立、暴風雨或洪水等等自然現象與人類之間的對抗同樣足以成為戲劇情境，另外還包括單一人物精神層面的意志與情感上的矛盾衝突，這些全都能夠製造出極具震撼力的戲劇情境。

很久以前，在默片的黃金時代有一部紀錄片叫做《青草》（*The Grass*，梅里安．C．庫珀與歐內斯特．B．舍德薩克共同執導）[3]，內容記錄一群住在小亞細亞平原上的男女老少游牧民族，為了找尋牧草而四處輾轉遷徙的游牧生活，有時必須橫渡漩渦無數的渾濁河川，有時還得攀越怪岩嶙峋的巍峨高山。面對冷酷無情的大自然，人類拚命抵抗的模樣，同樣成功塑造出戲劇情境。

「沒有爭奪就沒有戲曲」，這句話確實近乎真理；然而，這句話是否可以置換成「沒有爭奪就沒有人生」？甚或進一步說是「人生如戲」呢？重點在於有沒有足以觀察人生的慧眼。人生的每一個情境、每一個瞬間，看在小說家的眼裡就是小說、看在詩人的眼裡就

3 於一九二五年上映的美國電影，但多數資料顯示該片片名為*Grass: A Nation's Battle for Life*（青草：一個民族的生活之戰）。梅里安．C．庫珀（Merian C. Cooper，全名為Merian Coldwell Cooper，一八九三～一九七三，美國導演、製片、編劇暨演員），歐內斯特．B．舍德薩克（Ernest B. Schoedsack，一八九三～一九七九，美國導演、製片、編劇暨演員）。

是詩文、看在劇作家的眼裡就是戲曲——這才是更加切確地闡述真理的話語吧……。

以上這段話來自岸田國士先生。當人們提到爭奪和對立云云，總是直覺聯想到猛烈的鬥爭，或者善與惡的拮抗之類的嚴重狀況，事實上並不是所有爭奪和對立的規模都是那麼龐大。

我以前深信，寫一齣戲劇就是要表現出拚個你死我活的激烈場面，因此很喜歡編寫人與人一再爭執的場景。直到很多年後，我才體會到那樣的情境只是徒留空虛。

這是新藤兼人先生的感想。在戲劇類型中，那種好人與壞人壁壘分明的對立情節已經是發霉的套路了。其實只要當一方表示意見之後，另一方不予置評，這樣就足以形成對立的局面了。以下舉的例子希望有助於各位了解。這是伊丹萬作先生的遺稿《木綿太平記》一開始的場景，有位真田藩的學者名叫入江彌左衛門，他的兩個門生正在練習算盤的聽算撥珠。

入江：「……加五兩，加六兩，加一百九十二兩，加十八兩，加三十七兩……」

丹下突然伸手抹亂了珠子，把算盤往頭頂一擱。

入江：「你在做什麼？」

丹下：「我跟不上了。」
入江：「嘖，又來了。」
丹下：「你念得太快了。」
入江：「少胡說，我已經念得很慢了哪。」
丹下：「反正我要休息一下。」
入江：「你這人怎麼老是休息呀？」

即使在這樣詼諧的簡短對話中，也能看出性格上的些微對立。關鍵在於適時適地巧妙掌握對立感，繼而由此鋪陳出戲劇情境。

二戰期間，有些電影拍攝了少年兵接受訓練的情景，帶來相當大的震撼力。部分業界人士因而擅自主張，未必只有對立感才是製造戲劇情境的唯一基礎，像這樣沒有對立抗爭的場景，更能迎合觀眾的知性，提升作品的層級，這正是今後劇情片應當開創的新境界。容我說一句，日本電影界幾乎每隔一段時間就會老調重彈，提出這種毫無根據的看法，而且還有大肆散布這種似是而非觀點的惡習。其實只要經過謹慎的思考，就會明白提出這樣的主張實在是思慮不周，必將深自反省。

所謂的訓練，其實就是鍛鍊人類的精神或肉體，亦即接受訓練的人物為了把自我的精神也好、肉體也罷，提升到更高一層的階段而鞭策自己朝向目標努力。可以說，這和前面舉例過的游牧民族不惜與河拚搏、與山戰鬥，繼續踏上尋找嶄新的大草原之旅，沒有什麼不同。即使戲劇情境讓人耳目一新，但絕不是前所未見的戲劇形態新設定。在前文說明過的《三十六劇》中也很明確地指出，這種情境屬於「努力朝目標邁進」的劇情變化項目。

近來有些人認為，營造驚悚場景的技巧最能有效激發出對立感。無論如何，除非日後出現絕頂聰明的天才，創造出一種全新形態的戲劇，否則就目前看來，企圖在沒有任何對立感的狀況下設計出戲劇情境，無疑是痴人說夢。

戲劇結構的原則

一齣戲劇本來就未必是從開頭到結尾只由一個又一個戲劇性事件串連起來的，中間一定還包含一些敘述和描寫以幫助戲劇情境的設定。一齣完整的戲劇，必須仰賴那些敘述與描寫的適度配置，交互穿插在每一個戲劇情境之間。大家不妨回想一下，我們的日常生活，不就是在種種的摩擦與矛盾之中度過一天天的嗎？只要把戲劇想像成同樣的情況，大抵相去不遠了。換句話說，戲劇就是在幾個戲劇情境維持著有機連結的狀態下，逐漸攀升至最高點的。

不僅如此，就戲劇形態的本質而言，必須呈現出具有某種意義的一連串動作。如同前文引述過的安妮塔．露絲的話語，絕不能讓觀眾感覺到一部電影宛如一灘死水。所以，在形成戲劇結構時，不能只停留在靜態描寫的階段，而必須做完一個動作後緊接著誘發下一個動作，照這樣持續進行下去才可以，於是，「縱向進展」與「橫向進展」的用語也就因應而生了。

簡單來說，「縱向進展」是以情節的「展開」為主，也就是動態面向；「橫向進展」是以氣氛、性格、境遇之類的「描寫」為主，也就是靜態面向。

接下來引用米高梅電影製片公司發行的《岳父大人》（*Father of the Bride*，亞伯特．哈克特與弗朗西絲．古德里奇共同編劇，文森特．明奈利執導）[4]的部分內容。一個中年律師史坦利．班克斯與妻子艾麗的女兒凱即將出嫁，女方家長去拜訪未來女婿巴克利．鄧斯丹的父母赫伯特與桃樂絲。以下是兩家人第一次見面的過程。

○鄧斯丹家客廳

這棟屋宅比班克斯家來得氣派，裝潢擺設顯得沉穩又大器。

4　於一九五〇年上映的美國電影，片名又譯為《新娘的父親》，同名改編作品《新岳父大人》於一九九一年上映。亞伯特．哈克特（Albert Hackett，一九〇〇～一九九五，美國編劇暨演員），弗朗西絲．古德里奇（Frances Goodrich，一八九〇～一九八四，美國編劇），文森特．明奈利（Vincente Minnelli，一九〇三～一九八六，美國導演、編劇暨演員）。

四個人進入屋內。史坦利和艾麗於沙發落坐，桃樂絲坐在另一把椅子上，赫伯特則走向酒櫃。

桃樂絲：「我覺得只有我們四個人在一起聊天比較方便，所以讓凱和巴克利出去吃飯了。」

艾麗：「是，這樣安排很好。」

赫伯特：「那麼，在用餐之前，要不要先互敬一杯呢？」

史坦利：「呃？」

赫伯特：「這裡還有一些馬德拉酒，差不多是二十五年的老酒，我一直留下來等到特別的場合再開來喝。我想，應該沒有比今天更值得慶祝的場合了吧。」

史坦利：「您說得是，對極了！」

赫伯特從酒櫃裡拿出那支酒，為大家斟上。

艾麗：「往後請多指教。」

赫伯特：「來，您也請。」

史坦利：「那就恭敬不如從命了。」

赫伯特：「我們一同為新娘新郎敬一杯！」

桃樂絲：「太好了……」

史坦利：「好極了！好極了！」

四人一齊舉杯。

史坦利：「唔，這支酒的甘甜與辛辣恰到好處。」

艾麗：「我之前一直在猜想，巴克利君究竟比較像令堂大人，還是令尊大人呢。」

桃樂絲：「哎，請別那麼客氣，叫我們桃樂絲和赫伯特就好了。」

艾麗：「那麼，也請叫我們史坦利和艾麗就好。」

史坦利：「赫伯特，你打高爾夫球嗎？」

赫伯特：「嗯，我會。……來，史坦利，再乾一杯吧！」

史坦利：「謝謝……」

艾麗：「桃樂絲，你們家真美！」

桃樂絲：「艾麗，謝謝妳的誇讚，我也很想拜會府上。巴克利時常稱讚你們家很漂亮喔！」

赫伯特（舉起酒瓶）：「史坦，要不要再來一些？」

史坦利：「赫伯，那就再陪你喝一點吧。」

赫伯特：「好，既然喝開了，乾脆把話也說開了吧。其實呢，今天要和兩位見面，我可是提心吊膽得很哩。」

桃樂絲：「赫伯特！」

赫伯特：「我們今天早上才為了要不要拿酒出來招待而大吵一架哩。我覺得應該喝點酒，氣氛輕鬆一點，可是桃樂絲反對，她覺得這樣會讓你們覺得不舒服。兩個人爭執了好久呢。」

眾人不禁笑了起來……。

赫伯特：「畢竟，假如讓你們覺得第一印象很差，接下來可就不好辦囉。」

史坦利：「既然如此，我也來說一件有趣的事。老實講，我家的艾麗，出門前一連換了三套衣服喔。」

艾麗：「史坦！」

史坦利：「我又沒說錯。」

艾麗：「話說回來，一想到要和你們見面心裡就七上八下的、來的路上還喝了杯馬丁尼的那個人，可不是我唷。」

赫伯特：「喝了馬丁尼？」

說著，赫伯特走到史坦利身邊拍拍他的肩膀。

赫伯特：「原來你喜歡喝馬丁尼啊。」

史坦利：「哎，也不是啦……」

赫伯特：「既然如此，大家都別拘束，今天盡情喝個暢快吧！」

話一說完，赫伯特立刻催史坦利幫忙整理桌子，掀開蓋面，居然出現一個迷你酒吧。

赫伯特：「來，別客氣……」

史坦利：「真是太神奇了！欸，艾麗，妳說是不是呀？我來幫忙吧。」

赫伯特：「史坦，謝了。」

史坦利：「我啊，第一眼見到令郎就非常滿意！沒想到今天和親家見面，更喜歡兩位囉！往後鄧斯丹和班克斯兩家就是一家人了！」

赫伯特與史坦利忙著調製馬丁尼的時候，桃樂絲和艾麗也親密地並肩聊天。

（D－S[5]）

○模糊的畫面漸漸聚焦……

桌上那只雞尾酒雪克杯已經空了。

艾麗和桃樂絲坐在沙發上，史坦利站在壁爐前，赫伯特坐在椅子上。大家都帶有幾分醉意。

桃樂絲：「再多說一些我們那個即將進門的新女兒的故事吧！」

艾麗：「其實也沒什麼特別值得一提的。」

---

5 Dissolve的縮寫，意指溶化、消失。Disolve應為Dissolve的誤繕，請參考前譯。

史坦利：「少胡說！……這個嘛，我們家的凱還是小嬰兒的時候，艾麗有回把她放在嬰兒車裡推出門，到蔬果店門口暫時擱一下，居然就這樣忘了帶她回家！你們說誇不誇張啊？」

艾麗：「唉呀，這種無聊的事還記著做什麼！」

史坦利：「我又沒亂講。」

赫伯特：「唔，裡面還剩下一滴。史坦，給你吧？」

說著，他拿起雪克杯，倒進玻璃酒杯裡。

史坦利：「那時候凱差不多九個月大吧。哎，每一個當爸爸的都覺得自己的女兒最棒，但是小女確實比別人家的女兒出色哪！」

畫面漸漸模糊……。（DIS）

○模糊的畫面漸漸聚焦……

餐廳裡。拿著紅酒杯的史坦利的手。女服務生的手朝那只杯子斟酒。史坦利已是醉意醺然。

史坦利：「差不多是在她五歲的時候，我教她游泳的吧。這小傢伙真了不起……一點都不怕水！內人很怕水，但是凱像我，喜歡玩水……也就是說呢，女兒都像爸爸，而爸爸也像……不對，這樣講就顛倒了。愛荻斯，妳說對不對啊？」

眾人笑了起來。

艾麗：「是桃樂絲！」

史坦利：「什麼？」

艾麗：「我說，是桃樂絲才對！」

史坦利：「唔，是桃樂絲才對……嗯。啊對，是桃樂絲！哎……這裡是……什麼地方啊？嗯，反正呢，小傢伙簡直像……簡直像隻小鴨子一樣，游得好極啦……根本一模一樣！……然後呢，大概是那孩子六歲的時候吧，我划起木筏載著她和其他小孩們，還把他們一個一個扔進水裡……結果那孩子居然潛起水來啦……。」

眾人又笑了起來。畫面再次漸漸模糊……。

○模糊的畫面漸漸聚焦……

客廳裡。史坦利的手端著盛有白蘭地的酒杯。

史坦利和艾麗並肩坐在沙發上，已經接近爛醉。

史坦利：「她剛滿十五歲，身邊已經出現許多想追求她的男孩，一大堆男生成天往我家跑。我常常晚上回到家裡，發現有個不認識的傢伙睡在沙發上；轉頭一看，連門廊上的吊床裡也躺著一個！另外還有……可是呢……某一天起，那孩子突然對那些傢伙沒興趣了。……結果後來……。」

艾麗：「後來，那孩子就認識巴克利了。好了，現在輪到你們說說巴克利小時候的故事囉！」

史坦利：「對極啦，快說些巴克利的事給我們聽吧！」

桃樂絲（露出微笑）：「好的。巴克利從小就是個乖孩子。」

史坦利：「是啊……。」

桃樂絲：「他是個穩重又善良的男孩。記得剛滿五歲左右，有一天他對我說了這句話，到現在我依然忘不了。他說：『媽咪……』嗯，他總是這樣稱呼我，『媽咪，妳要永永遠遠活著喔！』」

艾麗：「這孩子真的太貼心了……。」

赫伯特：「沒錯，他是個乖孩子，但絕不是個膽小鬼，鎮上的小孩沒一個贏得過他！他喜歡運動，對，他是個運動迷！」

不知道什麼時候，史坦利已經睡著。

以上的對話，乍看之下只是兩家父母聊談間的相互附和，也就是所謂「橫向進展」而已；但由整體劇本結構來看，接下來的段落將會呈現新娘的父親為了女兒的結婚，而衍生出市井小民式的種種煩惱，因此，四個人在這個晚上閒聊的相關描寫，也有相當程度的「縱向進展」的寓意。

像這樣，實際上既不是縱向也不是橫向，而是直接藉由描寫來展開情節，或者反過來說，在展開情節的過程中進行描寫的方式，假設只觀察這部影片的「縱向進展」（亦即幫助情節展開的面向）慢慢攀上劇情頂點的過程，即可發現第二則事件的態勢比第一則事件更為升高、第三則事件的態勢又比第二則事件更為升高……依此類推，藉以逐步增加緊張感。可以說，劇中各則事件的關係，好比一條鎖鍊的一個個環圈，一方面要維持自身與鎖鍊之間的連結，一方面各個環圈也有助於增加鎖鍊的長度；換言之，劇中的每一則事件都對下一則事件發生作用，於此同時又能使電影的展現效果達到幾何級數式的大幅提升，絕不是一則事件僅僅發揮其獨立的效果而已。

最早闡述腳本的形成階段的古老文獻是亞里斯多德的《詩學》，他認為所有的悲劇（以現代而言，等同於一般的戲劇）都是由這三部分組成的：

起首（prologos）[6]……始
中樞（epeisodion）[7]……中
結尾（exodos）[8]……終

起首是指情節從頭開始的部分；中樞是指那個情節的後續發展，也就是相當於整齣劇的中心部分；結尾則是指發展成很多條副線的情節合而為一之後，宣布落幕的部分。除此之外，以當時希臘戲劇的上演方式，在各個部分的間隔時段還必須適時安排合唱團的歌唱，包括角色登場時的〈出場之歌〉（parodos）[9]，以及填補舞台空檔用的「間之歌」（stasimon）[10]。可惜的是，亞里斯多德並未在《詩學》中詳述各個部分具備的功能，在此無法做進一步的說明，不過這些資料已經充分顯示，他並非把戲劇視為一個片段式事件的表演，而是將之看成一個「完整的統一體[11]」。事實上，關於腳本形成的問題，自古以來也已經過多方討論，而結論總是落在「如何使其成為『完整的統一體』」的範圍之內。

日本早在足利時代[12]，當時身兼能劇[13]的作家、演員、作曲者的世阿彌[14]於著書《能作書》中，同樣主張屬於音樂劇的能劇，其結構分為三部分，並且進一步細分為五段：

序——一段

破——前段／中段／後段

急——一段

6 希臘語，意指序言、序幕。

7 希臘語，意指插入敘述。

8 希臘語，意指以色列人出埃及，其後延伸為大批人群離去。

9 古希臘戲劇中的歌唱隊出場。

10 古希臘戲劇，尤其是悲劇中的合唱頌歌。

11 「統一體」為哲學用語，意指矛盾的兩方於一定條件下相互依存所形成的整體。

12 亦稱室町時代，由足利氏掌管政權，始於一三三八年，終於一五七三年。

13 日本的古典歌舞劇，演員需佩戴面具。江戶時代之前稱為「猿樂」，直至明治維新之後，「能」與「狂言」（古典滑稽劇）均通稱為「能樂」。

14 世阿彌（約一三六三~約一四四三），日本室町時代初期的猿樂演員與劇作家，知名著作包括藝術評論集《風姿花傳》，以及多部謠曲（能劇的劇本）。《能作書》的正式名稱為《三道》，為日本最古老的戲曲論。

所幸野上豐一郎[15]先生於著書《能劇的幽玄與華》中解釋了「序破急」法則，引用如下：

「序」為開頭的部分，「破」為主體的部分，「急」為結尾的部分。「序」是起始的部分，就這層意義而言，雖然屬於很重要的部分，但是它也具有把表演引導到更重要的主體的功能，所以不能讓表演停滯在這裡。這部分表演的特色是快速朝目標前進。相反地，「破」的部分是表演的主體，進行到這裡已經不必特別求快，可以不疾不徐、詳細周到、遊刃有餘地盡情展現演出，這種表演的細膩在唐樂中叫做「入破」，簡稱「破」，所以在能劇裡也沿用同樣的名稱。當然，這部分的表演不但細膩，速度上也較為緩慢。接下來，緩慢的速度逐漸收攏起來，由慢轉快，進入結尾部分的「急」，這在唐樂中稱為「急聲」。

這是世阿彌提倡的「序破急」三部五段式基本創作結構，不過能劇並不一定都是五段，依照題材性質也可以寫成四段，甚或擴增至六段、七段亦無不可，只是原則上以五段為準。能劇的表演形態，出場的演員只有主角（仕手）、配角（脇）、隨從（連）等少數幾人，並且由於能劇屬於音樂劇，因此還有負責合唱部分的齊唱（地謠）。儘管這樣的結構形式無法直接套用到一般戲劇上，但是撇開這種表演模式的特殊性，單就腳本結構理論，或許再加上我本身有些武斷的觀點來分析世阿彌作品的五段論述，可以發現「序」，也就是開端（在能劇中首先由配角出場作為序幕），暗示了這齣戲的發展方向或環境背景等等要素。這部分的節奏猶如行雲流水，借用世阿彌的話，叫做「立刻進入正題」，並且應該採用簡潔的方式處理。

接下來進入「破」，也就是中樞部分，前段（能劇中以主角出場做為分界）的角色關係與戲劇情境開始愈來愈複雜，因此描寫也更為細膩。進入中段以後（就連以音樂劇方式呈現的能劇，到了這個部分都會出現大量對話），劇情變得愈發錯綜複雜，但是為了勾勒角色獨特的舉止，不得不放慢節奏，所幸熱鬧的情景讓觀眾不至於對緩慢的節奏感到不耐煩。在這裡，所謂熱鬧的情景是指能劇進入這個階段後，開始出現連吟或齊唱。這樣的形式一直維持到後段，全曲的主題逐漸明朗化。世阿彌認為，此處的「破三段」堪稱「最適合模仿（亦即寫實）的風貌」，必須藉助於細膩的手法才能翔實呈現。

最後來到「急」，也就是全曲告終的部分。到了這個階段，之前布局的各種劇情全部歸結成一條主線（能劇中以主角後來的出現當作分界），隨之達到全曲的高潮，並於揭曉主題之後劃下句點。因此，這個部分的節奏也相對顯得急促，必須使用「揉合聚攏」的形式讓觀眾為之一驚。

15 野上豐一郎（一八八三～一九五〇），日本的英國文學家暨能樂研究家。

這種世阿彌提倡的「序破急」三部五段式結構一直沿用至德川時代[16]，成為近松門左衛門[17]創作淨瑠璃[18]的基準，甚至對後來的歌舞伎劇作家的腳本結構，也產生了很大的影響。

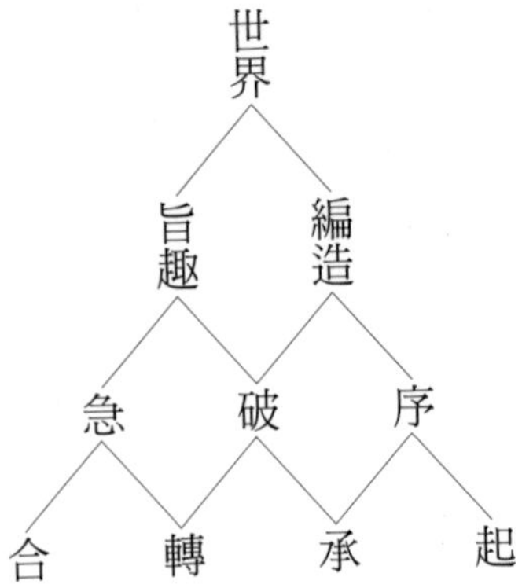

這是歌舞伎劇作家並木五瓶在著作《戲財錄》[19]中，以一個圖示來呈現歌舞伎腳本結構基準的「序破急法則」與作詩基準的「起承轉合法則」的相關性。簡單來講，在圖中稱為「世界」的部分，指的是以某個特定時代背景為題材。以當時的風俗習慣來說，經常將作品命名為《義經記的世界》《出世奴（桃山時代）的世界》，又或者《蔬果店阿七的世界》《夏日祭典的世界》等等。歌舞伎狂言[20]的題材大致分為歷史劇（主要取材自江戶時代之前的武士的生活）

與世態劇（取材自市井庶民的生活）兩種，依照題材主軸來決定主要的情節就叫做「世界」，並木五瓶稱之為「縱向情節」。確定「世界」以後，接下來要構思編造幾則次要事件作為副線，以《忠臣藏》[21]為例，這齣歌舞伎的「世界」就插入了阿輕與三平[22]的軼事、加古川本藏[23]的軼事等等。這裡的構思就是「旨趣」，並木五瓶稱之為「橫向情節」，而將主要事件與次要事件巧妙地組合成一個統一的情節就稱為「編造」。這是在正式寫劇本之前的步驟，也就是所謂的預備工作。等到以上準備都完成之後，才能開始遵循「序破急法則」來製作腳本。但是圖

16 又稱江戶時代，由德川氏掌握政權，始於一六〇三年，終於一八六七年。
17 近松門左衛門（一六五三～一七二五），日本江戶時代前期的人形淨琉璃與歌舞伎劇作家。
18 以三弦琴伴奏的說唱音樂劇。近松門左衛門的作品多為「人形淨瑠璃」，亦即以三弦琴伴奏的說唱音樂木偶劇。
19 並木五瓶為日本歌舞伎狂言劇作家歷代沿襲的稱號之一。相傳《戲財錄》為第一代並木五瓶（一七四七～一八〇八）的著作，內容是寫給歌舞伎狂言劇作家的創作入門。
20 意指具有故事性的歌舞伎戲劇表演。
21 改編自日本江戶時代中期的赤穗藩四十七名家臣為主君復仇的元祿赤穗事件。
22 以赤穗義士萱野重實（一六七五～一七〇二）為雛形所塑造的角色，阿輕的丈夫以為自己失手誤殺了岳父而打算尋死，臨死前被證明是冤枉的，於是加入義士的陣容。
23 以赤穗義士梶川賴照（一六四七～一七二三）為雛形所塑造的角色，桃井家的重臣大老。

示上的連接線呈現的卻是「編造」分成「序」和「破」，而「旨趣」分成「破」和「急」，因此正確的連接方式應該是這樣的：

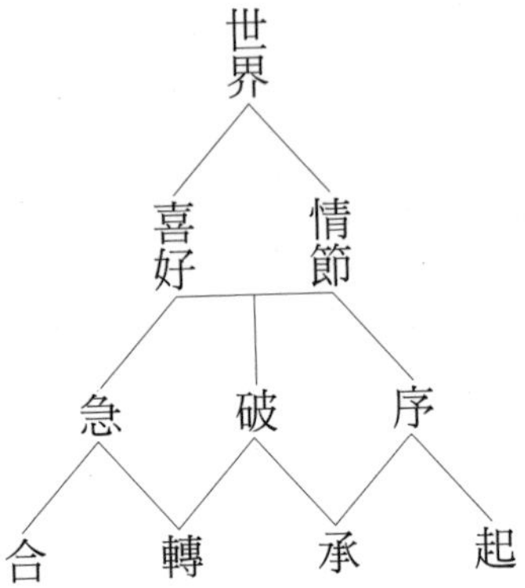

「序破急」各部分的展開方法大致上承襲能劇的形態。

不過，由於能劇具有音樂劇的性質，因此作品在「序破急」各個部分的分界非常明確，但是歌舞伎腳本由於屬性不同，因此各個部分的分界非常模糊。「起」的部分自然是戲劇的開端，由此首度介紹這齣戲劇，劇情的萌芽由「承」的部分來接續，接著發生各式各樣的衝突，然後在「轉」的部分產生危機並且同時達到高潮，之後再到「合」的部分，前面的糾紛所引發的種種事件到這裡全部告終——以上就是這個結構的順序，乍看之下與能劇的「序破急結構」並沒有什麼不同，問題是，一部腳本的開端到什麼地方為止是「起」、又到什麼地方為止是「承」呢？同樣以《忠臣藏》為例，「起」（或稱「序」）應該只到大序[24]的鶴岡神社前的場景為止？還是應該從全劇的構思來看，算到宮殿松廳的那個段落為止？很難給出一個斬釘截鐵的答案。因此，並木五瓶的圖示是以山形線條連結「序破急」和「起承轉合」來呈現它們的關係，並沒有在各個部分之間劃分確切的界線，的確有其用意。

古斯塔夫·弗萊塔克曾經探討比較希臘戲劇、莎士比亞戲劇、歌德戲曲以及席勒戲曲的結構，最後提出了金字塔型的「三部五點理論」，並於著作《劇作論》中繪製了這樣的圖示：

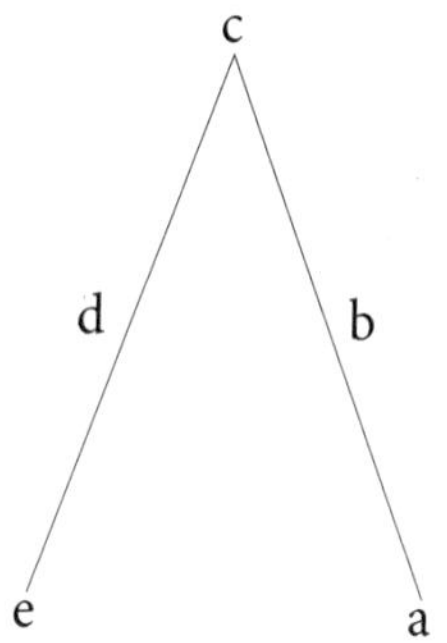

（a）導入的部分
（b）上升的部分
（c）頂點
（d）下降、抑或反轉的部分
（e）悲慘結局的部分

24 以歷史故事為背景的歌舞伎的第一段一開始的部分。

弗萊塔克認為，「戲劇由於興奮要素的出現，由導入部分上升至高潮，再自高潮下降至悲慘結局」，此外，「顯示情節進展起始的第一要素擺在導入部分與上升部分之間，顯示反動作用的第二要素擺在頂點和反轉部分之間。另一個於悲慘結局開始之前再一次讓情節緊張起來的要素，則擺在反轉部分和悲慘結局之間。這些要素於此處分別稱為興奮要素、悲劇要素，以及最後的緊張要素。無論什麼樣的戲劇都不可缺少第一要素，至於第二要素和第三要素，如果有當然很好，倒也不至於不可或缺。」這裡指的第二要素與第三要素，應該視為將「序破急」中的「急」的部分，還有「起承轉合」中的「合」的部分，更進一步詳細分析之後的產物。

以上談到的腳本結構法則，至少在現代戲劇[25]（在日本可以說是新劇[26]）興起之前，具有不可撼動的權威性。然而，隨著現代戲劇的盛行，戲劇內容的重點不再是故事，而更講究性格描寫與呈現心理狀態，腳本的結構也就自然而然必須轉換成符合追求人性的形態，從以前那種極端的立體性，轉移成現在這樣多所著墨於平面性的方法。話說回來，就連評論從前的戲曲都是從第五幕才正式展開的易卜生本人的作品，也不會全然漠視上述結構法則，更不用說就劇情片本身的性質來考量，電影劇本絕不可能徹底背離三部結構或五段結構的法則。

尤其以電影劇本的情況來講，正因為重視結構，因此個別場景、個別角色、個別台詞都對整體具有部分影響力，絕不是其中單獨一項具有決定性的影響力。真正具有決定性影響力的是貫穿主題的統一體形成的整體印象。

因此，一般而言，電影劇本的結構分成以下五個部分：

開端（Introduction of Exposition）

衝突（Complication）

危機（Crisis）

高潮（Climax）

結局（Ending, Conclusion or Catastrophe）

或者另一種分類法是由導入部分（或稱開端部分）、展開部分（或稱衝突部分）、解明部分等三部分所組成的結構。關於各部分的呈現方法與技巧差異的研究內容，以下引用全俄國立電影學院教科書中解釋戲劇結構的文字做為說明。雖然各部分的名稱不同，但是代表的意義完全一樣：

提示——在這個部分介紹主要人物、事件場所、時代背景、衝突前兆等等，也就是為接下來發生爭鬥的相關事項預作提示。

---

25 有別於古典戲劇，自十九世紀末開始，著重於個人意識，聚焦於現代人生與社會現況的戲劇，又稱為現代劇。

26 有別於歌舞伎和新派戲曲，於明治末期興起的新形態戲劇，又稱為話劇。

情節——在這個部分，前面提示部分的事項開始出現裂解，由此導向重要的衝突。

展開——在這個已發生的衝突繼續發展的部分，包含著變得愈來愈複雜的爭鬥各自的場景系列。

頂點——事件最為緊張的瞬間。在這個部分，重要衝突的展開即將迎來結局。

結局——事件就在爭鬥的最後一刻結束後告終。

除此之外，還有另一派學說將整體結構分成以下兩部分：

打結（Nouement）

解結（Dénouement）

「Nouement」的原意是「繫綁起來」或「結合起來」，「Dénouement」的原意是「解開」或「鬆開」。在戲劇的前半段，各種事件陸續繫綁在一起，進入後半段之後才解開來，就這樣形成了腳本。

總而言之，以上所述是腳本結構的原型最普遍的準則，事實上，許多名作和傑作也常讓人摸不著頭緒究竟高潮在哪裡，或是高潮才剛一出現就戛然劇終。換個角度想，嶄新的觀點往往是在破除固有的準則之後才誕生的。不過，了解一般準則的相關知識總是有益無害，我將在接下來的小節對此做更詳細的說明。

開端

黃昏時分，寧靜的街道，十字路口的煤氣燈一盞接著一盞亮了起來。仔細一看，其中一支燈杆掛著一枚牌子，上面寫著「桑頓廣場」。一個男人正在煤氣燈下讀報，是一八七五年十月十四日的《倫敦標準報》。

報上斗大的標題印著「桑頓街兇殺案仍未破案」，還有小標題是「兇手將她勒斃後逃匿無蹤」，報導的內容則是「曾於歐洲各國巡演廣獲熱烈迴響的知名歌劇女星愛麗絲．艾奎斯特，於近日慘遭不明人士謀殺……」。

坐落於桑頓廣場的一棟屋宅門前擠滿了人。似乎有什麼事情發生。不久，一名中年紳士帶著一個女孩走出來，搭上等在門外的馬車。女孩顯得十分哀傷。馬車在黑夜中靜靜地向前駛去。女孩面露悲痛地回頭望向屋宅。紳士立刻勸阻她：

「寶拉，不要回頭。已經發生的事就忘了吧。我之所以把妳送去義大利的格爾第大師那裡，就是不願讓妳想起這一切。大師和妳姑母的交誼最為深厚，一定會善待妳的，或許還能把妳栽培成和姑母一樣出色的歌手！」

場景變換，明亮的陽光由一扇扇窗口灑入屋內，有人唱著歌劇《露琪亞》[27]。「聲樂教師格爾第大師」的標牌。

屋內有個女子正在那位格爾第大師的指導下練習歌唱。這名女子就是之前在桑頓廣場搭乘馬車淚眼回眸的那個女孩寶拉，如今已出落得亭亭玉立。為她鋼琴伴奏的男人名叫葛雷哥萊．安東，有著眉清目秀的相貌。

葛雷哥萊告辭後，年邁的大師責備寶拉最近唱不出露琪亞的悲淒。她坦承確實無法詮釋出那種情緒，因為自己正沉浸在甜蜜的愛情裡。

葛雷哥萊在路上等著寶拉下課。原來她的男友就是葛雷哥萊。他急著與寶拉結婚，可是寶拉當下沒有給出答案，只說要去科摩湖畔度假一星期左右再想想。

前往科摩湖的火車上，寶拉與一位老婦人同座。老婦人姓司懷茲，說自己很喜歡看偵探小說，目前準備回去倫敦，而且住家就在桑頓廣場，搬到那裡已有十年之久，也就是知名歌劇演員愛麗絲．艾奎斯特遭到殺害的第二年，當時的兇手迄今尚未緝捕歸案，甚至連犯案動機依然沒能掌握。

不久，火車抵達科摩站，沒想到葛雷哥萊居然出現在寶拉面前，兩人就這樣在旅館共度幾日幸福時光。寶拉勾勒著未來的夢想，葛雷哥萊說想把這份愛情的喜悅譜成曲子。兩人談起以後要住在什麼地方——巴黎？羅馬？還是倫敦？他說想住在倫敦某處安靜的廣場旁專心作曲。這句話勾起寶拉對坐落於桑頓廣場九號屋宅的回憶，隨即告訴他那件可怕的往事。

以上長長的篇幅是米高梅電影製片公司發行的《煤氣燈下》（*Gaslight*，帕特里克・漢密爾頓原作，約翰・范・德魯登、沃爾特・瑞奇、約翰・L・鮑爾德斯頓共同編劇，喬治・庫克執導）[28]影片開場的部分，接下來，這對新婚夫妻將搬進位於桑頓廣場的舊宅，正式進入這個故事中樞部分，由此展開戲劇性的衝突場景。關於後續劇情暫且按下不表，這裡僅就腳本結構形態加以分析——這個「開端」部分介紹了哪些訊息？說明了哪些事項？又備妥了哪些戲劇條件？以下逐一詳細解釋。

27 應指義大利歌劇作曲家多尼采蒂（Domenico Gaetano Maria Donizetti，一七九七～一八四八）的知名三幕歌劇《拉美莫爾的露琪亞》（*Lucia di Lammermoor*），描述兩大世仇家族間的愛情悲劇。

28 於一九四四年上映的美國懸疑片，女主角英格麗・褒曼（Ingrid Bergman，一九一五～一九八二，瑞典演員）憑藉本片奪得生平第一座奧斯卡金像獎。帕特里克・漢密爾頓（Patrick Hamilton，一九〇四～一九六二，英國劇作家暨小說家），約翰・范・德魯登（John Van Druten，一九〇一～一九五七，英國編劇），沃爾特・瑞奇（Walter Reisch，一九〇三～一九八三，奧地利導演、製片暨編劇），約翰・L・鮑爾德斯頓（John L. Balderston，一八八九～一九五四，美國編劇），喬治・庫克（George Cukor，一八九九～一九八三，美國導演暨演員）。

第一項提示是「背景」介紹。影片在這個部分介紹了當時是尚未發明電燈、仍然使用煤氣燈的時代，而謀殺案發生的確切年分是一八七五年，至於電影主軸的故事則是在幾年之後。敘事場景首先從倫敦的桑頓廣場開始，接著轉到義大利，再回到桑頓廣場，而且知名歌劇女演員被某人勒斃的陳屍地點九號屋宅成為新婚夫妻的住所，還提到老婦人司懷茲也住在那棟屋宅的附近。

第二項提示是「角色」的境遇、性格與彼此關係。女主角名叫寶拉，是遭到謀殺的歌劇女演員的姪女，由這位姑母扶養長大，並在姑母死亡之後深受打擊，其後幾年始終活在恐懼之中。她深信這段愛情能夠讓自己得到救贖，走出悲傷。為了這個男人，她選擇搬回那棟連出現在夢境裡依然讓她驚恐的舊宅；為了這段愛情，她甘願放棄數年來苦心鑽研的聲樂。這一切都讓人猜測她的性格具有瘋狂古怪的一面。她深愛的那個男人葛雷哥萊・安東是個鋼琴家，也是作曲家。在聲樂大師家裡的時候表現得對她毫不心儀，卻在路上等她下課並且求婚，甚至突然出現在她的旅遊途中討她歡心，這種種行為不免引人起疑他居心叵測。尤其當他說想住在倫敦某處安靜的廣場旁的屋宅，卻又刻意婉拒她搬進舊宅的提議，更顯得疑雲重重。除了這兩位男女主角之外，在這個部分還介紹了丑角老婦司懷茲的性格、背景以及她與寶拉的關係。

第三項提示是對戲劇情境（事件）的屬性與方向的暗示。那起兇殺案已是多年前的往事了，卻忽然從老婦司懷茲的口中說出這樁懸案，加上寶拉自己也提起，不僅如此，新婚的兩人還住進了長年封閉的舊宅。這些訊息一方面暗示這部電影具有偵探片的屬性，加上從男女主角的性格判斷，觀眾已有預感兩人的新婚生活還會進一步展開異樣的情節。況且，這部有著特殊片名《煤氣燈下》的電影一開場，銀幕上就出現十字路口的煤氣燈逐一亮起，緊接著是謀殺案的報刊新聞、發生命案的屋宅、從那棟屋宅走出來的女孩、「不要回頭。已經發生的事就忘了吧」的衷心告誡……透過層層堆疊的技巧，不但呈現了那一夜的場景，同時暗示一種非比尋常的氣氛。

容我不客氣地批評《煤氣燈下》這部劇本的整體結構有諸多缺失，不過，就局部而言，尤其是在開端部分的處理方法，的確非常細膩。

開端部分又稱為導入部分，如同這個名稱所示，對於宛如一張白紙的觀眾來說，可以藉由這部分提供的預備知識來了解後續的戲劇衝突。因此，這部分必須用最短的時間簡單扼要地說明「時間」和「地點」、介紹角色的「性格」、「境遇」、「彼此關係」、暗示主題方向、導入氣氛等等，除此之外，還要誘發心理變化、埋下伏筆、輕微激發戲劇性對立、讓觀眾感到節奏愈來愈快，以及對即將到來的中樞部分充滿期待。然而於此同時，亦要小心避免過度強調需於這部分呈現的心理狀態和戲劇事件，否則將造成整體劇情失去平衡。

接下來再舉出一個特殊的實際例子來說明複雜的境遇。採用紀錄片手法拍攝的《望鄉》（*Pépé le Moko*）[29]是由朱利安・迪維維耶[30]編劇與執導的作品，以下引用這部影片的「開端」

部分。

（一開始出現在畫面中的是阿爾及爾的卡斯巴赫[31]地圖，這時傳來以下的說話聲。）

「雖然你大老遠從巴黎來這裡，但要想在卡斯巴赫逮到貝貝．路．穆庫根本不可能，差不多就和揪著一個沒有手的傢伙想給他上手銬一樣哩。」

（緊接著場景換成阿爾及利亞中央警察局的辦公室，一位巴黎的刑警被派遣來到這裡緝捕盜匪貝貝．路．穆庫歸案，警察局的老刑警路凡正在向他描述卡斯巴赫這座城鎮有多麼複雜、試圖在這地方逮捕那個盜匪有多麼困難。）

「聽清楚了，這就等於限你在兩點到五點之間，把我以前扔進地中海的一尾活鯡魚撈回來這間辦公室一樣，你辦得到嗎？」

（路凡領著巴黎刑警來到地圖前面，開始為他說明卡斯巴赫，畫面以敘述鏡頭的畫外音形式呈現。）

「（阿爾及利亞地圖）從上面往下看這個叫做阿爾及爾的卡斯巴赫城區（俯瞰阿爾及爾），可以發現這是一座依山而建的城鎮，一道道階梯漸次向下連接到海面（卡斯巴赫的鬧區、街道、巷弄），這些階梯和羊腸小徑蜿蜒彎曲縱橫交錯……（以下畫面配合旁白內容）洞穴似的街道、石階梯、上坡、屋門、昏暗的咖啡館、如蛆蟲般冒出的玄關口、古怪的店鋪、奇臭無比的廢墟、臭蟲和蟑螂成堆蠕動的牆壁、杳無人煙的街道、無名的街道、名稱奇特的街道（寫有街名的標牌）、司畝司畝市的街道、蜜月宿街道、珍珠男街道（形形色色的路人與行商），那裡充斥著各種排泄物的惡臭，只能住一萬人的地方擠滿了來自世界各地的四萬人（身穿非洲地中海沿岸地區傳統服裝的原住民），包括古老時代野蠻人後裔的純樸原住民（以下畫面再度配合旁白內容），以及形形色色的流浪漢、形形色色的殘疾人、形形色色的人種——加勒比人、中國人、吉普賽人、來自羅馬尼亞的難民、捷克斯洛伐克人、西西里人、黑種人、馬爾他人、俄羅斯人、巴黎人，還有女人，各種各樣的女人——高大的、肥嘟嘟的、年輕的、看不出年紀的、邋遢的、彷彿連撬棍都撬不動的大團肉塊似的……（俯瞰卡斯巴赫）家家戶戶都有中庭，那種中庭像是沒有頂棚的祕密基地，而且屋子都蓋成平房，可以沿著屋頂來往隔壁鄰居家。卡斯巴赫就像這樣一路往下延伸到海岸邊。卡斯巴赫不只是單獨一座卡斯巴赫，而是千千萬萬的卡斯巴赫……。」

（路凡說明如上，又補充一段：「貝貝就躲在這座不可思議又混亂擁擠的城鎮裡。除非趁

29 於一九三七年上映的法國電影，另一譯名為《逃犯貝貝》。

30 Julien Duvivier（一八九六～一九六七），法國電影導演、製片暨編劇。

31 阿爾及爾（Algiers）為阿爾及利亞的首都，卡斯巴赫（Kasbah或Casbah）是位於阿爾及爾東北部的一座古城。

他睡死了毫無防備的時候發動奇襲，否則要想抓到他，簡直比登天還難。」）

順帶一提，在過去默片時代初期，特別把這個部分稱為「引子」，只用來介紹角色、背景以及暗示事件，這樣就算完成工作了。綜觀戲劇的整體結構，毫無疑問，這部分最重要的任務就是「說明」，但是就「說明」的本質而言，其本身無法成為戲劇情境，因此要盡量透過簡單明瞭的段落來呈現這個部分，而不能僅僅用乏味的敘述方式處理。這已經成為所有劇本寫作的金科玉律了。

此外，同樣屬於這個開端部分的問題還有開場的 first scene。該如何處理第一個場景可說是至關重要，我將在下一節補充這個項目。

第一個場景

我們可以把一部戲劇比喻成百公尺賽跑。第一個場景，或者稱為開端，相當於直線跑道的起跑衝刺。相較於經過五十公尺處的跑法，抑或經過九十公尺處即將抵達終點前的跑法，起跑衝刺從步伐的跨出、手臂的擺動，乃至於身體的平衡等等，所採用的技術均大不相同，並且打從一開始就睜大眼睛，直勾勾地盯著那條白色終點帶。第一個場景應該毫不猶豫地出發，一路筆直奔向目標；在說明預備知識的時候，亦不容許態度散漫，迂迴繞路。假如編劇選定的戲劇內容會在戲劇高潮時迸出火花，那麼第一個場景就等於那條導火線。

這是小林勝先生在一篇名為〈劇本第一課〉的文章其中一段文字。暫且不論一部戲應該比喻成百公尺賽跑，還是距離更長的兩百公尺、四百公尺的跑法才對，至少他把第一個場景看成是起跑衝刺，這個觀點我認為非常貼切。

除非是極度不合邏輯、矯揉造作的劇情，否則觀眾抱持的心態總是盡己所能去了解與接受呈現在眼前的所有訊息。假設一名紳士自稱是內閣部長，觀眾就會認定他是內閣部長；如果他說自稱是內閣部長是開玩笑的，觀眾就認為他不是內閣部長；若是更進一步，他說雖然剛才講過自稱是內閣部長只是開玩笑的，但其實他真的是內閣部長，這時觀眾則會覺得困惑，不知如何辨別真假，也對他的舉止感到可疑。第一個場景即是掌握住這樣的觀眾心態，肩負起從影片開始播放就要引導觀眾進入電影世界的職責。舉個極端的例子，第一個場景如果出現大批武士混戰的情景，觀眾就會接受那樣的時代背景設定；如果接下來揭曉，那其實只是劇中呈現的電影拍攝場面，觀眾就會立刻切換對於時代背景的認知，明白後續劇情全都是發生在現代。

無庸贅言，如同文字所示，不會有任何伏筆出現在第一個場景之前，而且在第一個場景之後直到最後一幕之間還發生了許多事件和插曲，因此，這就是觀眾對這部電影的第一印象，也幫助觀眾推測這部電影的傾向與屬性。

○山路

沙塵飛揚，一輛汽車以令人咋舌的速度疾駛奔馳……。正要過彎，車體突然騰空，一百八十度翻轉，墜落山崖。

○新聞報導

「銀行家森普先生逝世」
「名流慘死於汽車事故」
「將於近日公布遺書」
「遺產繼承人尚未確定」

○報社編輯室

總編輯麥克偉德撥電話。

「欸，我說科尼利啊，口風別那麼牢嘛，森普的律師怎會不知道他的遺產繼承人是誰呢？看在我們老交情的份上，你就行行好告訴我啦。到底是誰可以拿到那筆遺產？」

這是法蘭克·卡普拉執導作品《富貴浮雲》的第一個場景，由羅伯特·里斯金編寫腳本。

在這段短短的敘述當中，談到銀行家森普先生的猝逝、沒有結婚的他身邊幾乎沒有任何近親、即便找得到所謂的近親也只是為他的遺產飛奔而來貪婪之輩云云，同時暗示報社或說是報社記者在這部電影裡占有一定的角色分量。不僅如此，汽車墜崖意外本該是一樁悲慘的事件，但是一開場並沒有對此做任何背景說明，甚至藉由編輯技巧將它處理成有些詼諧的意味，再加上其後的新聞報導畫面，以及場景的快速轉換，再再暗示了有很大的機率將會發生戲劇性事件，也讓觀眾對劇情充滿期待。

從第一個場景就可以看出里斯金在編寫腳本方面的才華洋溢。換成是一般庸俗的編劇，一定會針對森普先生慘死前後的過程大做文章，不然就是從新聞報導的畫面揭開序幕，或者選擇報社編輯室當作第一個場景。我們不妨想像一下，把前述幾處拿來和里斯金構思的第一個場景相互比較，高下立見，相信各位馬上可以感覺出來第一個場景發揮的功效有多麼重要。

不過，第一個場景絕不是在任何狀況下都要按照這種方式安排。最重要的是，該如何吸引觀眾融入電影情境之中。這必須依照影片的種類和內容做適度的調配，不可能有固定的套路可供沿用。

《富貴浮雲》選擇的是以汽車事故這起「事件」當作第一個場景。至於前面談過的《煤氣燈下》的第一個場景，則是首先展現「背景」（亦即時間與地點）的最佳範例。這裡再舉個例子，一開場就以介紹「角色」做為第一個場景：

〇草原

草叢裡，一張圓潤且青春洋溢的女生臉蛋忽然嬌喘一聲。

女生坐起身來，旁邊坐著一個長相惹人喜愛的男生。

「親親人家嘛！」

「可是，妳媽媽會不高興吧。」

「傻瓜，沒關係啦。」

兩人輕吻一下。

男生突然站起來，一面揮動手中的捕蟲網，一面伸手向女生招了招。

「來，快過來！」

兩人追著昆蟲朝樹叢走去。

兩人在草原上聊天。燦爛的陽光灑在他們身上。

「什麼事？」

「那個呀……我差點忘了講……我媽媽常說，想結婚至少得準備五萬里拉才夠，可是你沒有存款，對不對？我猜媽媽一定會有意見的，所以你可以馬上和我媽媽見面商量嗎？」

女生輕揪著男生上衣的領子愛撫並且撒嬌。

「好啊。」

「真的？」

「是真的，當然是真的！」

兩人再次接吻。

這是法國電影《不知來自何方的男人》（*L'Homme de nulle part*，皮埃爾．謝納爾、克利斯丘．史汀格爾、阿幕．卡密．薩雷庫共同編劇，皮埃爾．謝納爾執導，辻久一購片）[32]的第一個場景。這個例子首先是角色提示，隨著這些人物的動作舉止再依序介紹「背景」和「事件」。

接下來引用的例子並不全然是第一個場景，但因其特殊性而受到矚目。這是前文曾引述過由薩沙．吉特黎自編自導、法國托比司[33]的作品《騙子的故事》（*Le Roman d'un Tricheur*）的開

32 於一九三七年上映。本片改編自曾獲諾貝爾文學獎的義大利小說家暨劇作家路伊吉．皮藍德羅（一八六七～一九三六）於一九〇四年出版的自傳性長篇小說《已故的帕斯卡爾》（*Il fu Mattia Pascal*）。皮埃爾．謝納爾（Pierre Chenal，一九〇四～一九九〇，比利時導演暨編劇），克利斯丘．史汀格爾（Christian Stengel，一九〇二～一九八六，法國、製片暨編劇），阿幕．卡密．薩雷庫（Armand Camille Salacrou，一八八九～一九八九，法國編劇暨演員），辻久一（一九一四～一九八一，日本導演暨編劇）。另外，資料顯示還有一位編劇路吉．維塔克（Roger Vitrac，一八九九～一九五二，法國詩人暨編劇）。

33 Films Sonores Tobis，法國的有聲電影製片發行公司。

場部分：

○電影片名畫面 介紹製作團隊，同時進行以下的旁白。

「這部電影是薩沙．吉特黎自編自導的作品，配樂是我的朋友阿道夫．博查德[34]君，錄音是保羅．杜韋爾赫[35]君，攝影是馬賽爾．呂西安[36]君，布景是帕爾梅涅修先生。」

「接著介紹演員，飾演母親是瑪格麗特．莫雷諾[37]夫人，比較年輕的是賈桂琳．德呂巴克[38]女士……也是在下的妻子。」

「開門進來的是羅傑．杜切斯尼[39]君，左邊那位是羅西娜．德雷昂[40]女士。」

『賽吉，原來你在那裡呀！』

『是，請問有什麼事找我嗎？』

『喔，不用了。』

「兩個胖子，男士是拉布理[41]先生，女士是著名歌星弗雷埃[42]夫人。」

「上氣不接下氣跑進來的是寶蓮．卡爾頓[43]女士，與她握手的是皮埃爾．阿西[44]君，兜著圍裙的大叔是普法伊費爾[45]先生，以及負責剪輯的米莉雅[46]女士和她的伙伴。」

「好，最後一位是寫在門板上的製作經理賽吉．桑德伯格[47]先生。」

（繼續播放配樂。）

不久，磨砂玻璃窗映出一顆頭的影子。原來那個人影是一位年約五十四、五歲，身材高大、戴著圓框眼鏡的紳士，他正坐在桌前喝著咖啡。

---

34 Adolphe Borchard（一八八二～一九六七），法國鋼琴家暨配樂家。
35 Paul Duvergé（生卒年不詳），法國錄音師。
36 Marcel Lucien（一九〇二～一九五八），法國攝影導演。
37 Marguerite Monceau（一八七一～一九四八），法國演員。
38 Jacqueline Delubac（一九〇七～一九九七），法國演員，亦是薩沙．吉特黎的第三任妻子。
39 Roger Duchesne（一九〇六～一九九六），法國演員。
40 Rosine Deréan（一九一〇～二〇〇一），法國演員。
41 Pierre Labry（一八八五～一九四八），法國演員。
42 Fréhel（本名為Marguerite Boulc'h，一八九一～一九五一），法國歌手。
43 Pauline Carton（一八八四～一九七四），法國演員。
44 Pierre Assy（一九〇四～一九七四），法國演員。
45 Henri Pfeifer（生卒年不詳），法國演員。
46 Myriam（本名為Myriam Borsoutsky，生卒年不詳），法國導演暨剪輯師。
47 Serge Sandberg（一八七九～一九八一），法國製片。

○位於偏僻鄉間的餐廳庭院

寧靜的午後。街頭音樂家在稍離幾步之處拉奏小提琴。

紳士打了個大呵欠，揚起手來示意，男僕立刻送上墨水瓶和筆。

紳士：「唔，謝謝。」

接著，他從口袋裡掏出一冊記事本寫起字來。

紳士對著記事本上的文字「Le Roman d'un Tricheur」大表感嘆。

（緊接著呈現畫面。）

○法蘭西的偏僻鄉間風光

「我出生在沃克呂茲省一座名叫龐古拉司的美麗村莊，家裡開雜貨店，每年大約可以賺得五千法郎……（下略）……」

這部腳本（或者應該說電影）的形態非常特殊，從頭到尾幾乎都是以畫外音的方式敘述，往後恐怕不太容易再出現一部像這樣的電影，所以特別在這裡提出來供作參考。

除此以外，還有不少例子是在一開始透過字幕說明「時間」和「場所」。

「一九二二年，你爭我奪的一夜，在都柏林。」

（音樂）

「就這樣，猶大出賣基督──他悔罪，扔掉三十枚銀幣，自縊身亡。」

這是由達德利・尼柯爾斯改編、約翰・福特執導的《告密者》（*The Informer*）[48]最先出現的字幕。這種形式的著名例子還有約瑟夫・馮・史坦伯格的作品《羞辱》（*Dishonored*，丹尼爾・納森・魯賓編劇）[49]。

「一九一五年，維也納被鐵鍊圍住的那個時候，從奧地利帝國頹然坍塌所揚起的漫天沙塵中出現了幾道神祕的身影。其中一人在陸軍部的機密文件上記錄的代號是X27，這位或許是史上最偉大的情報員，同時也是個不幸的女人。」

48 於一九三五年上映的美國電影。達德利・尼柯爾斯（Dudley Nichols，一八九五～一九六〇，美國導演、製片暨編劇），約翰・福特（John Ford，一八九四～一九七三，美國導演、製片、編劇暨演員）。

49 於一九三一年上映的美國電影，片名又譯為《間諜X27號》。約瑟夫・馮・史坦伯格（Josef von Sternberg，一八九四～一九六九，奧地利裔美籍導演），丹尼爾・納森・魯賓（Daniel Nathan Rubin，一八九二～一九六五，美國編劇）。

影片一開始就出現這段字幕，畫面呈現出妖豔的X27號充滿魅力的行動。這同時也是帶領觀眾自然而然進入故事氛圍的一種技巧。

《鴛夢重溫》（*Random Harvest*，茂文・李洛埃執導，克勞汀・韋斯特、喬治・弗羅斯切爾、亞瑟・溫珀里斯共同編劇）[50]的第一個場景是從梅爾布理基精神病院門前的林蔭小路開始，並且伴隨著以下的廣播：

「我們這個故事即將帶領各位從這條綠意盎然的小徑，進入一棟位於英國中部、戒備森嚴並且與世隔絕的建築物——梅爾布理基精神病院，這棟簇新的軍方專用病房各項設備一應俱全，足堪引以為傲。此時，一九一八年的秋天，這家醫院幾乎再也容納不下那些在這場戰爭中遭受到精神傷害的戰士們了。這是一場為了杜絕戰爭的戰爭。」

接下來的場景，從這家醫院的大門換到一位博士的醫師辦公室。一對老夫婦的兒子自從幾年前上戰場之後就失去音訊，今天他們來到這裡想知道兒子的下落。博士正在和這對老夫婦談話，並告知目前有一名收容的患者喪失記憶之後也失去了語言功能，或許就是他們的兒子。接下來博士將會讓老夫婦和那名患者見面，於是這個故事的主人公就此登場。這種方式應該稱為開門見山。前面的《告密者》和《羞辱》都是從字幕直接破題，就技巧來看，這部《鴛夢重溫》也可以歸類成同樣的類型。

我在前面一再提及，劇本寫作沒有既定的格式，因此也不會有固定的套路。編劇的真本事是掌握作品中的「真」，用電影的形式和藝術的形式重現出來。第一個場景的設定，同樣必須秉持這樣的心態。要特別小心的是，這時候絕不能全然任由編劇一時興起的念頭施展小聰明。

一般而言，在安排第一個場景的時候，很容易淪為以個人的喜好當成優先考量。當然，我們不能排除這種一時興起的念頭的根柢很可能來自於直覺，而沒有直覺就無法創造出藝術作品；可是，如果把編劇的小聰明當成唯一的憑據，將是一種非常危險的行為。

當片頭的電影名稱消失、銀幕轉暗之後，一片漆黑中忽然傳來女人和男人的聲音，接著出現的是火車的頭等包廂，恰為火車駛出隧道的剎那。就在這由暗轉亮的時刻，畫面上忽然出現一個男人走進包廂時，被待在裡面的一個女人的腳給絆了一下。這時，車掌過來查票。男人買的是三等票，身上卻沒有零錢補繳差額，他想拿郵票代替遭到拒絕後，居然大模大樣直接向素

50 原文此處片名為 *Rondom Harvest*，應為誤繕。於一九四二年上映的美國電影。茂文．李洛埃（Mervy LeRoy，一九〇〇～一九八七，美國導演暨製片），克勞汀．韋斯特（Claudine West，一八九〇～一九四三，英國編劇），喬治．弗羅斯切爾（George Froeschel，一八九一～一九七九，奧地利編劇），亞瑟．溫珀里斯（Arthur Wimperis，一八七四～一九五三，英國編劇暨演員）。

未謀面的女人借錢付款。這是《深閨疑雲》的第一個場景，而一開始在隧道裡一片漆黑的畫面，就是我說的「編劇一時興起的念頭」。只要細想一下就會發現，火車在進入隧道的時候沒有開啟車廂內部的照明設備，實在不合常理。不過，如果從電影的屬性來看，或許安排這樣的畫面可以算是某種技巧，刻意從最前面就營造一股奇特的氣氛，試圖帶給觀眾詭異的印象。但是看在某些觀眾的眼裡，不免覺得這種手法只是標新立異的幌子。如果某些編劇企圖模仿這種構思的手法，恐怕並不值得稱許。《我的歌在輕輕祈求》（*Leise flehen meine Lieder*）[51]的第一個場景是由一張風景畫開始。只見這張裱框的圖畫不停晃動，原來它被揹在主角舒伯特的背上帶往古董店出售的途中。這個畫面究竟出自編劇華特・瑞奇[52]的靈機一動，抑或是導演威利・佛斯特[53]的福至心靈，必須看到劇本才能判斷，總之，這一幕來自於某個電影從業者一時想到的主意。

漂泊的人（字幕）

當上述字幕消失後，一些模糊的字跡逐漸清晰，最後是一塊尋人告示板占據了整個畫面。

尋人啟事　女兒　明治三十三年[54]出生

本名　畑花

小女託付自稱久間、原籍武州大宮在安浦之人士寄養，明治四十一年小女與久間一同失蹤。如有善心人士知悉小女下落，懇請賜知。

這塊告示板揹在畑新伍的背上，鏡頭一直往後拉，最後定格於揹著這塊板子、吹著洞簫的畑新伍背影的中景鏡頭。

這是日本電影初期，西元一九一八年日活[55]向島攝影所的作品《父親的眼淚》桝本清[56]先生編寫腳本的第一個場景。這種構思和《我的歌在輕輕祈求》第一個場景的風景畫性質相同，但是《父親的眼淚》同時暗示著這個人物角色的境遇與清高的性格，更進一步引領觀眾融入後續的溫馨劇情，這兩部電影內容的深度與廣度，自然不可同日而語。

總而言之，我必須再次強調，第一個場景絕不能單憑靈光一閃的念頭隨興設定。

51 奧地利與德國共同製作的電影，於一九三三年上映。
52 Walter Reisch（一九〇三～一九八三），奧地利導演、製片暨編劇。
53 Willi Forst（一九〇三～一九八〇），奧地利導演、製片、編劇、演員暨歌手。
54 西元一九〇〇年。明治元年為一八六八年，以下類推。
55 日活株式會社，日本的電影製作發行公司，一九一二年創立時的名稱是「日本活動寫真株式會社」，簡稱「日活」。
56 桝本清（一八八三～一九三二），日本導演、劇作家暨電影編劇家。

衝突

前文引述過布蘭戴．馬修等人的看法，認為戲劇情境的直接原因來自處於矛盾衝突狀態中的對立物所發生的戲劇性事件。原則上，各個人物角色的性格、境遇、彼此的關連等等資訊已在開端部分介紹過，並且大致暗示了他們目前的處境，接下來劇情終於要邁入中樞部分，也就是矛盾衝突逐漸升高的戲劇主體了。

為方便起見，這裡同樣以《煤氣燈下》為例。女主角寶拉在姑母遭到謀殺後遷居至義大利，在那裡結識了作曲家葛雷哥萊並與他結婚，兩人於婚後搬入位於倫敦的舊宅——如果把到此為止的情節視為開端部分，那麼接下來這對新婚夫妻住在這個疑雲密布的家中過著異樣的婚姻生活，以及警督布萊恩起疑之後採取的行動等等都屬於這部電影的主體，也就是衝突的部分，亦即古斯塔夫．弗萊塔克所謂的上升部分。而葛雷哥萊在寶拉下課的路上等候並急切地向她求婚的情節，則可視為這部電影的「興奮要素」。

兩人住進倫敦桑頓廣場九號的舊宅，不久，葛雷哥萊對寶拉的態度開始出現轉變。他們出遊倫敦塔的那一天，葛雷哥萊剛送給寶拉的胸針就在遊覽的途中不見了。此後類似的小事層出不窮，寶拉愈來愈像個精神不太正常的健忘症患者，使得她也不得不半信半疑自己的性格中或許隱藏著某種病態的因子，並且逐漸感到惶恐不安。於此同時，警督布萊恩得知這棟已經荒廢十年的九號空屋，最近搬進了這樁謀殺案死者的姪女夫婦，並且家裡的人似乎有些不尋常的舉動，於是指示忠實的部下警員威廉斯接近這戶人家的女傭南西，藉以暗中打探消息。

葛雷哥萊對待寶拉的一切舉動，無不讓她陷入精神異常的不安狀態，而她也逐漸對自己的精神狀態失去自信，連每天夜裡看到家裡的煤氣燈閃閃爍爍，以及聽到閣樓傳來的輕微聲響，全都以為是自己的精神耗弱引發的錯覺，變得愈發焦躁。

葛雷哥萊託稱為了作曲所需而另外租下一個屋子，每晚都前往該處。某一晚，他難得陪同寶拉出席達爾羅伊爵士府邸的音樂會，席間葛雷哥萊故意讓寶拉誤以為自己藏起了他的懷錶，她雖否認是自己所為，卻再也忍受不住而情緒崩潰，葛雷哥萊假意安撫並帶著她匆匆告辭。後來葛雷哥萊又告訴寶拉，根據自己調查的結果，她的生母就是死在精神病院裡。寶拉雖然嘴上說那不是真的，可是心裡卻湧生出些許不確定。不過葛雷哥萊這陣子也發覺自己近來受到布萊恩的暗中跟蹤，不免感到緊張。

布萊恩對於葛雷哥萊每晚都出門去另一個屋子的舉動起疑，於是吩咐部下威廉斯想辦法把負責監視寶拉的女傭南西帶出門。布萊恩說服寶拉讓他進去，極力解釋他正在調查殺害她姑母的真兇究竟是誰，先讓她放下戒心，接著向她保證她絕對沒有精神異常，每天晚上煤氣燈的明滅和閣樓的聲響，都是她的丈夫的所作所為，然後又從葛雷哥萊的抽屜裡找出一封舊信，赫然發現葛雷哥萊正是當年那起殺人案的兇手謝爾蓋・鮑爾。

原來葛雷哥萊每晚宣稱要去工作室作曲，卻在離開家門後立刻轉到後巷一間沒人住的空屋，從那裡潛入自家的閣樓倉庫。就在真面目被揭曉的這一晚，他終於找到了寶拉姑母縫在戲服上的稀世珠寶。實際上，他已有妻室，太太目前住在布拉格，十年前他為了奪取這批珠寶而殺害了寶拉的姑母，翻箱倒櫃之際不巧當時還是少女的寶拉走了進來，逼得他不得不落荒而逃，可是他始終無法忘懷那批珠寶，不惜使出和寶拉結婚的手段，再費盡九牛二虎之力，最後總算找到了。這個詭異的故事謎底揭曉之後其實不過爾爾，但是這部電影的重點不是偵探式的氣氛，其戲劇張力在於女主角寶拉日漸疑神疑鬼甚至瀕臨發瘋的情節，至於戲劇高潮則出現在葛雷哥萊躲過布萊恩的視線，從閣樓回到屋裡，發現自己的抽屜被打開而責備寶拉，使得寶拉再次懷疑自己的精神狀態，就在這時布萊恩現身，終於將葛雷哥萊緝捕歸案，而寶拉在他被逮後予以嚴詞痛斥的這個段落上。不過此處的高潮也可說是結案的過程而已。

以上的長篇敘述就是《煤氣燈下》這部電影的中樞部分，讓觀眾興味濃厚的段落也集中在這裡。相信各位已經體會到，假如這個部分並不成功，將導致整部電影失敗收場。除此之外，引發觀眾興趣的最大因素，正是對立物之間所醞釀而成的衝突矛盾。

因此，大家應該了解，就量而言，衝突情節占據整部電影的大部分；就質而言，這也是最重要的部分，透過各種事件的交錯，將這部戲帶往更明確的方向，同時故事內容也愈趨複雜。尤其在愛情片中，正所謂一波未平一波又起，觀眾也跟著笑中帶淚，隨著高低緩急的描繪方式而漸漸攀上高潮。

除非是罕見的直線式單純情節，單一事件很順利地達到高潮，否則在多數情況下，常見的戲劇形態是由幾起事件（小故事）產生關連，彼此糾葛，以逐漸上升的波浪形曲線來闡明主題。當然，即使是愛情片，這個部分的本質同樣是波瀾萬丈、衝突不斷。

衝突大致上可分成以下兩種系列：

主幹的衝突（Major Complication）

分支的衝突（Minor Complication）

前者指的是直接參與闡明主題的事件系列，後者是為了更確切呈現主幹而擔任輔助職責的事件系列，但是這兩者絕不是毫無相關，主幹與分支必須合而為一，方能帶來整體性的絕大效果。以《煤氣燈下》為例，發生在葛雷哥萊和寶拉之間的事件是主幹，而與之相關的諸如布萊恩的行動、警員威廉斯和女傭南西的往來、丑角老婦司懷茲的舉止等等，這些都屬於分支。

此外，開端部分到了即將結束時節奏會變得稍快，隨著進入衝突部分之後，可以調整節奏的緩急，也就是戲劇的「波動起伏」必須在鬆緊交替的狀態下，逐漸邁入緊湊的高潮。緩慢的節奏會讓人感到乏味，但是急促的節奏如果持續很久又毫無變化，同樣會讓人覺得無趣。為了避免這種狀況，這部分在場景的變化、緊張的調節、敘述的輕重等各方面，都要予以充分考量。舉例來說，《黃金時代》（*The Best Years of Our Lives*，麥金利・肯托原作，羅伯特・E・謝爾伍德編劇，威廉．惠勒執導）[57]描述的只是三名退伍軍人平凡的日常生活，儘管影片總長多達十八膠卷，仍然讓觀眾看得津津有味，其最主要的原因在於節奏調節相當恰當。相較之下，英國電影《被俘獲的心》（*Captive Heart*，帕特里克．基爾文原作，安格斯．麥克費爾、居伊．摩根共同編劇，巴茲爾．迪爾登執導）[58]取材自曾被德軍俘虜的英國官兵們的種種經歷，儘管不失為一部展現劇中角色人性的作品，但是觀影時生理上的疲勞感，未必是因為劇情中的每一則事件都輕而易舉解決了，最大的原因恐怕還是在於整體的節奏缺乏變化。這種節奏安排並不能全然歸咎於導演的手法，其實早在開拍之前的劇本，就已經定下如此調性了。

我們可以說，包括伏筆、隱晦或驚悚（懸疑）等等其他技巧，最有效的施用時機主要就在這個衝突的部分。總而言之，編劇必須特別用心構思這部分的故事內容發展，也要採取別出心裁的呈現技術才行。

當衝突達到某個緊繃的時點，隨著節奏的急迫與驚悚的增幅，通常就能營造出危機。換句話說，劇中人物就站在人生的歧路上，必須決定該選擇右邊還是左邊。

危機

在某些情況下，危機會直接上升轉化為戲劇高潮，不過一般情況是在一部電影中設定發生幾次危機，俗稱「小山」。這些「小山」乍看之下像是小型的高潮，但是危機和高潮的不同之處在於它無法直接成為衝突的引燃點，而是像迸射出火花一般，人物角色要採取某種方法躲避，並於成功之後，讓劇情發展順勢緩和下來。舉個最簡單的例子，在山本有三先生原作、荒牧芳郎先生改編而成的《路旁之石》（田坂具隆先生執導）[59]中，主角是名叫吾一的少年，在以鏡造為首的一群少年起鬨下，吾一為了展現本領而懸抓在鐵橋下。接下來的劇情如後所述。

○鐵橋

吾一咬緊牙關懸抓著。

---

57 於一九四六年上映的美國電影。麥金利・肯托（MacKinlay Kantor，一九〇四～一九七七，美國戰地記者、小說家暨編劇），羅伯特・E・謝爾伍德（Robert Emmet Sherwood，一八九六～一九五五，美國劇作家、編輯暨編劇），威廉・惠勒（William Wyler，一九〇二～一九八一，美國導演）。

58 於一九四六年上映的戰爭片，多數資料顯示片名為 *The Captive Heart*。帕特里克・基爾文（Patrick Kirwan，一八九九～一九八四，英國編劇），安格斯・麥克費爾（Angus MacPhail，一九〇三～一九六二，英國製片暨編劇），居伊・摩根（Guy Morgan，一九〇八～一九六四，英國作家暨編劇），巴茲爾・迪爾登（Basil Dearden，一九一一～一九七一，英國導演、製片暨編劇）。

59 山本有三的同名小說曾分別於一九三八年、一九五五年、一九六〇年、一九六四年共四度翻拍成電影，此處為一九三八年日活製作版本。荒牧芳郎（生卒年不詳，日本編劇），田坂具隆（一九〇二～一九八四，日本導演）。

虛汗從他的額頭淌落下來。

火車的噪音愈來愈大。

○火車

緊急汽笛大作。

○鐵橋

懸抓著的吾一。

——鳴響

——震動

——汽笛

鳴響。震動。汽笛

——這些逐漸變弱。

流水聲

——傳來流水聲。再加上由遠而近的人聲。

「喂！不可以動！千萬不能動啊！」

「要冷靜！千萬要冷靜啊！」

○站長室

直盯著看的阿蓮（母親）的面孔。

繼續聽見人聲。

「這麼說是你叫他去試的？怎麼可以說這種蠢話呢！鐵橋哪裡是用來讓人掛在上面玩的東西！」

吾一突然醒過來，發現自己躺在站長室的長椅上。

母親在身邊，稻葉屋老闆也在身邊，還有河銀同樣在身邊。

「喔，醒啦？」

母親表情放鬆，湊上前來端詳。人聲繼續傳來。

由危機的本質考量，很明顯地絕不能持續太長的時間，時間一久，急迫感也會隨之減緩，危機就不再是危機了。小林勝先生曾以《木石》（舟橋聖一先生原作，伏見晁先生改編，五所平之助先生執導）[60]的其中一段作為危機的典型範例，我頗有同感，在此引述同樣的段落。

60 於一九四〇年上映的日本電影。舟橋聖一（一九〇四～一九七六，日本小說家），伏見晁（一九〇〇～一九七〇，日本編劇），五所平之助（一九〇二～一九八一，日本電影導演、編劇暨俳人，以執導一九三一年上映的日本第一部有聲電影《夫人與老婆》而聞名）。

○醫院，護士室

澤村（年輕醫生）對著護士和女助理講話。

澤村：「妳們根本不知道吧。我那時候還是學生，想當年聽過不少傳聞提到有島博士特別疼愛他專屬的女助理。……那個助理呢，就是年輕時的追川初哦！」

「真的呀？」

澤村：「所以我猜，她女兒的父親就是有島博士。總之，她都不懂得潔身自愛了，還好意思囉唆妳們那些雞毛蒜皮的小事、甚至還說什麼要把妳們趕出去，太可惡了！」

眾人面面相覷。

澤村：「反正妳們有機會不妨問問看。想必她會被問得啞口無言，什麼話都講不出來。」

「可是我們怎麼能去問她那種事呢？」

澤村：「那麼，一抓到機會，我就幫大家去逼問她！」

就在這時，追川初走進來。

眾人大為吃驚。

追川瞪著澤村。

初：「醫生！我不顧羞恥與體面，坦白告訴你襟子是個沒有父親的孩子，你還想知道些什麼？」

澤村一臉趾高氣揚。

追川面色鐵青。

初：「堂堂男子漢，竟在背地裡説兩個弱女子的壞話、醜話，這樣很開心嗎？況且居然連有島教授都敢抹黑……」

追川情緒激動。

初：「你也不想想自己是在哪裡工作的！你蒙受有島教授的教誨，還在有島教授的研究所裡工作，難道沒想過有島教授對你的恩情比天高嗎？」

澤村一副劍拔弩張的神情。

初：「你太卑鄙了！要不要我乾脆在大家面前揭穿你為何要在背地裡講我壞話的理由？」

澤村聽到之後，面露些許為難。

初：「要不要我講啊？」

從房間後面出來的工友拉住追川初攔下。

工友：「好了好了，都已經説到這個份上，妳總該消消氣了吧。忍著點忍著點……」

初：「不！放開我！」

追川在被工友阻止的狀態下，指著寫在黑板上的壞話。

初：「那是誰寫的？我們母女倆究竟犯了什麼錯，憑什麼要這樣污衊我們？有什麼話想説就直接說，不必耍這種花招，儘管直接找所長還是院長告狀去吧！為何要寫這種謠言？」

說著，她隨手拿起一只裝有熱水的燒水壺朝黑板使勁一扔。

眾人對她的憤怒大驚失色。

緊咬下唇、激動得發抖的追川初。

就在這時，一個雜工衝進來。

雜工：「啊，追川女士，所長找您！」

眾人為這巧合的時機而面面相覷。

○研究所長室

所長和二桐、藤本及其他兩三名醫生聚在一起，面色凝重。

這時，追川初提心吊膽地走進來。

所長：「喔，追川君。」

說著，他走向追川。

所長：「有島博士過世了。」

初：「什麼？（頓時愕然）您說，有島教授他……！是、是真的嗎？」

所長（點頭）：「我們才剛剛接到通知，還沒有正式宣布。」

追川初低下頭來。

如上所述，由於澤村和追川之間的對立所產生的一次危機，隨著雜工的登場而緩和下來，緊接著她又接到這一生最信賴的有島博士的噩耗，也就是一次危機緩和之後旋即萌發另一次危機，這就是最常見的危機設定模式。

就這樣，經過幾次危機的層疊發生，衝突呈現加速度增大，主幹和分支結合在一起，節奏急遽竄升，所有的事情變得緊迫，終於迎接最大危機的到來。這時候，危機的性質已不再如同前面幾次危機那樣能夠得到暫時的緩和，而必須採取某種意義上的明確判定，也可以說是前面幾次危機的累積招致了這次的嚴重危機。總之，劇情發展至此已經達到安危的轉捩點，而最後的高潮也在前方不遠處了。

高潮

戲劇情境中的高潮俗稱「山」，就像從相當於山麓的開端處出發，經由蜿蜒曲折的山路向上爬升而來到最大的危機，其最後的結果當然是攻上戲劇頂點的高潮。因此，這個部分的戲劇精神最為昂揚，也最能明確闡述主題的意義。

舉個例子來說，首先擷取法國電影《監獄縱火犯》（*Prison sans Barreaux*）[61]的段落如後。這部作品是由漢斯・威爾海姆[62]撰寫腳本，亨利・傑森撰寫[63]台詞，登川尚佐[64]先生購入片源，內容描述法國某地一所不良少女感化院的故事。在新任院長伊馮娜的感化之下，終於讓三度逃離的少女內莉醒悟過來，甚至接下醫務室助理的工作。內莉並不曉得醫務室的年輕醫生是院長伊馮娜的未婚夫而以身相許，這一幕不巧被感化院裡的女孩艾麗斯及蕾妮撞見，以此要脅內莉從醫務室裡偷出菸酒。正當幾個女孩喝著裝在熱水袋裡的酒並且乘著醉意嘻笑吵鬧之際，不幸被鐵腕作風的前任老院長阿佩爾女士發現，於是在院長室召開一場審問。但是，不論由誰問話，內莉始終噤口不語。

「——內莉，妳總該願意告訴我到底是怎麼回事吧？」

「……」

蕾妮壓低聲音說：

「這根本不是訊問，而是拷問嘛！」

「安靜！」

伊馮娜再次轉頭注視內莉：

「別忘了，其他老師當初都反對我這麼做，唯獨我一個人相信妳。妳是因為曾經做過壞事才會被送進這裡，進來以後又逃出去好幾次，可是自始至終只有我相信妳……所以還額外允許妳享有自由行動的權利，不是嗎？……結果瞧瞧妳是怎麼回報我的？偷東西？」

「……」

「至少告訴我為什麼這麼做……一定別有隱情吧？理由是什麼？我一點都沒有頭緒。」

阿佩爾冷眼瞥視內莉，又望向伊馮娜。

「這不是明擺著的事嗎？交給我來講吧——內莉就是典型的壞女孩，和其他壞女孩完全一樣，一時半刻裝乖巧，現在又原形畢露了。病入膏肓！無可救藥！妳還是相信我的信條吧——腐爛的水果再也不可能恢復新鮮了。內莉是罪人……要我說多少次都可以，她是偽善者，她是不良少女。只要仔細看一眼，立刻就能辨識出來了。」

蕾妮和艾麗斯望著滔滔不絕的阿佩爾，實在忍俊不禁。蕾妮輕聲告訴艾麗斯：

「我啊，把那個臭婆娘狠狠修理了一頓，實在幹得太好了！」

---

61 於一九三八年上映。
62 Hans Wilhelm（一九〇四～一九八〇），德國作家、製片暨演員。
63 Henri Jeanson（一九〇〇～一九七〇），法國記者暨作家。
64 或指日本電影評論家登川直樹（本名登川尚佐，一九一八～二〇一〇）。

「什麼？妳說什麼？」

「嗯，沒什麼……」

蕾妮和艾麗斯看著地面，強忍著不斷湧上來的笑意。

伊馮娜面色鐵青，令人畏懼。

「聽到我的話了吧？快點解釋……妳難道沒有自尊心嗎？」

片刻過後，內莉終於開口：

「酒是我偷的。」

阿佩爾難掩喜色：

「哎！悲劇終於成真了。」

「……您說得一點也不錯……剛才內莉的這句話，證明了我的教化方式根本一文不值……」

「能從妳的口中聽到這番話，我心滿意足了。」

「忘恩負義的內莉！……這女孩既不懂人情義理也沒有良心可言……我以為這段日子以來，自己至少拯救了內莉這個女孩……沒想到我錯了！」

「哎呀，用不著這樣自責。雖然事實證明我對妳錯，可也沒什麼值得自豪的。」

伊馮娜直盯著內莉看，

「我已經向省政府申請妳的赦免狀了。」

阿佩爾補充說道：

「在不顧我反對之下。」

「赦免狀已經送達感化院，文件目前在祕書那裡，只等我簽名就完備程序了……可是，不好意思，這件事我必須通知省政府才行。」

蕾妮突然站起來，

「內莉，妳統統說出來吧！……如果妳不說，就由我幫妳說……。」

內莉大吃一驚，拚命阻止蕾妮，但是蕾妮當然不肯聽從。

「內莉擔心害了醫生……不，她不願意把醫生捲進這樁醜事裡，所以才閉嘴不講……。內莉是在我的威脅之下才偷了酒……因為我目睹了醫生擁抱內莉的情景！」

「妳說什麼？」

伊馮娜大為震驚。內莉掙扎著不讓蕾妮往下說，無奈被艾麗斯和阿佩爾牢牢抓住。

蕾妮一鼓作氣繼續講下去：

「是醫生利用內莉沒有男友的大好機會乘虛而入的。內莉，我沒說錯吧？我看過他們兩人在一起，而且不只一兩次，所以威脅了內莉。我說：喂，內莉……如果不給菸抽，我就要去向院長告狀！如果不拿酒來，我就要統統告訴院長……（中略）……內莉根本沒有理由包庇那種可惡的男人！我說的是真的！醫生今天沒來，不就是最好的證明嗎？那個壞到骨子裡的傢伙！」

伊馮娜思索良久，終於緩緩站起身來。

「寶蓮娜女士，請帶著大家離席，只留下內莉……。」

阿佩爾一起幫著把所有人都趕出去之後準備關上門，打算留下來。

「阿佩爾女士，請讓我和內莉獨處一下。」

阿佩爾帶著略顯意外的表情走出門外。坐在椅子上的內莉低下頭來。

啜泣聲隱隱傳出。

伊馮娜走到窗邊，掀起窗簾往外看，天空和山丘都是一片霧白，細雨無聲地敲打在窗玻璃上。

伊馮娜回到自己的椅子。

內莉哭著走向她。

「老師，對不起……。我……我並不想讓老師痛苦……。」

「……妳是為了我才不肯吐實？」

「……」

「妳知道他和我的關係吧……？」

「等我發現的時候已經太遲了……。否則，我絕不會、絕不會對老師您……做出那種事的……。為了老師，就算要我犧牲生命也在所不惜……。老師，請相信我……我發誓當初真的毫不知情……。啊，我真想死……。我不會去的……！只要我不去，老師就會相信我的！老師，對不對……？請您看著我的臉……。」

「……」

「老師應該明白，我並沒有說謊。老師，您明白的，是不是……？我發誓，無論如何，我絕不會去！」

「去什麼地方？」

「他、他已經去了朋迪榭里，要我去跟他會合……我答應他要去的……我真的深深愛過他……可是現在……我討厭他……我恨他！」

伊馮娜靠近內莉，撫著肩膀安慰她，然後彷彿下定決心似的，走出房間。

內莉趴在桌上，放聲大哭。

由上述例子可知，當人物的性格與心理狀態隨著戲劇事件帶來的衝突而持續變化，接下來必然迎接高潮的到來。而戲劇情境發展至此，勢必得出具有邏輯性的結果；而與之對立的戲劇狀態，也必須在這時候得到合情合理的解決。

唯有如此，戲劇高潮才能充實電影內容的品質與拓展深度。實際上，有不少作品在處理高潮部分時，其最重要的契機只用突如其來的外在因素來塑造徒具形式的高潮。如同戰爭片中常出現的橋段，年輕的男主角忽然接到徵集令，於是此前所有的紛紛擾擾就此一筆勾銷。當然，在日常生活中，這種狀況確實並不少見，不能予以一概否定，但是就戲劇的結構之一而言，尤其是安排引發高潮的偶發事件時必須審慎構思，否則會讓人感到缺乏真實性，彷彿只是為了給個交代而隨便找個藉口，並不是一個可以真正激發出情緒沸點的戲劇高潮。我再次重申，戲劇高潮一定要讓戲劇衝突能夠得到一個符合邏輯、理當如此的結果。

因此，諸如以暴風雨、雪崩、洪水、火災或大型車禍等等浩大的場面作為高潮背景時，那些情景本身只是用來強調當時氣氛的一種景觀，真正重要的部分還是在於人物要素的動態，這一點請務必銘記在心。比方電影主角是賽馬選手或運動選手時，經常安排同時迎來壯觀景象和戲劇高潮的畫面，這時候由於屬於劇情要求，出現這樣的背景與衝突也就顯得十分自然了。

除此之外，高潮還必須非常強韌。所謂的強韌，當然並不是指一團揉了又揉、用力擠壓也不會斷裂的那種實體絲線的粗細程度，而是指任憑戳搗也不會坍塌、任憑撼動也不會搖晃的由內而外散發出來的一種扎實感。一般而言，高潮部分的節奏，不但要延續在其之前的危機的緊迫感，還必須提升強度才行——然而，我的看法不太一樣。當然，我認為就概念來說並沒有錯，不過在實際寫劇本時應該秉持一種心態：當危機引發了高潮，戲劇節奏也應該同步由亢奮降至平緩，藉由調節輕重快慢來準確描繪出衝突的內在意涵。唯有如此，高潮才得以展示其強韌的特質，成為一部戲劇真正的頂點。

還有，當刻意營造的緊迫感舒緩下來，而劇情也從高潮走向結局的時候，這在劇本寫作上稱為「反高潮」（Anti-climax），當然也屬於高潮的一部分。小林勝先生曾在文章中提到對反高潮的看法，在此引述如下：

> 一般認為，迎得高潮也就意味著劇情推展的結束，事實上這種套路只適用於以票房賣座為唯一目標的愛情片，卻被誤以為可以廣泛應用在所有類型的電影。我們必須進一步細究，在高潮過後還有古斯塔夫．弗萊塔克所說的「下坡」（下降）抑或「轉向」（反轉）。
>
> 關於「下坡」的存在，在過去的劇本寫作論中並未被詳細描述。因此，這或許只是我武斷的觀點，不過相信有心之士應該同樣察覺到了。
>
> 危機可以喊停，但是高潮無法中斷。當劇情發展到最後，不知接下來該如何安排，這時候就該出現「下坡」或是「轉向」了。譬如在《同心協力》（*La Belle Equipe*，朱利安．迪維維耶、夏爾．斯巴克共同編劇，朱利安．迪維維耶執導）[65]這部電影中，一把年紀的查爾斯居然在心愛女人的挑唆下嫉妒暴怒，以一連串不堪入耳的惡言毒語痛斥至交老友的

65 於一九三六年上映的法國電影。

讓，責備讓的自私自利害這群伙伴遭受一切不幸、讓根本是和平的破壞者云云。儘管讓試圖解釋誤會，但是向來沉默寡言的查爾斯此刻彷彿著了魔似地瘋狂吶喊。讓不禁淌下萬念俱灰的淚水，緊緊握住掌心那柄手槍……。到這裡是高潮的尾聲。片刻過後，讓擊發了手槍。查爾斯死了。開槍後，讓心裡明白「我們這群伙伴」的這片樂土已經如夢一般消失了。希望在一瞬間淪為失望了。而這個部分就是「轉向」（下坡）。命運的驟變，可能由喜轉悲，也可能由悲轉喜。（附註：例如《在煤氣燈下》，最後寶拉痛罵葛雷哥萊的場面，也應該視為高潮過後的「轉向」部分。）亞里斯多德將這個部分稱為Peri Petia[66]，意思是命運的逆轉。（中略）總之，這種「轉向」或「下坡」愈短愈好，因為前面的敘述已經很長了，觀眾急於得到解答，假如在這時候又逆勢而為，反而會損及整體的一致性。

最後，不妨思考一下「轉向」的價值。觀眾在高潮時到達頂點的情感，隨著轉向而變化為藝術性的情緒。高潮時，觀眾幾乎處於亢奮之中，一旦從緊繃的狀態舒緩下來，觀眾開始對主人公的命運產生興趣，並將目光聚焦於此。從古至今，偉大劇作家都在這裡博得了掌聲，而這也是作家煞費苦心追求藝術性的部分。這裡能夠表現出主人公崇高或悲壯的高度藝術性內涵。作家所描繪的悲劇之美撥撩著觀眾心緒的琴弦，發出美妙的共鳴……。

以上是小林勝先生對於反高潮的論述。過去對這部分的研究並不多，的確是不爭的事實。

我也大致同意他的觀點。

關於Peri Petia（突轉），亞里斯多德的解釋是「戲劇事件從某種狀態轉變成相反的狀態，而這種轉變必須與事件本身有必然的、理所當然的關連性」。當時的希臘劇，將Peri Petia（突轉）與被稱為Eschatos（頂點）的高潮，視為具有同等的重要性。以下繼續引用前文《監獄縱火犯》後續的部分。

○阿佩爾的房間

伊馮娜進入房裡，並請與阿佩爾交談中的管理員離開。

阿佩爾堆出滿臉笑意歡迎伊馮娜的到來，又鼓起自己的三寸不爛之舌。

「雖說我們院規推崇光明正大，但是事情演變到這個地步，實在太悲哀了。我打從一開始就知道會是這樣的結局，可是妳偏偏不肯聽我的規勸……現在果然……話說回來，今晚的教訓可以抵得上十年的經驗唷，足足十年的經驗呢！……往後又能規規矩矩照章行事了……雖然起頭不怎麼好，只要接下來進展順利，其他的都不重要了。妳畢竟還年輕，難免出錯嘛！」

66 希臘語，通常寫作peripeteia。後文亦同。

「請給我內莉的赦免狀。」

阿佩爾得意洋洋地拿出赦免狀遞過去，伊馮娜立刻在上面簽名。

「妳、妳做什麼？」

「內莉是個了不起的女孩。」

「妳、妳在講什麼，我一點也不明白……」

伊馮娜露出今晚的第一個微笑。

接下來，就是所謂最後的「結局」。

根據弗萊塔克的論述，當劇情上升到高潮的頂點時，就要在這裡孕育出新的悲劇性要素並且逐漸下降。在這個部分最能看出一個編劇本身的稟性，而就戲劇來說，人物角色之間的矛盾到了這裡已經接近命定的結局。也因為如此，在達到頂點之前，觀眾的焦點亦步亦趨跟隨著主要角色帶領的去向，一過頂點之後，產生剎那的靜止，觀眾的關注又會轉向其他的新目標上。縱使如此，若是在這部分安排新角色或新事件登場，卻又極有可能會破壞戲劇的整體效果。弗萊塔克認為：

如今，已經不容我們僅僅運用細膩的技巧、精心的潤飾、個別的美感、適切的動機這些零件拼湊成一齣戲劇了。觀眾已經洞悉各種事件的前因後果，也已經明白編劇最終的用意。現在的編劇必須將觀眾也納為己用，成為一枚絕妙的棋子。（中略）在這個部分只能使用概略性的呈現，如果刻意加進小插曲，就必須賦予某種特殊的意義與力量才行。

總而言之，我們在進一步審視高潮的同時，也必須再次檢討「轉向」的部分。這項工作迫在眉睫，不容延宕。另外補充一點，也有人把這種「轉向」歸入「結局」之中，稱為「悲劇性的結局」（Catastrophe）。

結局

將文學作品改編成電影劇本這項工作的目的之一，即是闡述主題。以這層意義而言，在規劃劇本內容的時候，應當把主題盡量安排在前半段敘述，或至少在到達高潮之前就該明白指出主題的方向，並且在得到印證的同時宣布劇終。

這段話出自弗朗西絲·馬里恩[67]的論述。

乍看之下，這種觀點似乎過於一板一眼，也太枯燥乏味，然而，這個結論畢竟出自一名經驗老到的女編劇——曾經在默片時代撰寫了包括派拉蒙及米高梅影業公司出品的《詼諧曲》（*Humoresque*）[68]、《黑暗天使》（*Dark Angel*）[69]、《史黛拉恨史》（*Stella Dallas*）[70]等多部傑出劇本的編劇高手。關於戲劇的結局，確實如同馬里恩所說的，應該在主題闡述完結的時候劇終，而不是在事件得到解決的時候落幕。

理由就是，假如忽視主題、完全以事件為主，那麼任何一部戲的最後結局都可以成為起點，並從那裡再繼續發展出另一個嶄新的戲劇情境。我們不妨以《鴛夢重溫》這部電影為例，結局是以失去了記憶的查理斯赫然發現原來眼前這個有名無實的妻子瑪格麗特，正是他當年深愛的妻子波拉作為最後一幕。這種劇終的安排使得電影主題有了明確的完結，不過，若要描述這對往事不堪回首的夫妻未來的生活，也可以由此繼續發展出嶄新主題的戲劇場景。強詞奪理來說，不管任何一部戲劇，即使主人公死了，仍然可以把他身邊人們往後的命運當作題材，開啟全新的戲劇事件。佐證之一是，就連評論當時多數戲曲都是從第五幕才正式展開的易卜生，也被認為在他的作品《海上夫人》的愛梨達，其實是《玩偶之家》的諾拉離家出走後的投影。

我們這時候應當審慎考量的是，戲劇必須以本身的主題作為主軸，進而成為一個統一體。換言之，編劇從無數的真實人生當中，擷取最吸引他的部分作為主要題材，因此那些被寫進劇本裡的各個人物角色的生活，每一個都只屬於完整人生的其中一段，萬一編劇沒有把主題明確掌握好，寫出來的作品將無法成為一個「組合而成的整體」，也就失去了Organic whole[71]的完整形態，畫面上只是接連呈現一個個情境，根本不知道該把結局擺在什麼部分才對。

我們可以從前面引用過的《路旁之石》電影結局當成進一步的驗證。《路旁之石》的主人公是個勤奮好學的少年，名叫吾一。時代背景是明治末年的鄉間小鎮。吾一的父親多年前拋妻棄子，行蹤不明，這對孤兒寡母在鎮上的稻葉屋書店老闆泰吉的庇護之下，住在一處破陋的大雜院。吾一由於生活貧困而備受輕蔑，也因為貧困的出身使他只能咬牙吞忍。小學畢業後，泰吉本想送他進入中學，沒想到失聯已久的父親居然在這時候回來，並且懷疑吾一的母親與泰吉關係匪淺，致使吾一升學讀書的美夢破滅，只好去鎮上的綢布莊伊勢屋當寄宿學徒，名字也改成吾助，從早到晚被支使做工，更不幸的是，伊勢屋的公子是他的小學同學，於是還被這一家

67 Frances Marion（一八八八～一九七三），美國記者、作家暨編劇。
68 於一九二〇年上映的美國默片。
69 於一九二五年上映的美國默片。此片片名在多數資料中為 *The Dark Angel*。
70 於一九二五年上映的美國默片。
71 意指「完整的有機體」。

的幾個孩子都視若草芥，就算偶爾偷閒捧讀，也會被主人和掌櫃當成犯下滔天大罪似地痛斥一頓。不久，他父親再次拋下妻子前往東京，母親也旋即撒手人寰，結束不幸的一生。伊勢屋的主人在他母親過世後嫌他礙眼，吩咐掌櫃把他扔去東京還給父親。掌櫃乾脆託付給染布行的商順道帶走，於是這回他在前去東京的旅途中成了奴僕，最後總算被送到和他父親同居的女人家。那女人有個女兒，母女倆一同經營民宿，他在那裡又淪為長工，不但要聽從住客的差遣，還要打掃院子、抹地板、擦煤油燈等等，成天被任意使喚。唯一溫言鼓勵他的只有一個名叫熊方的住客，是個窮畫家。有一天，熊方趁著女房東帶著女兒出門看戲時，叫餐館送來牛肉洋蔥滑蛋蓋飯請吾一一起吃，不料隔天……。

○後院

吾一坐在木板窗外的窄廊上擦拭煤油燈，旁邊攤開一本書，邊擦邊讀。這時從廚房傳來喊聲……

外送伙計的聲音：「承蒙惠顧！我來收碗了。」

加津子的聲音：「咦，沒叫你們店裡送蓋飯呀？」

外送伙計的聲音：「不，昨天送了兩碗牛肉洋蔥滑蛋蓋飯來……啊，碗在這裡！」

加津子的聲音：「娘，昨天叫了蓋飯嗎？」

住江的聲音：「不是我叫的呀，去問問那小子。」

吾一繼續擦拭燈罩。加津子忽地推開拉門。

加津子：「昨天的蓋飯，是誰叫的？」

吾一：「是熊方先生。」

加津子：「有訪客來嗎？」

吾一：「沒有。」

加津子：「那麼為什麼叫了兩碗？」

吾一：「……他請我吃了一碗。」

加津子：「天啊！」

住江的聲音：「臭小子！給我過來！」

吾一動也不動，依然繼續擦拭燈罩。

加津子：「快啊，還不快點去我娘那邊！」

只見她惡狠狠地拽起吾一的手腕，他使勁甩開，

吾一：「我現在正在擦燈。」

加津子：「你這個笨蛋……太囂張了……。」

加津子啐罵著，抬起腳來將他的書踢出去，書本應聲飛落到院子裡，露出了內頁的達

摩大師漫畫。吾一霎時怒火中燒，拿起手中的燈罩敲向加津子的腳。

加津子尖叫一聲逃進屋裡。

住江走出來凶瞪吾一。

吾一撿起書本收進懷裡。

住江轉身進屋。

吾一不發一語，坐回窄廊擦拭另一只燈罩。

屋裡傳來住江安慰哭泣著的加津子的聲音。

住江的聲音：「別哭、別哭，等愛川回來，娘就要他把這臭小子攆出去……。」

霎時間，吾一的手抖了一下，原本拿在手中的燈罩頓時墜落到地面。

又一次……又一次被……。

〇走廊——小房間

吾一進入，拿起自己的狩獵帽，神情堅定地走出去。

〇家門前

吾一離開家門。

〇小巷子——大馬路

吾一從小巷子走向大馬路。

都會的噪音如浪濤般湧來。

吾一的身影消失。

這是整部電影的結局，關於今後這個可憐的主人公要去往何方、過什麼樣的生活，電影裡完全沒有提及，就算接下來設定幾個戲劇情境，展開更有震撼力的戲劇事件，只要手法得宜，或許不會讓觀眾感到任何不自然之處。然而，就編劇試圖傳達的內容來看，這個向來隱忍度日的溫和少年，突然採取非比尋常的舉動，拿起煤油燈的燈罩打了人，這個毅然決然的行動已充分暗示這個少年今後將秉持強韌的精神，無論面對任何人都絕不輕易屈服，而故事的主題也到此敘述完畢，就算在後面又推展出新的情境，也不過是畫蛇添足罷了。若以「組合而成的整體」的觀點來看，這個乍看之下彷彿還可以多講些故事的結局，已是非常完整的統一體了。笑鬧劇裡常見的結局是以追趕的場面落幕，這種形式應該也可以歸入這類範疇之內。不過相反地，如果結局是主人公死亡，或是被壞人成功征服，就事件而言似乎劃下句點，但是站在主題的角度卻還沒有講完，使得觀眾覺得事情並未得到解決，在心裡留下一個難以言喻的疙瘩。這樣的作品其實並不少見，在撰寫劇本時應當特別注意。

總而言之，結局不僅是主題的結論，也必須是戲劇事件的合理歸結。假如遇到主題已經講完，但事件還沒有解決的狀況，很可能是主題與題材之間出現矛盾，或者情節結構出現錯誤。

只要這些部分沒有任何問題，隨著主題的敘述完畢，戲劇事件也應該得到解決。因此，在亦即堪稱主題之白熱化燃點的高潮部分過後，就不該再讓事件延宕下去，而要由轉向部分用最簡潔的方法一口氣奔向結局。愈簡潔愈好，絕不可停滯不前。

嚴格來說，電影結局與舞台劇結局的相異之處，或許可以用事件式結局和情景式結局來做區分。電影的最終場面（Last scene）時常在事件完結的結局之後，再加上一個情景式的場面，亦即俗稱「大結局」的最後一個場景。我想這應該不必特別說明，在此還是以《望鄉》的事件式結局為例。上了手銬的貝貝隔著碼頭的鐵柵欄看見停在岸邊的輪船甲板上的蓋比，聲嘶力竭地呼喊她的名字，可惜他的吶喊被淹沒在汽笛聲中，輪船旋即啟航，絕望的貝貝用戴著手銬的手悄悄從口袋裡掏出小刀刺入腰際，他的情婦伊涅絲嚇得花容失色，緊抓著鐵柵欄不斷向他道歉，貝貝就在她的賠罪聲中斷了氣，而故事就在這裡結束，但是在這之後，銀幕畫面還加上遠眺駛離碼頭的輪船，以及在海面群飛的海鷗生態的情景，餘韻猶存。這種最後一個場景的特殊情景，與舞台劇每一幕結束前的「停頓間隔」效果相同，能夠營造出終了後的餘韻，帶來情緒性的氛圍，因此並未脫離原本的故事內容。在《長屋紳士錄》中，女主角好不容易才下定決心把這個男孩視如己出，卻在這時被他的親生父親帶走，於是女主角十分感嘆地說了一段話：「我可不是因為傷心才哭的唷，而是為那孩子的開心而感到安慰。原本以為孩子的爹一定是個無情無義的人，沒料到他居然是個好父親！一想到父子倆可以歡歡喜喜過新年，真為他們感到高興極了！」說完以後，鏡頭轉到位於上野的西鄉隆盛銅像底下曬著暖陽的戰爭孤兒們的身影，就此劇終。像這樣，有沒有加上最後一個場景使得觀眾對那部電影的整體印象，是以純粹人情冷暖故事結束，抑或是留下社會問題的餘韻之後告終，將會呈現截然不同的差異。然而，切莫為了大結局而刻意加上這種情景式的場面，並且流於套路。

除此之外，美國電影的結局也經常出現十分畫蛇添足的美滿結局，那種牛頭不對馬嘴的商業主義式的千篇一律，反而讓觀眾對整部電影留下刻意而為的不好印象。例如《煤氣燈下》的最後一個場景其實已是故事內容的結局，一直被當成瘋子的寶拉在恢復神智之後，將長久以來的恨意宣洩而出，開口痛斥葛雷哥萊，並且冷眼目送葛雷哥萊被警察帶走。其實在這裡結束最為恰當，卻偏要在後面加進寶拉和布萊恩在陽台上親密聊談，並且暗示兩人之後在一起的場景。這個畫蛇添足的最後一個場景，完全脫離了作品的主題。

話說回來，實際上我們經常看到編劇想表達的主要部分已經講完了，電影本身卻還留下尚未清除完畢的殘渣。例如《手牽手的孩子們》[72]（伊丹萬作先生編劇），從作品的角度來看，已經有相當優秀的「組合而成的整體」的結局，但是那樣的結局卻無法對於異常兒童的社會問題提供明確的解答。另外，在《失去的週末》（*The Lost Weekend*，查爾斯・R・傑克遜原作，

72 於一九四八年上映的日本兒童電影。

查爾斯・布拉克特、比利・懷爾德共同編劇，比利・懷爾德執導）[73]中，雖然描述酒精中毒的青年生活，但並不只是一部主張禁酒的宣導片，而仍然保有執拗地直面人性的作品主題高度，可惜那樣的結局實在無法合理說明今後主人公能夠振作起來建立全新的生活。這兩部電影同樣留有尚未清除完畢的殘渣。理由是從作品的角度，雖然事件得以解決，但是並不能稱得上是普遍適用的解決方案。這當然和題材的本質難以解決有關，但是嚴格來講，正因為如此，更應該絞盡腦汁想出合情合理的結局。關於《失去的週末》，志賀直哉先生的觀後感如下，值得我們深思。

我在看完《鴛夢重溫》的時候也有類似的感受，但是這一部覺得更掃興。這樣的結局並沒有解決這部電影的問題，實在無法讓人認為那個男人就此得到救贖。暫且不論這部電影中段的破綻，至少結局總得像樣一點，否則看完以後心裡很不舒服。（中略）我不禁思考，假如由我撰寫那部電影的結局，應該如何安排才好。主人公立志當個小說家，還在酒館裡講過自己的小說大綱，而那部小說也曾出現在畫面，不如將這部分延續到最後，與故事主幹交錯進行，把電影原本的美滿結局挪為小說最後的大團圓，然後把主人公的自殺當作故事主幹的結局，不知道這樣的構思好不好。至少如此一來，情節會變得更複雜，除了原本酒精中毒的主題以外，再納入抗拒通俗藝術的主題，或許能夠塑造出反諷的詼諧意涵。

「我迫於無奈，在小說中安排了那樣的結局。這是出於書店[74]的考量。因為書店的人說，自殺有違善良風俗，如果不改成美滿的結局就不願意出版。我自己一方面覺得既是出版所需，就該聽從對方的建議，但是一方面心裡明白，酒精中毒並不是那麼容易矯正的問題。我以此據理力爭，可是書店的人依然嚴詞拒絕了。或許他也想藉此幫助我戒除惡習，因而竭力主張一定要用美滿的結局，不肯讓步。我是個只要能喝到酒甚至不惜偷東西的人，寫作的理想早就不重要了，總之，非得拿書稿換錢去買酒不可。結果，誠如各位看到的，那部小說就以那種不上不下的結局落幕。身為作家，這件事令我自此備受折磨。我只能借酒澆愁，豪灌牛飲。然而，書店總不可能永無止境地支付金錢，我明白自己最後的選擇就是尋死。所以，我現在依據事實，修正了那部小說的結局。」

如果讓主人公留下這封遺書後自殺，至少能使這部作品的形式更完整。但我不禁進一步思忖，在小說中只要藉由一封遺書就能輕鬆完成結局了，可是在電影裡，究竟該如何安

73 於一九四五年上映的美國電影。查爾斯・R・傑克遜（Charles R. Jackson，一九〇三～一九六八，美國作家），查爾斯・布拉克特（Charles Brackett，一八九二～一九六九，美國製片暨編劇），比利・懷爾德（Billy Wilder，一九〇六～二〇〇二，波蘭導演、製片、編劇暨演員）。

74 日本有些書店早期兼營出版業務。

排才好？

根據以往的習慣，結局大致分成美滿的結局（Happy End）和不美滿的結局（Unhappy End）兩種類型，不過這種分類法只是為了方便起見，事實上很多狀況是難以決定到底該分在哪一邊才對。總之，最重要的是，必須以最符合內容的合理結果作為結局。如果僅以形式來區分不同的結局，在此舉一兩個例子。譬如從頭到尾的劇情發展看似有模有樣，其實只是劇中某個角色的夢境或幻想，像這樣令人大出意外的結束方式叫做訝異的結局（Surprise End）。比如《草莓金髮》（*Strawberry Blonde*，魯歐爾・沃爾什執導，詹姆斯・哈根原作，菲利普・G・艾伯斯坦、朱利葉斯・J・艾伯斯坦共同編劇。這部電影的原作已有同樣的改編作品，亦即從前派拉蒙出品的《往事如煙》〔*One Sunday Afternoon*〕，史蒂芬・羅伯茲執導，C・格羅弗・瓊斯、威廉・S・麥克那特共同編劇）[75]劇中主要角色的回憶即是整部電影的主要內容；抑或像《瑪祖卡舞曲》（*Mazurka*，威利・佛斯特執導，漢斯・拉摩編劇）[76]那樣，被告站在法庭上陳述的內容就是整部電影的主體。諸如這類情況，電影的開端必然直接連結到結局，並且在過去的那段故事中，也可能有另一組開端和結局。其他的例子還有《追憶彼日》（*Remember the Day*，亨利・金執導，泰絲・史萊辛格編劇）[77]、《卿何遵命》（*All This, and Heaven too*，安納托爾・李維克執導，瑞秋・菲爾德原作，凱西・羅賓遜編劇）[78]，在日本電影界則有木下惠介[79]先生

75《草莓金髮》為一九四一年上映的美國電影，魯歐爾・沃爾什（Raoul Walsh，一八八七～一九八〇，美國導演、製片、編劇暨演員），詹姆斯・哈根（James Hagan，一八八九～一九四七，美國作家），菲利普・G・艾伯斯坦（Philip G. Epstein，一九〇九～一九五二，美國編劇）及其雙胞胎兄弟朱利葉斯・J・艾伯斯坦（Julius J. Epstein，一九〇九～二〇〇〇，美國編劇）。《往事如煙》為一九三三年上映的美國電影，史蒂芬・R・羅伯茲（Stephen R. Roberts，一八九五～一九三六，美國導演。此處作者未標註其中間名的縮寫R），格羅弗・瓊斯（Grover Jones，一八九三～一九四〇，美國編劇。此處作者在其姓名前面多了縮寫C），威廉・史萊芬斯・麥克那特（William Slavens McNutt，一八八五～一九三八，美國編劇，此處作者將其中間名以縮寫S替代）。

76於一九三五年上映的德國電影。威利・佛斯特（Willi Forst，一九〇三～一九八〇，奧地利導演、演員暨編劇），漢斯・拉摩（Hans Rameau，一九〇一～一九八〇，奧地利演員暨編劇）。某些資料顯示威利・佛斯特亦參與編劇。

77於一九四一年上映的美國電影。亨利・金（Henry King，一八八六～一九八二，美國導演、製片、編劇暨演員），泰絲・史萊辛格（Tess Slesinger，一九〇五～一九四五，美國編劇）。某些資料顯示還有另兩位編劇為法蘭克・戴維斯（Frank Davis，一八九七～一九八四，美國製片暨編劇）、亞倫・史考特（Allan Scott，一九〇六～一九九五，美國編劇暨演員）。

78於一九四〇年上映的美國電影。安納托爾・李維克（Anatole Litvak，一九〇二～一九七四，生於烏克蘭的美籍導演、製片暨編劇），瑞秋・菲爾德（Rachel Field，一八九四～一九四二，美國小說家暨詩人），凱西・羅賓遜（Casey Robinson，一九〇三～一九七九，美國導演、製片暨編劇）。

79木下惠介（一九一二～一九九八），日本導演。

自編自導的《不死鳥》[80]等等，屬於這類型的電影相當多。此外，《七重心》（*The Seventh Veil*，悉尼．包格斯執導，米瑞兒．包格斯、悉尼．包格斯共同編劇）[81]占據大半篇幅的是一個女人被催眠之後的告白，而在她告白裡提到的事情直接連結到真實的事件，並且由此解決了全劇的疑問，所以也可以歸納在這種類型之中。

總而言之，站在觀眾的角度，結局是扣人心弦的劇中事件攀升到最緊張的高潮過後，暫時放鬆下來的部分，所以在這個地方必須讓觀眾盡量緩解緊繃的情緒。這也就是我為何一再強調，結局應當愈簡潔愈好的緣故。

---

80 於一九四七年上映的電影。

81 於一九四五年上映的英國電影。作者此處寫導演是悉尼．包格斯（Sydney Box，一九〇七～一九八三，英國製片暨編劇），但多項資料顯示本片導演應是康普頓．班尼特（Compton Bennett，一九〇〇～一九七四，英國導演暨編劇），兩位編劇為悉尼．包格斯與妻子米瑞兒．包格斯（Muriel Box，一九〇五～一九九一，英國導演、製片暨編劇）。

電影結構

劇本結構

我已經按照順序，從開端一路講到結局了，但是如同前面提醒過的，這只是最基本的戲劇結構順序，不僅僅適用於電影，舉凡所有被稱為「戲劇」的藝術表演全都一體適用，所以運用在電影上的時候，必須予以考量電影獨特的結構特質。

無庸贅言，在電影的世界裡，除了戲劇的結構之美以外，還有電影的結構之美，這兩者必須相互搭配，才能打造出適切的節奏，醞釀出獨特的流動之美。因此，如果只有戲劇方面的結構非常完美，絕對無法做出一部真正精彩的電影。電影絕不只是拍攝成影片的舞台劇集合體。假如電影劇本的任務只是單純配置許多情節的場景，再以戲劇形態組合起來，也就形同撰寫一部場景較多的戲曲罷了。

有涓涓細流，有浩浩奔湍；時而萬年碧潭，時而千丈飛瀑。如同千變萬化的流水雅趣與美學，電影劇本結構真正的價值，在於自在掌控劇情節奏。有時候宛如徐徐微風輕柔地吹拂畫面，有時候儼然颳過嵯峨峻嶺、連根刨起參天大木的暴風呼嘯銀幕，這樣的情境轉換亦不失為一種趣味。重點在於，電影編劇在取捨題材時必須獨具慧眼，考量全劇印象與整體效果，於追求獨創之際亦要顧及邏輯合理，還要完全發揮電影的獨特之美，這就是劇本結構的第一要義。

主題的重要已經不必強調，缺乏主題的電影毫無可看性可言；然而，過去在戰爭時期拍出來的那些只一味突顯主題、卻忘記應該穿上裝飾電影獨特之美的衣裳，以致於赤裸裸地袒露出徒具概念的醜陋怪物骸骨，結果這類作品還躋身十大經典好片之列。這種詭譎的現象，完全不顧電影的結構之美，只把電影當成宣達意念的道具，讓人目不忍睹。問題是，日本的眾多電影評論家對此大加讚揚，而這種不可思議的現象有愈趨惡化的傾向。事實上，電影應當堅持自身的電影之美，其主題不該是強行置入，而要渾然天成地融入電影精神之中，自然而然沁入觀眾的內心深處，如此才能發揮真正的效果。正如弗朗西絲．馬里恩所說的印證主題的思考方式，我們必須秉持這樣的精神製作電影，才能讓電影的結構奠基於電影的本質。

以藝術形象體現的觀念，是各種藝術、繪畫、雕刻、音樂、舞台劇、電影等等創作所不可或缺的。然而，絕對不是只要概念正確卓越，就必定成為一件極具價值的優秀藝術作品。縱使概念卓越、主題正確，倘若呈現方式低劣，絕對稱不上是好作品。所謂的藝術作品，必須運用最適合那項藝術的正確且明晰的方法，將所有的概念予以形象化。

這段話出自全俄國立電影學院教科書。如果把概念或思想從藝術作品裡抽離出來，不啻鄙視藝術的專業性。繪畫的語言是色彩和線條，音樂的語言是音符，而電影也同樣有屬於電影的語言。電影的結構，就該使用電影本身的語言來完成。

劇本的視覺性

回想起來，約莫在一九三一至三三年那段時期，日本電影終於從無音無聲的世界邁入了有音有聲的世界，所有的編劇和導演對於聲與音營造出來的效果格外敏感，甚至到了神經質的地步，個個野心勃勃地在新作品裡競相做起各種實驗。

有人認為，直到進入「有聲電影」的時代之後，電影才開始具有思想，但是在那個無音無聲的電影時代未必就感受不到編劇的思想，只是必須全然藉由視覺效果來克服這項不利的條件；而為了克服這項不利的條件，也就必須拚命鑽研特殊的技術，並且業已於那個時代打造出堪稱幾近完美的電影形態了。在這樣理想的狀態之下加入聲與音的全新因子，可以想見除非呈現出來的效果相當特別，否則看在觀眾眼裡只覺得畫蛇添足。反過來說，這亦證明了當時的眾多編劇為求在電影的視覺性和聽覺性之間取得平衡，付出了莫大的努力。

物換星移，我們今日應當從完全相反的立場重新省思，也就是基於每部電影均為有音有聲的立場，再次檢討電影的視覺性。

此處以無音無聲時代的劇本作為範例。以下是北村小松先生的《戀愛第一課》（清水宏先生執導）[1]的其中一節。

○…桌面（F・I）

十錢的白銅幣宛如陀螺般打轉。不久，白銅幣倏然靜止。

鉛筆的筆尖從那枚鎳幣的邊緣靈巧地挪到另一邊。

畫面上出現寫滿數字的筆記簿。某人小心翼翼地用鉛筆將那枚白銅幣頂到筆記簿的頁面上。

白銅幣終於爬上筆記簿。鉛筆把那枚白銅幣移到頁面中的一座秤的圖示上，畫起圖來。

○…這一連串搗蛋的動作是正一做的。

正一突然抬起頭來偷瞧前方。

○…正一的面前坐著家庭教師岡田，他正忙著自己的校對工作。

○…兩人旁邊的小黑板上寫著「白銅是由鎳和銅以一比八的比例製造而成的。十錢白銅貨幣的重量是三．七五公克。那麼鎳和銅各占幾公克？」

○…正一又忽然把視線拉回筆記簿上，在上面拚命畫東西。

○…這時岡田彷彿察覺到什麼似地，從自己的校對文件中猛然抬眼，窺看正一的筆記簿。

1 於一九三〇年上映的日本默片。北村小松（一九〇一～一九六四，日本劇作家、編劇暨小說家），清水宏（一九〇三～一九六六，日本導演）。

○…筆記簿的那個圖示上全是塗鴉。鉛筆在頁面上忙碌地移動。

○…看到這一幕的岡田倏然開口：

字幕　阿正
　　答案算出來了嗎？

○…正一吃驚地抬起頭，急著把白銅幣藏起來，可惜已太遲。

岡田一把搶過正一的筆記簿，嚴詞斥責。正一搔搔頭。岡田把筆記簿還給正一，說：

字幕　你的算數
　　怎麼這麼差呢？
　　重算一遍！

○…「嘖！」正一不耐煩地再度埋首筆記簿，鉛筆往鼻孔裡戳。

日本第一部真正的有聲電影據說是一九三一年公開上映的《夫人與老婆》（五所平之助先生執導），編劇同樣是北村小松先生。以下是他在翌年出版的劇本集自序中提到，在撰寫那部劇本的時候，為了求取無聲電影的視覺性與有聲電影的聽覺性之間的平衡所耗費的心力：

我們在寫默片的劇本時，專心致志於將一個故事予以視覺化。那是「無音・無聲」的統一狀態。

我們的全副心力都放在把交付到手上的、抑或創作出來的故事，在視覺上做最適切的排列與結構。一直以來，我們寫劇本的目標就是描繪出「無音化的幻影」。包括汽笛的聲響、人的動作、字幕的文句，統統都是視覺性的……。

然而，當我開始著手寫《夫人與老婆》的時候，早前好不容易才熟稔的「故事單一視覺化」的技術，頓時陷入了左右為難的窘境。原因是，我在寫「能夠發出聲音的電影」時，腦海中冒出了過去身為戲曲家時習得的技術。

毫無疑問，戲曲的主體當然是台詞。「舞台劇」當然不是用耳朵聆聽，而是以眼睛欣賞的；但是構成舞台劇的「戲曲」，是由台詞所支撐而成的。因此，在戲曲的世界裡，我們的工作是使用話語來形成一個故事，說得更極端些，我們唯一的任務是把故事聽覺化。

在創作電影劇本的「視覺化」和創作戲曲的「聽覺化」之間，有相當大的差異。

於是，我筆下的「角色」一開口就滔滔不絕而難以駕馭、一旦讓「角色」閉嘴之後又錯失了講出關鍵語句的最佳時機、台詞顯得泛泛無奇、電影在切換鏡頭時台詞與台詞的「間隔」太長、在一幕幕幻影中插進來（拍默片時可以完全忽略）的各種聲響不知該如何取捨等等，可說是費力又勞心……。

時至今日，每一部電影都是有聲片，每一部電影劇本也都是有聲片的劇本，人人早已習慣有聲音的呈現方式，相關技術也均能運用自如，不再像這位北村先生文章裡描述的那樣辛苦了。但是相反來講，目前多數劇本有過度仰賴大量台詞的傾向，甚至讓人暫時忘記了電影所具備的視覺性，這時候再度細讀北村先生的文章必能有所獲益。於此同時，只要能夠清楚認知這一點，也就可以了解電影劇本絕不等於場景眾多的戲曲。此外，初期的有聲電影劇本從動作、台詞到音響效果全都分門別類標註，現在回想起來，採用這種繁瑣的形式反而更能突顯編劇特意強調劇本視覺性的用心。以下試舉兩個範例，第一個例子節錄自北村先生的《夫人與老婆》，第二個例子是島津保次郎先生親自執筆編寫的《暴風雨中的處女》[2]的其中一段。

（第一個例子）

（——ＥＦ為Effect的簡稱，表示音響效果；Ｗ是Word的簡稱，表示台詞的話音必須與畫面同步呈現）

○餐室（Ｆ・Ｉ）

ＥＦ（在長方形火盆裡的燒水壺正在沸騰）

妻子沉著一張臭臉坐在那只長方形火盆旁，手裡的火筷子在火盆裡撥好一會兒後，赫然淘出錢幣來。

她將那枚錢幣夾出來扔到火盆木框桌的置物檯面上，撿起來收進錢包裡。

EF（隔壁房間傳來打麻將的聲音。最後是一陣哈哈哈的笑聲以及洗牌的聲響……）

○妻子嘆氣。

EF（新作的聲音）「喂，送茶來！」

W（妻子）：「來了！」

回話後，妻子起身去沏茶。

EF（時鐘響起十二點的鐘聲）妻子把新作拉到時鐘前。

○妻子壓低聲音對新作說：

W（妻子）：「你瞧瞧，都已經十二點啦！麻將總該結束了吧。要是客人說要住下來，麻煩可就大了！況且你的腳本十五號就要截稿了哪！」

（第二個例子）

（——分成三段書寫，上方是動作，中間是與上面同步呈現的台詞，下方是音響效果）

2 於一九三二年上映的日本電影。

綾子彷彿想起什麼似地
説著，她走向門口
綾子停下腳步
春雄
房門被倏然推開
舞女蘭子出現在門前
綾子一臉錯愕地望著她
春雄
蘭子看一眼綾子

「萬一遭到母親責罵就不好了，我要回去了，再見。」
「可是……」
「再多玩一會兒嘛！」
「嘿！快進來吧！」
「待會兒再來……看樣子，我打擾二位了——」

春雄「等一下再走啦！」
開門聲
春雄「哎，有什麼關係嘛！」

春雄
「我不在意啊！」
房門關上了
綾子回頭看著春雄
「那是誰呀？真沒禮貌！」

我舉出這兩個範例的意思並不是認為現行的「舞台指示」稍嫌簡略，應當比照這種詳細的寫法。因為電影劇本的視覺性絕非與「舞台指示」的多寡成正比。

○鬼子母神堂[3]院地內的茶室包廂

菊之助獨坐包廂中。

老婆婆：「在這兒呢！」

話聲方落，阿德已輕輕推開拉門，

阿德：「哎呀，少爺！」

阿德進入包廂。

菊之助：「沒想到妳真的出得了門！」

3 供奉的鬼子母神為婦女兒童的守護神。

阿德：「您向誰打聽到我在雜司谷這裡的呢？」

菊之助：「費了我好一番功夫呢。好不容易找到妳家了，吃了閉門羹，等上許久總算攔下一個被派出來跑腿的小傢伙。」

阿德：「那是兼吉。」

菊之助：「這樣啊。問他小姐在哪兒，他被封了口不敢說，我只好天天上門費盡脣舌，昨天才終於被我問出來了。」

阿德：「（眼中噙著淚水）沒想到您為了小女子竟然如此……。」

這是《殘菊物語》（村松梢風先生原作，依田義賢先生編劇，溝口健二先生執導）[4]的其中一段。從這個例子可以看出，即使沒有更詳細的「舞台說明」，已足以聯想其視覺畫面了。光是「阿德進入包廂」和「那是兼吉」簡單幾個句子，已經充分展現出編劇的感性，而這唯有徹底掌握電影畫面的視覺性才能辦得到。

關於電影的視覺性，在此節錄黑澤明先生的文章如下：

> 好劇本的說明不能太多。由於電影劇情持續向前推展，所以附加說明並非恰當的形式。反過來講，如果一部電影非得靠說明才看得懂，那麼就算添上說明照樣無濟於事。通

篇的劇本無疑扼殺了導演的才華。就為了這些乾枯無味的說明，導演得東奔西跑，況且還無法得到相對的成效……。換言之，讓觀眾感受電影的主要武器，可以說是接近音樂的藝術形式。假如認為要靠說明才能聽懂音樂是件愚蠢的事，那麼應該會同意仰仗說明才能看懂電影也是一樣愚蠢的事。近來，我又重新讀了好幾部默片時代的劇本，並且深深為其節奏明快而讚嘆不已。這正是不透過聲音和話語的表演所達到的成果。回想起來，自從電影進入有聲時代之後，得以自由加入話語和聲音；看似大大豐富了電影的形態，其實並沒有太多加分，失去的東西反而更多。其中最令人扼腕的，莫過於我方才講的感動觀眾的能力衰退，並且連帶衍生出近年來劇本畫面呈現不足的問題。有聲片的力量，原本應該是讓觀眾看到的力量加上讓觀眾聽到的力量，實際狀況卻多半是為了讓觀眾看到的努力，有一部分被挪到讓觀眾聽到的力量那邊去了。結果就是畫面的貧乏。所幸，比起讓觀眾聽到的力量，讓觀眾看到的力量更為強大數倍，因此除非刨根究柢，否則這種傾向並不算是太大的問題。我所謂畫面的貧乏，絕不是指繪畫的圖面，而是電影的視覺表現力。這種表現力來自場景的結構，乃至於場景與場景之間的連結。能夠讓人感受到這種表現力活靈活現的劇

4 村松梢風（一八八九～一九六一，日本小說家）的同名小說於一九三七年連載並出版，其後被多次改編成話劇、電影及電視劇。此處為一九三九年上映的電影版。

本，才是我們最想要的。瀏覽時眼前無法浮現出畫面的劇本，若要拍成電影必然還有不足之處。（中略）近期的劇本和戲曲，相較之下並沒有太大的差異。雖然偶爾用純粹舞台劇的角度來讀電影劇本，亦不失一種趣味；但是如果不是基於那種意圖，而是劇本本身的電影精神薄弱導致呈現出這樣的傾向，可就令人遺憾了。

舉例來說，不難想像如果要寫一部拍攝舞台劇表演的劇本，那部電影劇本必然比那齣舞台劇的戲曲具有更豐富的視覺性。我們從埃爾默．賴斯將自己撰寫的舞台劇親自改編為電影劇本之後，交由金．維多執導拍攝的《公寓街談》（*Street Scene*）[5]即可看出舞台劇與電影的差異。儘管電影場景侷限於街上一隅，但其視覺效果比起其他電影依然毫不遜色。

重點是，我們應當把基於視覺性與聽覺性的平衡所複合而成的統一體當成劇本結構的目標，還要了解電影的戲劇結構與其他的戲劇結構並不相同，另外，電影的視覺性遠比舞台劇來得豐富。只要掌握這些要點，其餘的部分可以盡情採用最有效的呈現方式自由發揮。

電影的話語藝術

同樣是在一九三二到三四年間左右，當時某些影評家對於日本電影，尤其是歷史片的結構，創造出「電影的話語藝術」這種說法，用於描述電影的結構高潮迭起，宛如說書人拍下拍案扇[6]的時點。這句話最早出現在稱讚伊藤大輔先生自編自導的無聲電影《忠治旅日記》三部曲的《甲州殺陣篇》、《信州血笑篇》、《御用篇》[7]，形容作品非常巧妙地運用字幕幫助劇情一瀉千里，或者藉由字幕來恣意變換時間與場所。此後，這種技巧被某些撰寫歷史片的編劇大量採用，融入拍案叫絕式的說書語法，節奏流暢，悲喜交織，十分迎合大眾口味。一段時間過後，開始有人反思這種做法是否走在電影發展的正軌上。

話說回來，這確實是將原本應該以耳朵聆聽的「話語藝術」，改成用眼睛觀賞的「話語藝術」，並且嘗試移植到電影之內。儘管飽受眾多影評家的責難，即便電影邁入有聲時代之後，這種技巧並未隨之消失。

毫無疑問地，當我們思考該如何把一個故事組構成為劇本的時候，在這個過程中已經用上

5 於一九三一年上映的美國電影。埃爾默・賴斯（Elmer Rice，本名Elmer Leopold Reizenstein，一八九二～一九六七，美國劇作家暨電影編劇），金・維多（King Vidor，本名King Wallis Vidor，一八九四～一九八二，美國電影導演）。

6 日本的說書人在講到精彩處時會拿起一把糊上紙套的扇子拍打桌案。

7 日文原片名《忠次旅日記》（旅日記意指旅誌），作者此處應是將「次」誤繕為「治」。這三部系列電影均於一九二七年上映。

話語藝術，而不是某些人說的只在製作歷史片時才會用到這種技巧。不過，不同於過去那種正面陳述的固定套路，現在的運用方式還會加上一些變化，靠幾句簡短的台詞連結來轉換場景，例如A對B說「只是雞毛蒜皮小事罷了」，說完之後鏡頭跳到下一個場景的C對D說「是啊，確實是雞毛蒜皮小事」，以延續前面的內容。除此之外，還可以或是在「快逃呀」、「躲開呀」、「記得當時是春天」的幾個字幕之間，插入不同的情景用以變換環境；抑或為了依序呈現在旅途住宿時發生的事情，藉由畫面上快速閃現鏡頭，諸如道中雙六[8]、歌川廣重[9]的錦繪、含有地名的客棧招牌與方形紙罩座燈之類的方式，不停地轉換場景；甚至進一步使用類似的小道具或是諧音，當作轉換場景的契機等等。這些方式的目標確實是盡可能讓大眾文藝式的情節呈現更為豐富有趣的發展，問題是，隨著使用頻率愈來愈高，難免也會取巧使用誇張的話語藝術來逃避電影內容難以演繹之處，而這就是備受抨擊的理由。

以下節錄伊藤大輔先生根據子母澤寬[10]先生的原作自編自導而成的《唄祭三度笠》[11]，做為這種拍案叫絕式話語藝術的範例。

18　鐵五郎屋宅的餐室

嘍囉六、七名，搖壺人[12]阿青，鐵五郎居於上座。

與他相對而坐的是新三，以及位在末席的客棧主人仲藏。

新三：「承蒙答應區區一兩的小賭局，委實萬分失禮。」

開壺。新三賭贏。接著賭注變成二兩，四兩，八兩，第四盤新三賭輸。

新三：「在下有個不情之請。身上已是一文不剩，接下來的賭局可否……」

五光之松：「拿什麼來押呢？」

新三：「容我以一根手指下注——一口價十兩！」

鐵五郎：「行！」

新三賭輸。

新三：「這根大拇指是閣下的了。如果還願意接受……」

鐵五郎：「繼續吧。」

8 相當於現在以旅遊作為主題的大富翁遊戲圖版。遊戲圖版上繪製著以漩渦狀依序排列的日本東海道沿途五十三個驛站的圖示，參與遊戲者輪流擲骰子前進，起點是江戶，終點是京都。

9 歌川廣重（一七九七～一八五八），日本畫家（浮世繪師），擅長風景主題的錦繪（木版套色印刷技術）。

10 子母澤寬（一八九二～一九六八），本名梅谷松太郎，日本小說家。

11 於一九三四年上映的日本電影。

12 相當於現在的賭場發牌員。日本的一種傳統賭博方式，由搖壺人將兩枚骰子放入一只小壺罐裡甩動後倒扣在席面上，賭客押注壺內骰子的點數總合為單數或雙數。

新三賭輸。

新三：「這根食指，是閣下的了。接下來容我押上中指。」

新三賭輸。終於連小指在內，五根手指全輸了。仲藏驚慌失措。

新三伸出右手。

新三：「願賭服輸。那麼，屬於閣下的這五根手指，請取走吧……。」

鐵五郎：「倘若直接放走你這個膽大包天的擺渡人，無以讓後世之人引以為戒。依約行事。給我一根一根剁下來！」

嘍囉五光之松將匕首抵在新三的小指上，舉起偌大一柄鐵火筷正要搥下，倏然傳來首領的制止聲。

鐵五郎：「慢著！居然為了區區十兩而甘願剁掉五根手指，待我問出箇中隱情。」

鐵五郎把新三請入內室詳談。

此外，這部劇本使用大量的說明旁白，也將相關段落引用於下文。

51

鐵五郎屋宅外面

一身旅行裝束的新三步入門內。

新三：「請恕叨擾。稟告債主大人鵜沼先生，在下乃是擺渡人新三，承蒙催債人伊吹之三太囑咐眾家兄弟網開一面，暫不催討，新三願意在此奉獻一生，以報江湖仁義大德。」

52 踏月影而行的新三，美代追趕於後。

「所謂一宿一飯之恩。縱於旅途借住一晚、吃一頓飯，亦須奉上小命報答恩惠，不問是非善惡，赴湯蹈火在所不惜，此乃江湖之人不成文規定。擺渡人新三為追殺無冤無仇的三太，不得不踏上了漫無目標的旅程……。」

53 村外

長明燈，楊柳垂，月光朦朧。

新三駐足。

美代已是淚眼婆娑。

（──接著是兩人纏綿悱惻的臨別台詞二十幾句──）

柳條隨風翻飛。

兩人道別。

「泣別依依，一月倏忽來，苦苦守候。二月、三月苦苦守候。夏暑退去，秋風散柳絮。柳絮散，柳葉枯，轉瞬已半年，苦苦守候。寒風蕭颯，凍雪，冷霰。眨眼間，年終歲暮，年開新禧，立春重返，柳枝吐綠芽。此時此刻，擺渡人新三，頭戴竹笠，究竟在哪片天空下信步而行呢……」

54 **柳樹的變化**，從夏天到秋天、冬天，再到春天……

55 **柳樹吐新芽**，憔悴的美代。

「就這樣一年過去。夏日夕陽西斜，擺渡人新三於美濃的渡船頭時隔一年，終於又被四處尋找下落的伊吹之三太遇上了！」

56 **在路面及河灘上奔跑**

斗笠飛上天空被砍得四分五裂。

57 **遭到砍殺的新三**

倒臥在河灘夏草間的三太。

看完上述範例，相信各位已經了解為什麼這種技巧會飽受指責了。但是換個角度來看，這種方式能夠帶出具有抑揚頓挫的電影節奏，不失為一種醞釀氛圍的妙招，因此不該一概否定這種技巧。

除此之外，像伊藤先生這樣主要是以動態效果展示的話語藝術，其後由現今已故的山中貞雄[13]先生承繼並轉為沉潛的靜態意涵，變成用於展現市井庶民充滿人情味的劇情技巧，也證明了這種話語藝術並非僅限於以誇張手法表現。另外，這確實也對當時各種題材的電影劇本造成或大或小的影響。

接下來的舉例是中山先生一九三四年左右的作品《雁太郎街道》，由三村伸太郎[14]先生編劇。這部劇本的原作是以梶原金六[15]的名義發表，屬於山中先生、三村先生、稻垣浩[16]先生以及其他幾位共同使用梶原金八的筆名那段時期最早的作品之一，令人相當懷念。

---

13 山中貞雄（一九〇九～一九三八），日本電影導演暨編劇。

14 三村伸太郎（一八九七～一九七〇），本名岩井伸太郎，日本電影編劇。

15 一九三四年，日本京都的一群年輕電影導演與編劇組成了「鳴瀧組」，成員包括八尋不二（一九〇四～一九八六，電影編劇）、三村伸太郎（一八九七～一九七〇，電影編劇）、藤井滋司（一九〇八～一九七〇，電影編劇）、瀧澤英輔（本名瀧澤憲，一九〇二～一九六五，電影導演暨編劇）、稻垣浩（一九〇五～一九八〇，電影導演、編劇暨演員）、山中貞雄（一九〇九～一九三八，日本電影導演暨編劇）、鈴木桃作（一九〇一～一九四一，電影導演暨編劇，別名土肥正幹、鈴木桃咲）、萩原遼（一九一〇～一九七六，日本電影導演暨編劇）等八人，他們以共同筆名撰寫劇本或原作。「鳴瀧組」組成後的前三部電影劇本均於一九三四年上映：第一部為《右門捕物帖二百十日》，使用「梶原金四郎」的編劇筆名；第二部為《勝鬨》，使用「梶原金八」的編劇筆名；第三部即為《雁太郎街道》，使用「梶原金六」的原作筆名。自一九三五年之後的作品，一律以「梶原金八」的名義發表。

16 稻垣浩（一九〇五～一九八〇），日本電影導演、編劇暨演員。

4 **玄關**

「請慢走！」

首領傳兵衛在嘍囉（喜三郎等人）的送行聲中邁開步伐。

「俺今兒個晚上照樣不回來……。」

5 **客廳**

長方形火盆前，首領老婆阿年向嘍囉之一的阿安發牢騷，

「我簡直快受不了嘍……。」

6 **原本的房間**

喜三郎對回到房裡的雁太郎說：

「也難怪嫂子生氣，要說咱們老大呢，這些日子以來只在家裡睡過十晚，難怪夫妻倆每三天就會吵上一架哩！」

「老大迷上其他相好的了？」

「其實也不能怪咱們老大被迷得連魂都丟啦……說句得挨打的，就怕那女人往嫂子旁邊一站，嘿，一個在天、一個在地哪！」

「這種鄉下地方哪來這等國色天香？」

「唔，說起那女人，這一帶人人都讚她標致。當然，嫂子可不這麼想啦。」

7 客廳

首領老婆發牢騷：

「哼，不過是爛妓館裡的一條母狗罷了！那種女人究竟哪一點比得過我？」

8 房間

喜三郎繼續對雁太郎說：

「反正嫂子是那樣講的。真不懂，這種鄉下地方怎會有難得一見的俏姑娘哩？」

「那種姑娘至於愛上咱們老大那張醜臉嗎？」

「這麼說也挺有道理的……嘿嘿，一點沒錯！」

9 客廳

首領老婆繼續發牢騷：

「說穿了，那女人根本嫌棄咱們當家的，他又何必天天晚上拿熱臉去貼人家的冷屁股呢！」

10 房間

喜三郎繼續說：

「話也不能這麼說，愛情這玩意兒就是那麼奇妙，被拒絕愈多次，反而愈會沖昏頭哩！」

11 夜路，杉屋外

首領傳兵衛到來。

門外的燈籠——隱約聽見屋裡人聲騷動。

國外類似的例子最早大約從恩斯特・劉別謙的無聲電影《迴轉姻緣》（*The Marriage Circle*，保羅・伯恩編劇）[17]開始，像這樣的美國電影如今被稱為都市喜劇片，而這種類型的電影其實也屬於一種話語藝術式的結構。

在劉別謙一九三二年的作品《天堂裡的煩惱》（*The Paradise Express*，賴斯羅・拉達爾原作，山姆森・雷佛森編劇）[18]中有一位夫人到許多商店購物的場景。只有第一次的畫面是那位夫人指定買下某件商品後，店員鞠躬回話「是的，夫人」（Yes, Ma'am）。這個畫面擦除之後，下一家店只出現店員鞠躬回話「是的，夫人」，畫面就擦除了，接下來以輕快的節奏重複三、四次同樣的鏡頭。這是很具代表性的劉別謙式話語藝術。還有另一種模式。一個中年男士首次造訪某位女士的房間，他站在門前調整領帶、摘下手套，這才彬彬有禮地敲門，然後是女士打開房門，畫面擦除。第二次男士戴著手套就敲門，接著女士打開房門，畫面再次擦除。第三次男士以手杖的頂端敲門，女士打開房門，畫面又被擦除。最後，只見男士連敲都不敲就直接開門進入女士的房間了。這段情節出自劉別謙改編自王爾德的同名戲曲的另一部作品《溫夫人的扇子》（*Lady Windermere's Fan*）[19]。

在黑澤明先生執導的作品《生之慾》（黑澤明、橋本忍、小國英雄三位先生共同編劇）[20]

中也有這樣的段落：

4　土木科

排在隊伍最前面的一群老闆娘正和承辦窗口的男士交談。

承辦窗口的男士：「各位詢問的項目屬於地區衛生所的業務範圍……。」

（畫面擦除）

5　地區衛生所

這群老闆娘和承辦人。

承辦人：「喔，那應該問衛生科才對！」

---

17 於一九二四年上映的美國電影。保羅．伯恩（Paul Bern，一八八九～一九三二）為德裔美籍電影導演、製片暨編劇。

18 此處的英文片名應為 Trouble in Paradise，作者可能受到日文翻譯片名《極樂特急》的影響而不慎誤繕。本片為美國電影，又名《天堂陷阱》《真戀假愛》，由賴斯羅．拉達爾（Laszlo Aladar，一八九六～一九五八，匈牙利裔美籍劇作家）一九三一年的舞台劇 The Honest Finder 改編而成。

19 於一九二五年上映的美國默片，又譯為《少奶奶的扇子》。

20 於一九五二年上映的日本電影，橋本忍（一九一八～迄今，日本電影導演暨編劇），小國英雄（一九〇四～一九九六，日本電影導演暨編劇）。

（畫面擦除）

6

該所衛生科

「請到環境衛生科。」

（畫面擦除）

7

環境衛生科

「預防科是……十二號窗口。」

（畫面擦除）

8

預防科

「麻煩到防疫股。」

（畫面擦除）

9

防疫股

「呃，我確認一下……您們的問題是蚊子太多，對吧？……那應該是病蟲害防制股的工作哦！」

（畫面擦除）

10

病蟲害防制股

「我們能做的頂多是去噴一噴ＤＤＴ而已。……至於下水道的汙水問題，屬於市公所的下水道科管轄。」

（畫面擦除）

11 **下水道科**

「那裡原本就有暗溝，也就是上方覆蓋了道路，所以必須徵得道路科的同意……。」

（畫面擦除）

12 **道路科**

「很抱歉，都市計劃處尚未公布相關方針。」

（畫面擦除）

13 **都市計劃處**

「敬請洽詢土地區劃調整科。」

（畫面擦除）

14 **土地區劃調整科**

「……我記得本科曾經和消防局爭執過到底要不要把那灘水埋起來，畢竟那一帶排水不良……。」

（畫面擦除）

15 地區消防局

「開玩笑！本局需要的只是消防用水，誰要那種會飛出蚊子、冒出紅疹的汙水啊？萬一用了那種臭水，救災之後還要清洗水管，麻煩死了。要是那附近有兒童游泳池，那可方便極囉。我看啊，妳們不如去找地區的教育科問一問？我記得好像有個單位叫做兒童福利股喔！」

（畫面擦除）

16 市公所・教育科

「原來如此。可是，這不單是兒童的問題唷。況且以市政推展現狀看來，舊校舍的重建工程仍是漫漫長路……這種嚴重的問題，最快解決的途徑恐怕還是找各位選區的市議員商量喔……。」

（畫面擦除）

17 市議員公館，玄關

「這個嘛……那我寫一封介紹信讓諸位帶去市政府祕書室吧。儘管放心，只要掏出我的名片，保證一定立刻接見！哈哈哈！」

（畫面擦除）

18 **祕書室**

「來，各位請坐……快請坐……辛苦各位大老遠跑這一趟了。事實上，我們祕書室最歡迎像大家這樣，願意把困擾直接告訴本室的市民了。市政府之所以新設立市民科，就是為了解決大家的煩惱……別客氣，儘管直說無妨……喂……你帶這幾位去市民科那邊……。」

（畫面擦除）

19 **市民科**

承辦窗口的坂井和這群老闆娘。

「關於各位的問題，請到土木科，在八號窗口。」

其中一位老闆娘突然扯起嗓門怒吼，

「聽聽你講的是啥鬼話！拿我們當猴子耍？這張海報貼在這兒是幹啥用的？讓我們打發時間的嗎？」

難怪這群老闆娘生氣。她們第一次站在這個承辦窗口的時候，身上穿的是夏季服裝，現在已換上禦寒的冬衣。

簡而言之，當話語藝術淪為劇本結構取巧的騙術，或是迴避難以描述部分的手法，這兩種運用方式顯然有礙電影的正常發展，必須摒棄才對；然而，如果可以與電影原本的性質與功能渾然天成地結合在一起，甚至有助於電影的發展更上一層樓，就必須毫不遲疑地立刻採納。

過去的話語藝術，主要是沿襲說書或單口相聲的傳統模式，倘若往後能夠進一步分析研究出現代話語藝術應有的樣貌，或許可以成為開拓出一條嶄新大道的契機。

近年來，有愈來愈多的電影結構模式，是藉由在過去和現在的時間軸線上的自由切換來突顯故事的核心部分，同樣得力於這種話語藝術的技巧，尤其像在《失去的週末》那部片子裡，由主人公構思的小說內容所訴說的往事，在無形之中跨越了過去與現在的分界，讓我們這些觀眾融入主人公的生活形態之中。這種效果其實也暗示著話語藝術未來發展的一種新方向。

性格

性格的問題

戲劇也好，小說也好，只要結構寫得巧妙，就足以引人入勝。尤其是大眾小說或愛情連續劇，結構更是備受矚目的焦點。然而，萬一登場人物的性格沒有一致性，絕對無法呈現出最佳的效果。

原因在於，我們在思考現實社會中實際發生的事情時，必然會做出那件「事」的「人」串連起來推敲。尤其是具有小說或戲劇之類的故事性質，更不可能把「人」與「事」切割開來思考。即便是偵探劇那樣「事件本位」的戲劇，發生的事件和有所關連的人物性格之間，也必須具有完整的邏輯性，否則那些行為看起來十分虛假，顯得格外不自然。

作品裡的人物是由作家創造出來的，理所當然地，那些人物引發的任何事件，都是依循作家的想法決定的。但是，人物一旦被創造出來之後，支配那個人物一切行動的，不再純粹是作家的想法，而是人生的法則。換句話說，那個人物不是在作家的筆下動起來的，而是活在那個人物應有的人生當中，就這樣自然而然動了起來。因此，作品裡的人物有時候不會言聽計從地按照作家定下的大綱而行動，有時候甚至會做出超乎意料的行動。並且，該人物的人性多寡，可以說與作家本身觀察人類的敏銳度成正比。

（七月十日）

寫了三張。怎麼寫都不順手，算了不寫。我現在腦中勾勒的是，谷村夫婦除了目前是一對夫妻以外，在精神層面已經無法感覺到心靈的契合，而他們自己也察覺到這一點了。但是外人看來，他們仍是一對只羨鴛鴦不羨仙的美滿夫妻。小說就從這裡揭開序幕。目前只想到這裡。岡本這個人是為了便於解析谷村夫婦的意象世界所創造出來的角色，暫時沒有進一步的想法。

今天不行了。明天再重寫。我腦袋裡沒有梗概和結局，現在只計畫讓他們吵架，但是什麼時候才要言歸於好？要安排外遇嗎？墜入愛河嗎？接下來的劇情毫無頭緒。書中人物應該栩栩如生躍然紙上，可是今天恐怕沒辦法誕生出一個活生生的角色，不寫了。

（七月十一日）

寫了四張，又作罷了。下午從頭寫起，寫了六張，又作罷了。再一次重寫。谷村和素子開始漸漸成形了。起初我打算賦予谷村一般人的精神和肉體，將他塑造成平平凡凡的角色，看來不太成功。今天，這個男人變得有點病懨懨的。於是我開始構思一個像是伊澤君和葛卷君綜合體的男人。素子的形象從一開始就很鮮明。岡本也很鮮明。

（七月十二日）

寫了五張，又作罷了。怎麼樣都寫不好谷村。谷村的容貌、身形、內心，都還沒有長出真正的血肉。我的腦袋裡還沒有真正培育出這個角色。

這是從坂口安吾[1]先生以日記體寫成的《戲作者文學論》中，擷取與本節相關的部分內容。由這幾段文章應該可以清楚看出，要把作品中的人物描繪得活靈活現是多麼困難的事情。

稗官者流[2]恰如心理學家，創造人物自當基於心理學之道理，斷不得以吾之意，強令其背離人情義理……唔，一旦依循心理學道理所創造之人物，既已屬於人類世界，化為作者想像之人物，縱然巧妙渲染、其譚稀奇，實乃凌駕小說之域。

這段文字出自一八八五年出版的坪內逍遙博士的《小說神髓》[3]。由此可見，不論是小說或劇本，同樣必須把人物角色描繪成「人類」應有的樣態。

談到這裡，我們不免產生一個疑問——為什麼一定要把人物角色描繪成真實的人類呢？各位不妨反過來思考，我們在現實生活中避之唯恐不及的流氓幫派頭目、或是在實際場合中不免皺眉躲開的陋巷妓女——就連這些人物，一旦出現在小說、舞台劇和電影裡，反而倍覺親切，感同身受，甚至會為他們掬一把同情之淚，這是什麼緣故呢？理由之一當然是我們並沒有直接遭受那些人的傷害；但是最大的原因是，藉由作家之手，描繪出無法從那些人的外貌窺見的人性祕密，以及象徵某種生活形態的典型。換言之，我們藉由人物角色，得以窺見並滿足對那種生活形態的好奇，並且如同利普斯[4]心理學觀點的移情作用，深入探究其內心動態，與他的人性產生共鳴，同享憂喜。我們在日常生活中幾乎不會關心的平凡人的平凡生活，一旦出現在作品中，有時甚至遠比跌宕起伏的故事更讓人感到興趣，也是這個原因。倘若無法從中發覺耳目一新的人性面，想必那種平凡人的平凡生活只會讓人無聊得想打瞌睡吧。

作品裡人物角色的人性，原則上可以分成普遍性和獨特性的兩種面向。普遍性面向是超越人物本身的美醜善惡、超越時間與地點、超越一切源自於境遇所造成的外觀，並且潛藏在內心深處最人性化的「恆久不變的人情義理」面向，也是作品中人物的言行舉止打動我們的緣由。因此，除非經過作家或編劇的生花妙筆，否則惡棍看起來只是惡棍，絲毫無法引起我們的共鳴。但是，如果一個角色僅僅描繪出普遍性面向，很容易太過抽象，淪為概念化的「樣板」。

1 坂口安吾（一九〇六～一九五五），本名坂口炳五，日本小說家。

2 典故出自《漢書．藝文志》：「小說家者流，蓋出於稗官。街談巷語，道聽塗說者之所造也。」此處以稗官作為小說家的代稱。

3 坪內逍遙（一八五九～一九三五），原名坪內雄藏，日本劇作家、小說家、評論家暨翻譯家。《小說神髓》內容論述文學原理以及小說寫作技巧。

4 西奧多．利普斯（Theodor Lipps，一八五一～一九一四），德國哲學家暨心理學家。

在愛情連續劇裡的角色多半受限於編劇構思的情節之中，之所以無法脫離概念化的模式，就是因為沒有賦予獨樹一幟的人格特質。

至於舞台劇和電影登場人物的獨特性面向，會由扮演該角色演員本人的性格，加上第二層的人格特質潤飾。但是即便如此，唯有普遍性和獨特性兩種面向並行描繪，才能夠浮現出所謂「有血有肉的人類」的全貌。因此，這兩種面向綜合之後，才能夠呈現人物角色的完整樣貌。例如在被稱為slapstick的笑鬧喜劇裡的人物角色，儘管具有強烈的個人特徵，卻沒有真實的人性，就是因為缺乏普遍性面向。

再換個角度想，我們並非單純由於人物角色是流氓或妓女之類的境遇受到吸引，而是對他們在那樣的境遇中過著什麼樣的生活、引發什麼樣的事件感到興趣。例如在《與我同行》（*Going My Way*，原作兼執導李歐．麥卡瑞，法蘭克．巴特勒、法蘭克．卡維特共同編劇）[5]中，我們真正有興趣的並不是歐曼尼神父身為傳道者的境遇，而是歐曼尼神父自在豁達的性格，以及他在傳道過程中引發的種種事件。相信沒有人會對此提出異議。

那麼接下來，我們該思考的問題是：關於劇本創作，究竟應該先以角色的性格或行動為主體，再以之為據，寫出電影結構；還是依照自己的想法勾勒出來的電影結構為主體，再讓角色的性格與行動與之配合。關於這點，三村伸太郎先生談到自己寫劇本的態度如下：

如果在寫第一個場景的時候，最後一個場景已經烙印在腦海裡，那是一件令人極度不悅的事。那種感覺就像是以宇宙毀滅的前提，來撰寫開天闢地的喜悅。即便這只是一份用來餬口的工作，也未免太乏味、太空虛了。劇本的起始應當既沒有開天闢地，也沒有宇宙毀滅——只是某個地方有某個人，既非開始亦非結束，就這樣無所事事地在人生的道路上閒逛。

這件事是為了我自己而做——第一個場景裡的角色，在下一個鏡頭會做出什麼事，連我也不知道。他有可能漫不經心地與路人擦身而過，就這樣跟在人家後面走；他也有可能踢一塊石頭，朝石頭飛出的方向邁出步伐；他還有可能莫名其妙闖進別人家裡，毫不客氣地扒起飯菜來；他甚至可能愛上一個女人，卻又錯失了她……。光是這樣浮想聯翩，人生也好，劇本也好，無不充滿愉悅。

這段文章裡充滿比喻，不過同樣可以運用到小說領域。據說，薩克雷和屠格涅夫等人在提筆創作的時候，腦中沒有所謂的情節，而是先決定人物的性格，其後再根據人物的舉動發展出故事。從前面引用過的坂口先生的文章中，也可以感覺到他秉持同樣的創作態度。不過，這樣

5 於一九四四年上映的美國歌舞片。請參見前註。

的創作方式並不是在完全沒有構思故事的情況下動筆，尤其是寫電影劇本的時候，由於作品長度的限制，必須讓連續鏡頭整體的排列配置保有平衡，因此三村先生的意思只是說自己沒有使用從一開始就把全體結構逐條詳列的方式寫下計畫而已，他執筆時，仍是一方面參考該角色會採取的行動，一方面在自己的腦中逐步歸納故事的方向。

不過，根據角色的性格為主體寫劇本，並不是只能採用三村先生的方式。實際上，多數編劇是先徹底掌握所有角色的性格會採取的行動，依此規劃出結構，然後才著手寫劇本。在前面的〈結構〉那一章中，我曾說過這段話：「即便已經做好事前規劃，等到實際動筆的時候，仍然無法像解開數學算式的答案那樣順利，十有八九總是無法按照計畫進行，這時候通常就要予以彈性調整。」這裡所謂的予以彈性調整，原因通常是為了符合人物性格可能採取的行動。就算沒有三村先生文章裡描述得那麼嚴重，寫劇本時不免會遇到類似的情況。例如原本的腹案只是安排A為了某事而去B家道歉而已，不料實際寫稿時卻變了樣，特地登門道歉的A由於不滿B的態度而不肯輕易向他謝罪，或是還沒等A開口B就先提議盡釋前嫌了。諸如此類的狀況其實屢見不鮮。

不過，即使先想好大致的結構，再讓角色的行動來吻合前提，到頭來，仍是必須找出性格最符合的角色置入該戲劇情境裡。萬一那個角色的行動缺乏真實的人性、性格前後不一，即使編劇的構思絕頂精妙，也無法呈現出最佳的效果——這在本節的第一段就說過了。總而言之，人物的性格一定要毫無漏誤地描繪出來才行。關於這一點，不論是以人物角色為主體，或是以戲劇結構為主體，同樣必須達到這項要求，問題只在於選擇哪一種方式。兩種方式各有優缺點，不應該輕易斷言孰勝孰負。

性格的描繪

戲曲或電影劇本裡角色性格的描述，與讀物中人物性格的描述，最明顯的差異是有無加入編劇或作家自身的主觀說明（但是像電影《騙子的故事》使用話外音的特殊方式除外）。因此，在描繪性格時，只能藉由人物角色自己的言行舉止來呈現，抑或藉由其他人物角色的話語從旁說明，而這兩種方法也經常交錯使用。

換成從觀眾的角度來看，亦即編劇必須在沒有親自補充說明的情況下，讓電影裡的角色直接面對觀眾，並且讓觀眾能夠正確精準地了解角色的性格。

1　金澤的巷弄

當地景物——土牆、早晨。

2　堀川家玄關附近——

花草盛開。兒子良平（大約小學六年級生）身穿和服裙褲式的制服，正在擦拭父親的皮鞋。

3　一室

中學教師堀川老師準備出門上班。

良平走過來。

良平：「爸爸，鞋油用完了。」

堀川：「這樣啊，那今天去買回來。」

良平：「那雙鞋也不行了，怎麼擦都擦不亮呀。」

堀川：「還用不著換。」

良平：「皮面裂了好多處呢。」

堀川：「還能穿，不礙事。……良平，東西都帶齊了吧？」

堀川看著良平的課表念出來。

堀川：「倫理——算數——歷史——國語——勞作……。」

良平：「啊，糟了！忘記帶小刀了！」

堀川：「我就知道！」

良平拿來小刀。

堀川一面提醒兒子整理服裝儀容，一面詢問。

堀川：「圓的面積是？」
良平：「半徑的平方乘以三．一四。」
堀川：「嗯。……圓錐體的體積呢？」
良平：「半徑的平方乘以三．一四乘以高。」

良平臨出門前又補充一句：

「再除以二。」

這是池田忠雄先生、柳井隆雄[6]先生和小津安二郎先生共同編寫的劇本《父親在世時》[7]最前面的部分。由影片一開始，就可以從這對父子的言行舉止看出兩人不同的性格。

一般而言，片中人物的性格特徵要盡快讓人留下印象，但這只是為了利用觀眾對該角色的第一印象，及早設定戲劇情境。嚴格來說，從電影的開始到結束，每一個時刻都要持續描述角色的性格。就這層意義來看，片中角色的性格，可以說是由編劇一手「塑造」而成的。性格並

6　柳井隆雄（一九〇二～一九八一），日本電影編劇。
7　於一九四二年上映的日本電影。

不是依據劇本裡的某個段落寫出來的，而是由那個角色的一切行為、一切台詞所堆砌而成，這樣才算是完整的描繪。

性格描繪的要素，主要包括該角色的風采、境遇、地位、教養、氣質、思想、表情、措辭、行為等等。《父親在世時》的開頭部分即透過簡潔的勾勒，很快就對角色的性格給予很大的提示。

接下來的例子節錄自朱利安・迪維維耶以儒勒・雷納爾的原作改編而成電影《紅髮男孩》（*Poil de Carotte*）[8]的開頭部分，請注意此處的角色性格是透過其他角色的言行讓觀眾了解的。

〇（ＦＩ）勒皮克家，房間

勒皮克步下樓梯。（鏡頭從他的腳拉到全身）

歐諾麗娜（女傭）的聲音：「咦，老爺，您身子好一些了嗎？」

太太的聲音：「歐諾麗娜，用『老爺』這種稱呼不太好吧……」

歐諾麗娜的聲音：「可是太太，老爺才不會在乎這種小事呢！」

太太的聲音：「話是這麼說，但人總得明白自己的身分。女傭就得有女傭的樣子才好。」

勒皮克並不理睬兩個女子的對話，逕自下樓，一手握著菸斗，另一手拿下掛在牆上的獵槍，穿上外套。

歐諾麗娜：「您要出門了嗎？大熱天的，不必穿外套吧。」

勒皮克：「……」

歐諾麗娜：「從今天開始放暑假了吧？請別忘了到車站接少爺小姐們回來，我會吩咐長工拖板車去把行李載回來。」

勒皮克不發一語，拿起草帽準備戴上。

太太：「得戴上才好。外頭熱成那樣，怎能少了草帽呢！」

勒皮克依舊沒有吭聲，戴妥草帽，走出家門。

太太：「老頑固！就是不肯和我講話！整整二十年了總是那副德性，這還能叫做一個家嗎？唉……。」

○作文簿

老師朗讀作文簿的聲音：「所謂家庭，就是在同一個屋簷下，強迫一群根本無法融洽相處的人聚集在一起的地方。」

---

8 於一九三二年上映的法國電影，片名又譯為《胡蘿蔔頭》。本片即改編自儒勒・雷納爾（Pierre-Jules Renard，一八六四～一九一〇，法國作家）一八九四年的代表作《胡蘿蔔鬚》（*Poil de carotte*）。

○學校，教室裡

老師站著，手中拿著那本作文簿，站在他面前的是低著頭的少年紅蘿蔔鬚。

老師：「弗朗索瓦．勒皮克，這是你寫的吧？」

紅蘿蔔鬚：「……」

老師：「接下來兩個月你就要放假回家了，所以老師現在一定要把這篇作文的評語告訴你。你的想法實在很不妥當。你認為父母是為了什麼而把你送來學校的呢？你父親是個好人，不是嗎？」

紅蘿蔔鬚（抬起頭）：「勒皮克先生他……。」

老師：「勒皮克先生？」

紅蘿蔔鬚雖然拎著行李箱，臉上卻看不出絲毫放假歸鄉的喜悅。

紅蘿蔔鬚：「是的，勒皮克先生是我的父親。」

老師：「唔。你的父親怎麼了？」

紅蘿蔔鬚：「他通常不是在巴黎就是在法院，不然就是去打獵，很少待在家裡。就算在家也幾乎不開口講話。除非哥哥故意調皮搗蛋，他那藏在鬍鬚底下的嘴角才會上揚。」

老師：「但是，他也疼愛你吧？」

紅蘿蔔鬚：「是的，他好像也疼愛我，不過他疼愛的方式很特殊，從不和我講話。」

老師：「那麼……你的母親呢？」

紅蘿蔔鬚：「喔，您是說太太嗎？她總是一直講話，自己對自己吵架。勒皮克先生愈是不願意開口，太太就會拚命找大家說話，甚至和狗聊天。」

接著，老師和紅蘿蔔鬚面面相覷，不知不覺露出笑容。

還有一種方式是由角色本身的行為來呈現性格。菲爾·史通將自己的著作與布朗·霍姆斯聯手改編之後交由金·維多執導拍攝的電影《陌生人歸來》（*The Stranger's Return*）[9]就是一部典型的範例。以下節錄其中一段劇情。電影一開始，就同步展開對這位於南北戰爭劫後餘生的勇士、如今隱居於鄉間農園的頑固老人的性格描繪。這一幕是他和寄居於此的親友，包括其亡妻與前夫生下的兒子、身為寡婦的姪女等人共進早餐的情景。

老先生板著面孔在餐桌中央落坐，帶領謝飯禱告。

9 於一九三三年上映的美國電影。菲爾·史通（Philip Duffield Stong，一八九九～一九五七，美國作家暨記者），布朗·霍姆斯（Brown Holmes，一九〇七～一九七四，美國編劇），金·維多（King Vidor，一八九四～一九八二，美國電影導演、製片暨編劇）。

老先生：「我們在天上的父，感謝祢賜下今日的糧食，我們誠心頌讚祢的恩典。以上的禱告奉主耶穌基督的名，阿們。」

眾人一同默禱。老先生在默禱結束後，這才看到桌上的餐食，突然面露慍色，端起盤子走出門外。

眾人惴惴不安地望著他離去。

○庭院

老先生穿過庭院進入雞舍，手上的餐食連同盤子統統扔掉。

他走回屋裡的途中，眼睛餘光瞥見蹲在水井泵旁的男僕賽門一副宿醉模樣。

○廚房

老先生一進來就從冰箱裡找出培根，拿到調理台上開始切起來。

○起居室

艾倫、塞爾瑪、碧翠絲三人坐在桌前，滿臉憂心地面面相視。碧翠絲起身走向廚房。

○廚房

老先生正在爐台上燻烤培根。碧翠絲進來。

碧翠絲：「哎呀，爸爸您——」

老先生：「我已經講過多少次啦？那種像雞飼料的早餐，甭想要我吞下去！」

碧翠絲：「可是醫生說……。」

老先生：「打哪兒來的醫生？」

碧翠絲：「艾倫請教了葛拉薩醫生，叮嚀我們儘量讓您吃清淡些，那些食材都是特地訂購來的，醫生還交代，油炸的東西最傷身了——」

老先生：「多管閒事！我一輩子照著這種吃法，已經一路活到八十五歲啦！」

碧翠絲：「可是爸爸，大家都擔心您的身子……。」

老先生：「這些話我聽膩啦！沒別的事就甭來煩我。」

碧翠絲：「但是，爸爸您——」

老先生：「知道了啦！與其要我憋憋屈屈多活上一百年，我寧可想做什麼就做什麼再活個兩天就夠！」

不得已之下，碧翠絲打算上前幫忙烹調，可是老先生不肯讓她靠近，逕自往盤子又添上兩三種菜色。碧翠絲幫不上忙，只得離開。

〇起居室

碧翠絲回到餐桌旁，臉色黯淡地落坐。艾倫與塞爾瑪也放不下心來。

老先生過來，往椅子一屁股坐下。不同於早前，他沒有坐在餐桌中央。

碧翠絲：「您喜歡吃些什麼，儘管吩咐我們去張羅就是了……。」

老先生：「我喜歡的是肝醬和培根，培根蛋和火腿蛋，以及牛排和馬鈴薯和豬排和羔羊排和魚肉香腸！還有熱咖啡！」

（接著，話題轉到今晚即將從紐約返鄉的孫女身上，馬上又轉回早餐的話題——）

老先生：「可以再給我一點咖啡嗎？」

塞爾瑪：「但是，醫生說最好別喝咖啡……」

老先生：「喝點咖啡能出什麼大事？——說起南北戰爭那時候，我連腐爛的肉都張口大啖，還不是活得好端端的！」

語畢，他乾脆自己動手斟咖啡。忽然間，塞爾瑪按著肚子離開起居室。

老先生：「她怎麼啦？」

碧翠絲：「又犯胃疼了。」

老先生：「哼，我看是那種雞飼料吃太多了吧！」

說完，他端著咖啡起身。

關鍵在於，描繪性格相當於探究人性，應該盡可能使用簡單扼要、活靈活現的技巧勾勒出角色的特質。

這個問題不只發生在主角身上，就連一般稱為配角的小人物也面臨完全相同的問題。尤其這些小人物無法獲得與主角同等的篇幅，甚至必須花費更多心力找到更簡潔、更明顯的技巧，才能勾勒出他們的特徵，這需要相當敏銳的觀察力才辦得到。關於配角的性格描繪，古斯塔夫．弗萊塔克於著作《劇作論》裡的觀點如下：

就連在描繪主要角色的性格時，劇作家能夠用來提示劇中人物日常樣貌的分量，亦即呈現其特徵的總數量都非常少了，更不用說描繪次要人物時，只能靠兩三個暗示或者簡短的台詞，就必須創造出其獨有的生活假象。至於該如何辦到，唯有依賴作家掌握的祕訣——藉由自己的創作來刺激觀眾參與二次創作般的感受。事實上，要想了解某種角色的性格，絕對需要觀眾願意熱誠地敞開胸懷，並且運用自身的獨創性，以補足劇作家意圖達到的結果。劇作家與演員真正帶給觀眾的不過是一條條線，然而只要能夠大量激發觀眾的想像力，促使觀眾進行自發性的創作，把一條條線編織成豐富的畫面，從而感受到各個角色獨有的性格。

在電影《陌生人歸來》中，老先生帶著男僕一起去車站接回來自紐約的孫女露易絲，家裡幾個女人站在玄關口遠遠望見他們一行人的身影，立刻交頭接耳起來：

碧翠絲：「這女人個頭不高嘛！」

塞爾瑪：「是呀！」

乍看之下平凡無奇的簡單對話，這時卻如實呈現出這些女人性格，隱約流露出她們對露易絲的複雜心態。她們的交談就此打住，接下來不管是碧翠絲或是塞爾瑪，同樣親暱地歡迎露易絲歸來，無微不至地幫著她安頓下來。這堪稱性格描繪的精彩範例。

藉由這個範例應當反省的是，倘若我們是這部電影的編劇，會不會將自己凌駕於碧翠絲及塞爾瑪之上，用更露骨、更詳盡的對話來呈現這段情節，導致她們說出來的話不像是她們的性格會說的，而是強迫她們複述出自我們內心的話語？換言之，我們會否自以為是地認為，光是這種平淡的寥寥數語恐怕描述得不夠充足，乾脆讓自己帶入劇中角色？我甚至多次於美國譽之為一流編劇的本．赫克特[10]的作品中，發現這樣的錯誤。

「和女人分手可是一項耗費時間與勞力的工作，就像在風中和捕蠅紙奮戰一樣。畢竟我對待女人的方式不同於泛泛之輩，一般男人不敢擅越雷池的終點線，正是我發動攻勢的起跑線呢。我可無法滿足於只握握小手，非得把對方研究個裡外透徹才肯罷休。我會征服她，吞噬她。所以每當我提出分手，女人總要一哭二鬧三上吊呢。」

這是赫克特與查爾斯・麥克阿瑟[11]合作編導的《冷血罪行》（*Crime Without Passion*）[12]中，主角詹特立律師說出來的話。這段話是對女祕書麗奇[13]說的，很明顯的並不是出自詹特立的口中，而是來自赫克特的心裡。

不過，在歷來的美國電影，赫克特堪稱於銀幕上展現特異且嶄新風格的佼佼者，野心勃勃，劇中角色自然受到其強烈概念的影響，屢屢吐出警語似的台詞，可以說是他作品的特徵之一。或許他是刻意採用這種強硬的技巧，但仍舊屬於缺點。就這點來說，羅伯特・里斯金同樣是具有強烈個人風格的編劇，他那令人有些不敢恭維的才華洋溢，有時會遍布整部作品的每個角落，甚至連男僕和女傭之類的小配角也會被打造成具有他獨特作風的典型樣貌、說出典型的台詞、做出典型的行動。不過里斯金謹守分寸，並未越界，造成角色性格的扭曲。例如在《富貴浮雲》這部片子裡，當已故富豪的祕書柯布[14]、曾擔任顧問律師的席得以及助理安德遜得

10 Ben Hecht（一八九四～一九六四），美國小說家、劇作家、電影編劇暨製片。

11 Charles MacArthur（一八九五～一九五六），美國劇作家暨電影編劇。

12 於一九三四年上映的美國電影。

13 此處女祕書的名字原文是「リーキー」，發音近似「reekee」。經查找多項本片的相關資料，並且對照角色名稱一覽表，皆只有一個劇中名稱為「Miss Keeley」（奇麗女士）的發音最為接近，但無法確認是否指該角色。

14 亦即前文於〈情境・第一個場景〉章節引用本片劇本裡的科尼利。片中角色姓名為科尼利・柯布（Cornelius Cobb）。

知，那位驟逝富豪的遺產繼承人是個名叫朗費羅．迪茲的男人之後，這三人特地前往迪茲居住的鄉間找他，恰巧在那座小鎮的車站前遇到一名負責處理貨物的老頭子正把堆在那裡的貨物逐一搬進倉庫，他們於是把握機會，向那名老頭子打聽那個姓迪茲的男人風評如何。以下是關於那位老先生的描述：

○堆貨區

三人進入。

席得：「早安！」

老頭子：「嘿，三位早啊！」

老頭子親切回應後，把貨物搬到裡面去。

柯布：「這老人家挺和善的，看來可以問出我們要的東西。」

老頭子回到這邊。

席得：「欸，我們想問你一件事，你認識名叫朗費羅．迪茲的男人嗎？」

老頭子：「迪茲？」

席得：「嗯。」

老頭子：「喔，當然認得啊！沒人不認得迪茲。」

席得：「好，那麼……」

老頭子不待他把話說完，逕自又搬起貨物走開。

柯布：「這傢伙真奇怪。」

老頭子又回到這邊。

席得：「我們有重要的事來找他。」

老頭子：「找誰？」

席得：「迪茲啊！剛才向你打聽的不就是他嗎？」

老頭子：「是哦……對對對，是打聽迪茲來著。他這人沒架子，誰去找他都可以見得到面，甭擔心。」

說著，老頭子又把貨物搬去裡面。

席得：「問不下去了，我看還是找其他人詢問比較妥當。」

柯布：「沒關係，等下出來我會抓住他，再試一次看看。」

老頭子回到這邊，看見眼前站著三個人，

老頭子：「三位早啊！」

柯布趁機攬住老頭子的肩膀。

柯布：「還記得我們嗎？我們剛到不久。」

老頭子（看似順著對方的話語接口）：「喔，當然記得，我怎會忘了呢！」
柯布：「我們可是特地從紐約大老遠來到這裡，有一件重要的事想找名叫迪茲的男人。」
老頭子（撥開柯布抓著自己的手）：「用不著動手動腳的，你們到底要問啥？」
柯布：「那我就直接問了，那個男人究竟住在哪裡？」
老頭子：「誰啊？」
安德遜：「朗費羅．迪茲啊！他家在什麼地方？」
老頭子：「哎，早說嘛，問點小事這麼囉哩囉唆的。我開車載你們過去好了，早說就不必花那麼多功夫嘛。」

〇迪茲家

玄關大門的敲門聲。幫傭開門，老頭子領著三人來訪。

幫傭：「噢，各位先生好。」
席得：「請問迪茲先生在家嗎？」
幫傭：「不好意思，主人出門張羅公園義賣會了。這場義賣會是為了籌錢買消防泵而舉辦的……（她接著對老頭子說）你應該知道迪茲先生現在人在公園呀！」
老頭子：「知道是知道，可是這些人要我帶他們到迪茲先生家啊。他們又沒說找他啥事，我哪曉得他們打算幹嘛！」

講完，老頭子逕自離開。

我引述這節劇本的用意並不是當作里斯金在性格描繪上的精彩範例，只是從手邊的資料找到適合援用關於配角描繪的內容。從這段文字可以清楚看出，這個老頭子雖然屬於具有里斯金風格的典型人物，但是性格描繪並未超出老頭子應有樣貌的範圍之外，而里斯金的意志也沒有凌駕在該名配角之上。不僅如此，從這部電影的整體結構來看，這名老頭子看似古怪的性格其實屬於這座曼德瑞克福斯小鎮居民的特質之一，也是對主角迪茲性格的伏筆，更是對最後場景以證人身分出席公審法庭的同為本地土生土長的一對老姊妹乖僻性格的伏筆。由此可見在性格描繪方面，里斯金遠比赫克特更為細膩用心。話說回來，我無意在此評論里斯金與赫克特的優劣，而是希望提醒各位在編寫劇本時千萬小心，切勿落入把自己凌駕於劇中角色之上的陷阱。

我這樣講，或許會被誤解成極力主張使用毫不誇張、平坦淡然的性格描繪法。當然，假如極端誇張是編劇自身凌駕於該角色之上的結果，那麼我斷然無法苟同；然而，編劇絕對有權力賦予劇中角色超越現實生命之上的生命。從這個角度而言，強調超脫現實的性格，不應該受到任何譴責。底線是不可危及劇中角色化身為「活生生的人類」的真實性。編劇應當謹守這道底線，不可以把劇中角色納為自己的傀儡，而要審慎地把每一個角色視為真正的人。

不僅如此，我這樣講，也可能被誤解為把劇中人物的性格視為始終不變。同樣地，我絕對沒有這種想法。角色的性格當然會發展也會變化，而且不僅會發展變化，甚至如同古斯塔夫．弗萊塔克所說的，性格的生成變化正是戲曲生命最傑出的表現。但是，即使在這個前提之下，劇中角色也必須具有充分的理由，其性格才可以出現發展或變化，並且那個理由必得是角色本身的理由，絕不可是編劇擅自編造出來，硬塞到角色身上的理由。

性格的發展與變化

儘管古斯塔夫．弗萊塔克說過，性格的生成變化正是戲曲生命最傑出的表現，然而綜觀古今，鮮少有戲劇是以性格改變作為劇情主軸。或許是我孤陋寡聞，但絕大部分戲劇描述的都是既定的性格之間的糾葛關係。

那麼，有沒有戲劇描繪的是性格發展與變化的面向呢？我從最膾炙人口的劇作當中找到的是威廉．梅亞—法斯特的《阿爾特海德堡》[15]。《阿爾特海德堡》是五幕劇，敘述一個深受薩克森．卡爾斯堡的古老宮廷禮數束縛的年輕王子前往海德堡大學就讀，從此展開了一連串人生故事。這部戲劇曾多次改編搬上銀幕。

坐落於風光明媚的德國南部內卡河[16]畔的海德堡大學裡，學生們在學習之餘喝喝啤酒、唱唱讚頌生活喜悅的歌曲，時而捧腹大笑，甚至來場決鬥，盡情享受著青春的喜悅。卡爾．海因里希王子是這所學校的一名學生，他與在小酒吧工作的女孩凱蒂墜入愛河，還和其他學生於深夜街頭大鬧。過了四個月，王子突然接到國王病危的噩耗，只得趕回古老的薩克森宮廷。兩年多過去，如今卡爾．海因里希已成為該國的主政者，然而他依然無法忘懷在海德堡度過的那段自由奔放的歲月。政治聯姻的日子步步逼近，卡爾胸中抑鬱難抒。此時，大學的工友來訪，希望卡爾履行當年的承諾，也就是自己登基時必定任用他的口頭諾言。卡爾從工友口中得知海德堡的樣貌有了許多改變，而凱蒂在他離開之後變得心灰意冷，使得酒吧的生意大不如前。這位年輕國王再也無法抑制澎湃的心潮，立刻決定微服前往海德堡。他在踏入政治婚姻之前，非得和初戀情人凱蒂見上一面不可。但是，當他來到海德堡，那裡已不再是他記憶中的海德堡了。認識的學生們已經各奔東西，應他邀宴出席者無不穿上燕尾服，畢恭畢敬地向這位國王行禮如儀。正當他大失所望之際，出門購物的凱蒂恰巧回來，而且一見到他就和昔日一樣歡聲尖叫，

15 威廉．梅亞—法斯特（Wilhelm Meyer-Förster，一八六二～一九三四，德國小說家暨劇作家），一八九八年完成小說《卡爾．海因里希》（*Karl Heinrich*），於一九〇一年親自改編成劇作《阿爾特海德堡》（德文 *Alt-Heidelberg*，英文 *Old Heidelberg*，又譯為《老海德堡》），該劇日後數度改編成電影《學生王子》（The Student Prince in Old Heidelberg）。

16 萊茵河的第四大支流，位於德國境內。

也和昔日一樣飛撲進他的懷裡，流下思念的熱淚。卡爾這才感覺終於回到當初的海德堡時光，可惜只是一場無法成真的美夢罷了。她即將和表兄結婚，而他也即將迎娶新后入宮。凱蒂告訴卡爾，「我們把這份愛深埋在心底，永不忘記」。卡爾只能把凱蒂這番話藏進心裡，回到他心所不願的婚姻與王位……。

單是從以上的梗概描述或許所知有限，不過應該可以看出住在古色古香的薩克森・卡爾斯堡宮廷裡、被禁錮於舊習之中的年輕王子卡爾・海因里希的性格，經過海德堡留學之後，終於發展出一個自由青年的性格，呈現判若兩人的新鮮感，此後描繪的是他變化之後的性格與周遭人事迭起衝突的情況。這部戲劇自首演以來已近五十年[17]，儘管內容只是一般通俗劇，迄今能仍於東西各國間引起廣泛討論，最根本的原因之一就是角色性格發展出不同以往的形態，從而吸引觀眾的目光。

從易卜生《玩偶之家》的諾拉身上可以看出發展出明確性格的契機，可是在別的作品就很少看到這種安排。在三十多部莎士比亞戲劇當中，也只有少數幾部出現人物性格的發展變化。例如哈姆雷特的性格描繪當然具有不朽的價值，但那只是從一個既定性格中挖掘出更深層的一面，並不是描繪其發展或變化的面向。

戲劇之所以較少呈現性格的發展變化，極大的原因是受限於舞台硬體構造此一無法改變的宿命，導致難以循著時間軌跡來描述性格的發展變化歷程，因而多半敘述一種性格與別種性格於當下發生衝突的場面。但是，與其呈現某個角色極度乖僻的性情，有時候觀眾更有興趣的是見證該角色為何具有那種性格，或是該角色的那種性格是經過何等來龍去脈之後變得溫和謙恭的推移軌跡。就這點而言，電影的表演形式遠比舞台劇來得自由，而我們也很快地就能舉出幾部這樣的例子。其中最為特殊的要算是《疤面》（*Scarface*，霍華・霍克斯執導）[18]了。這部電影的編劇是本・赫克特，堪稱最具代表性的黑幫電影，片子上映之後引發正反兩派的群眾熱議。

托尼是幫派老大柯斯提羅的保鑣，他把一切希望寄託在唯一的妹妹契絲卡身上，希望妹妹不要像他一樣踏入這個黑暗的世界。敵對幫派的老大羅福收買他暗殺了柯斯提羅，並於事成之後給他副手的地位。托尼頓時野心大增，暗中盤算搶下老大的地位，再加上他迷上了羅福的情婦波比，為了展現自己的過人之處，於是襲擊並射殺了掌控南區的幫派老大歐哈拉，奪得販賣私釀啤酒的權利。就這樣，托尼在幫派之間聲名大噪，他的野心日益膨脹，波比也漸漸對他傾

17　指作者寫作當時。

18　於一九三二年上映的美國電影，片名又譯為《疤面人》、《傷面人》、《傷疤臉》，後於一九八三年重拍為英文同名電影《疤面煞星》。霍華・霍克斯（Howard Hawks，一八九六～一九七七，美國電影導演、製片、編劇暨演員）。

心。此後，他企圖將勢力範圍擴及北區，這時候連羅福老大也開始對他的好大喜功感到恐懼了。不久，托尼終於拿到渴望已久的機關槍，感到自己天下無敵，對羅福的命令根本不屑一顧。他發狂似地縱橫全市，槍聲響徹街頭巷尾，很快就將北區納為囊中之物。這時波比對他已是芳心暗許，羅福因而祕密命令手下暗殺托尼。托尼險遭毒手，逃離險境之後，立刻與親如弟弟的部屬李卡爾多[19]聯手反過來攻擊羅福，毫不留情地一槍擊斃哭叫求饒的羅福，並且乘勢要波比與他遠走高飛。一個月過去，當托尼回返舊地，他的行事作風已經引發民眾輿論與黑幫憤慨，此時政界也換上新任統治者，訂定掃除幫派分子的政策專案。儘管托尼氣得跳腳，但更令他暴怒的是赫然發現部屬李卡爾多竟與他最疼愛的妹妹契絲卡同居。他立刻闖入兩人同居的公寓，不待他們辯解就當場射殺了李卡爾多，下一刻他才從契絲卡口中得知妹妹深愛李卡爾多，並且兩人已經正式結婚的真相。托尼有生以來第一次懊悔不已。契絲卡痛失摯愛的丈夫李卡爾多並且目睹他的慘死，頓時失去理智，去向警方密告哥哥的行徑。警方大為欣喜，立刻出動警官隊，包圍了托尼自詡為銅牆鐵壁的公寓。契絲卡這時從瘋狂之中清醒過來，想起了血濃於水的親情，立刻衝入托尼所在的公寓加入抵抗之列。有了妹妹的助陣，托尼宛如得到千軍萬馬之力，大發豪語應戰警官隊。豈料契絲卡不久即被子彈射中身亡，獨留托尼一人。他的萬丈豪情霎時大受打擊，雪上加霜的是他唯一仰靠的機關槍也毀於警方的射擊，一身傲然銳氣蕩然無存，淪為只圖苟活的膽小鬼。如今托尼只是一個怯懦的鼠賊，急著逃出生天，最終仍然悲慘地死於警官隊的槍火之下。

同樣地，單憑上述梗概恐怕無法掌握太多訊息，不過應當仍可看出這部作品吸引目光的焦點托尼其性格的發展，以及到了影片最後出現的急遽變化。

這時我們不妨思考一下，角色性格是透過什麼樣的機轉來吸引我們這些觀眾的。當戲劇情境主要來自於性格本身的發展和變化，這種情況就如同心理描寫之所以讓我們感到興趣，原因在於它具有朝著某個方向接連改變的加速性質；相對地，當戲劇情境源自於某種既定性格與另種既定性格之間的相互衝撞，從而衍生出不同種類的事件接連改變，這樣的性質正是它吸引觀眾的理由。如果把前者稱為直線性的，那麼後者可以說是並列性的。

然而，所謂直線性前進的吸引力，處理不妥的時候可能造成單調，在後續加速時也要適當拿捏，否則很容易招來倦怠感的結果。當然，不斷變化的並列性吸引力，一不小心恐將流於散漫的弊病，所幸目不暇給的變化通常可以掩飾這個毛病。但也正因為如此，當我們以性格變化和發展為故事主軸時，在描繪方法和環境選擇上必須事先充分準備，以免淪為單調；從整體結

19　此處手下的名字原文是「リカルド」，發音近似「Ricaldo」。經查找多項本片的相關資料，並且對照角色名稱一覽表，應為「リナルド／Rinaldo」（李納爾多）的誤繕，本段內容仍保留原文姓名譯音。

構來說，也要特別細心挑選調整各個段落。更重要的是，無論是什麼樣的角色性格，絕不可能只有單一性格獨立變化發展，尤其在寫劇本時，總是必須讓某種角色性格與其他角色性格彼此產生關連。雖然編劇得以運用這種關連性予以細部調整，卻也很容易在描繪主角的周遭人物時，把他們視為只為突顯主角性格的材料而隨意帶過。這是任何一位編劇都可能犯下的錯誤，也是任何一位編劇都必須小心防範的情形。

角色的人數

契訶夫的戲劇《關於香菸的害處》[20]的登場人物前前後後只有一個人，不過這是極為罕見的特殊案例，通常一部戲劇至少要有兩名以上的人物登場，尤其是電影，除非是極具象徵性的作品，否則幾乎不會出現僅僅只有兩個角色的狀況。

不過，我這一節要談的不是登場人物的數目，而是在作品中的各種角色應該如何設定、如何依照其境遇或性格來決定。

一個故事的誕生，其必要條件是以主題為中軸的幾則具有因果關係的事件共同塑造出一連串的結構形態。我在前文舉過一個例子是小孩吃泡芙後中毒身亡。現在換個角度，假設編劇腦中的構想只到「有個小孩吃下泡芙之後中毒了」為止。當然，單是在這個構想中，已經包含

「小孩吃下泡芙」的原因，以及「因此身亡」的結果，亦即形成因果關係了。這時不妨思考另一個原因：為什麼那個小孩會吃到泡芙呢？假如是母親給他吃的，就會產生一個疑問：該安排這對母子處於何種境遇，才能最適切呈現出他們的親子關係？於此同時，也必須決定這對母子的大致性格。再來，還要決定這對母子周遭人物的境遇與性格。更進一步推想，假如那位母親的境遇無法輕易買到泡芙這般昂貴的點心，表示是從別人那裡收到的，那麼是誰給她的呢？不難想見應該來自她曾經幫傭的主人家。再往前推敲，那戶主人家是位於庶民區的老商店？或是坐落在豪宅區的府邸？另外，還要決定主人家中成員的境遇及性格，以及那位母親過去在主人家的地位：她只是個一般女傭？還是那些少爺千金的奶媽？如此一來，為了呈現出「有個小孩吃下泡芙之後身亡」的構想所需要的角色最低人數，以及那些角色的境遇與性格，就會依序定下來了。以下用實際的電影作為範例。

《安城家的舞會》[21]（吉村公三郎先生原案[22]，新藤兼人先生腳本）是藉由沒落的華族[23]階

20 於一八八六年及一九〇二年上演的作品。
21 於一九四七年上映的日本電影。
22 原案（story）相當於故事提供者。
23 日本自明治維新後受封公、侯、伯、子、男等爵位者及其家族，於二戰之後廢除該階級。

級最後的身影來譬喻這個國家傷痕累累的現實縮影，勾勒出人們拚命掙扎，試圖恢復昔日榮光的樣貌。首先，挑選兩個角色作為表徵人物：第一個角色是掙脫舊殼後果斷踏入新世界，另一個與之對比的角色是依然眷戀舊時代而遭到動盪的新時代淘汰。前者是女兒敦子，後者是她的父親，亦即安城家的一家之長忠彥。為了強調這兩人的對比，再挑選另外兩個角色：一個角色是儘管執著於舊時代卻急著從中找出在新時代求生的方法，另一個角色是對新舊時代都沒什麼興趣而只想活在當下。這兩人分別是敦子的姐姐昭子，以及她的哥哥正彥。

上述四人置身於沒落華族窮途末路的位階，他們該如何衝破這樣的困境也就形成這部作品的基本結構，再根據這個基礎進而設定其他角色的境遇和性格。首先，在一家之長忠彥出現經濟危機時必須有求救的對象，為此安排了戰後暴發戶的新川齊三郎[24]這個角色。二戰期間，安城忠彥曾擔任某家公司名義上的董事長，現在改由新川接任董事長一職。為了讓兩者的關係變得更緊密，又安排新川的女兒與安城家的長子正彥訂婚了。這裡還加上居間斡旋的角色，亦即忠彥的弟弟由利武彥。

接下來從敦子的角度考量，她從父親最信賴的新川身上看不到誠意，自然轉向其他對象求援救急。為了避免情節混亂，這個角色最好安排在她身邊的人物，於是出現了從前安城家的司機、如今已成為運輸業富商的遠山庫吉。並且為使長女昭子的性格更加明確，因此設定遠山曾經為她失戀，現在依然愛慕著她。

此外，為了突顯長子正彥的性格，安排婢女阿菊的角色作為其情慾的寫照；為使緬懷於沒落過程的家長忠彥的心境更為明顯，安排愛妾千代以及管家吉田登場。

以上就是這部電影所需角色最低人數的決定過程，由這些角色根據主題中軸所編織出形形色色的性格，亦將決定這部作品的整體風貌。在以華族身分舉辦最後一場紀念舞會的背後，隱藏的是安城家無謂的最終掙扎。拒絕新川的金援，轉向遠山求救，儘管暫可解決燃眉之急，但是安城家已經走向沒落的悲慘境地，這是步入老年的忠彥無法忍受的苦惱。看似盛大實則寂寥的舞會結束，曲終人散之後，忠彥的心已經沉落憂愁的谷底。

55　客廳

敦子進來。

沒看到父親的身影。

她急著轉向走廊……。

56　走廊

未見人影的走廊。

24　經查找多項本片的相關資料，並且對照角色名稱一覽表，此處角色名字應為「新川龍三郎」的誤繕。

57 客廳

敦子進來。
一臉不安地站著。
這時……另一邊，忠彥從宴會廳的陽台緩緩步入室內。
忠彥於祖先肖像畫前面佇立仰望。
敦子見到父親異樣的身影，悄悄靠過去。
忠彥掏出手槍。
敦子：「父親大人！」
忠彥驚訝轉身之際，敦子飛撲過去。
兩人一起倒在沙發上。
手槍從忠彥手中掉落地面後擊發。
敦子：「父親大人！……父親大人！……」
敦子微微顫抖，將臉緊緊埋在父親的胸口。
敦子：「您怎能尋死！……父親大人，您為什麼要這樣做！」
忠彥：「敦子，原諒父親……我的一生，就在今晚結束了。」
敦子：「不可以、不可以……父親大人正要展開新生活，真正的生活才要開始呀！」

忠彥摟著敦子的肩頭，

忠彥：「敦子，我已經是過時的人，欲振乏力了……再也沒有力氣活下去了……。」

敦子：「有女兒陪伴您呀……還有千代阿姨也在您身旁……父親大人，求求您提起精神……我們一家人正要邁向新生活不是嗎？」

父親與女兒，淚眼相對。

敦子：「父親大人，您請看看……祖父大人也正望著我們呢！」

父親與女兒，仰望祖先的肖像畫。

敦子：「父親大人，您說是不是……祖父大人彷彿對著我們微笑呢！」

肖像畫宛如慈愛地俯視兩人。

敦子：「父親大人，請與女兒一起跳舞吧！」

忠彥：「…………」

敦子：「好不好，我們來跳舞吧！」

忠彥：「唔……」

敦子：「舊時代的日子，就到今晚為止了……。」

父親與女兒交換著微笑。

敦子將唱片放到旁邊的唱機上。

父親與女兒，輕輕挽起手臂。
兩人的腳步隨著旋律翩翩起舞。

這一幕是整部電影的高潮。就結果而言，可以說所有角色的設定全是為了指向與強調這一幕。不過，這樣的說法必須十分謹慎，否則很容易被誤解意思，當成只有構成高潮的主角和其相關環境的描繪才必須審慎看待。這絕非我的本意。為了避免誤會，在此引述新藤先生談到角色設定的論點如下：

所謂冰冷的目光抑或溫暖的目光，應該是在完成劇本之後對於編劇作風的評論，在尚未寫劇本之前，編劇對於筆下描繪的對象所投注的視線，不可以打從一開始就設定是冰冷或溫暖的其中一種，而必須以廣納萬物的目光來看待才行。冷靜沉著的觀察、溫馨暖情的觀看，乃至於擱在掌心端詳、拋遠眺望、拉近細瞧、從上方和底下探看、打豎的橫的斜的查看——單是這些還不夠充分——總之，至少得由各個角度觀察。直到完成這樣的預備工作之後，編劇才可以依循自己的作風，決定在作品中呈現出什麼樣的關注方向……。

除此之外，角色描繪的難處在於，必須正確描繪其性格、環境與彼此關係，並在顧及整體作品的均衡狀態下，各個角色的描繪分量應當拿捏比率，不容許失準，僅可於各自所占的適切分量之內盡情發揮。

心理的具象化

大約一九一〇年前後，電影開始邁向心理描繪的領域。在此之前，影片的編輯單位是場面（scene），製作電影時僅只專注於傳達故事內容（事件）。不久，隨著新技巧的研發成功，影片的編輯單位改成了畫面（cut），不但可以傳達事件，更能夠勾勒人物角色的內心世界，於是有些電影逐漸轉為探究角色心理——更精準的說法是角色情感——的製作方向。換個角度想，從這時候起，電影開始慢慢地踏穩了藝術的基礎。那個時期有兩部描繪角色心理的電影讓我記憶猶新，其一是一九一三年左右的德國電影，由萊因哈特門下的亞歷山大．莫依舒主演的電影放映機式[25]作品《獨生子》（*Only Son*）[26]；另一部同樣是一九一三年的大衛．沃克．格里菲斯作

25 Bioscope，一種放映影片的光學機械裝置。由德國的 Skladanowsky 兄弟（Max Skladanowsky，一八五九～一九四五；Emil Skladanowsky，一八六三～一九三九）研發成功並於一八九五年發表的電影放映機。

26 無法查到本片的所有相關資料。

品，由亨利・沃斯奧與查爾斯・瑞伊等人主演的《復仇之心》（*The Avenging Conscience*）[27]。

當然，這兩部片子都是在大正年間[28]上映的老默片，電影的梗概我已經忘得差不多了，大致記得《獨生子》裡有一段劇情是有個年輕人是某位長老的獨生子，家境富裕，卻陷入了愛情的三角關係而殺死了對方，他立刻逃回到自己的房間，直到這時才對自己犯下的罪行心生恐懼，恰巧窗簾隨著微風擺動，輕拂過他的面頰，他哆嗦著戰戰兢兢地回頭，慌慌張張地把窗隙闔緊，接著屋門底下又被塞進白色小紙片似的東西，他萬分緊張地嚥下口水，滿臉害怕地瞪著紙片瞧，結果只是郵差送來他的郵件。像這樣的場景，如今看來不免幼稚，但是利用窗簾和郵件將他的恐懼感明確具象化的描繪方式，在當時確實讓我留下了深刻的印象。至於《復仇之心》的場景則是亨利・沃斯奧飾演的男士因為被懷疑殺了人而接受刑警的訊問，他始終保持緘默，刑警不肯放棄地持續訊問，手中的鉛筆筆尖無意識地敲著桌邊，他漸漸在意起筆尖的敲擊聲，可是握著鉛筆的刑警依然習慣性地不斷發出咔咔咔咔的聲響，他愈來愈焦躁，擱在膝蓋上的手開始顫抖，臉頰的肌肉也跟著痙攣抽搐，最後終於忍受不了，大喊別再敲啦，就此坦承一切。像這樣藉由鉛筆的聲響（由於是默片，實際上聽不到聲音）將心理描繪具象化的技巧，過去的電影幾乎不曾用過。

然而，到了電影開始出現聲音的現在，我認為必須更加審慎考量心理具象化這個問題。當然，我無法想像人類的行為或言語的背後不帶有任何心理活動，嚴格來說，人類的所有言行舉止全都是心理具象化的結果。然而，這種想法運用在電影上卻可能帶來危險。再次重申，電影的本質就是保持豐富的視覺性。回溯到一九二七至一九二九年期間，電影首度出現「聲音」的時候，立刻從根底顛覆了從前無聲電影時代累積所得的具象化技術。禍不單行的是，由於相關的機械操作還不夠純熟，導致「聲音」極度氾濫，喪失了原有的流暢感，電影產業一時之間彷彿快要窒息了。當時的情況顯現出無聲時代與有聲時代之間微妙的連動關係。雷內．克雷爾於一九三二年拍攝的第四部有聲電影《巴士底日》（*14 Juillet*）[29]完成之後，發表了以下的感言：

> 有聲電影已經走到窮途末路了。最主要的原因是影像化舞台劇的流行。演舞台劇時，動作當然屬於台詞的一部分，我們看舞台劇時會透過角色說出來的台詞來了解劇情。可是

27 經查找多項本片的相關資料，這部美國電影應於一九一四年上映。此外，於演員一覽表中亦無法查到名為「查爾斯．瑞伊」（原文譯音為チャールス・レイ，或指 Charles Ray，一八九一～一九四三，美國演員、導演、製片暨編劇，但該影人的年表中亦未查到參與本片演出）的演員。亨利．沃斯奧（通常使用亨利．B．沃斯奧之名，Henry B. Walthall，一八七八～一九三六，美國演員）。

28 大正年號的使用年代自一九一二年至一九二六年。

29 雷內．克雷爾（René Clair，本名 René-Lucien Chomette，一八九八～一九八一，法國電影導演、製片暨編劇）。該部法國電影片於一九三二年拍攝、一九三三年上映，法文片名通常記為 *Quatorze Juillet*。

我們看電影時是以動作為主，只把話語當成動作的輔助說明。關於這點，我的看法是這樣：當一個盲人看舞台劇時，以及一個聾人看電影時，這兩個人儘管都錯失了這兩種表演中某項重要的部分，但絕不會因此而連它們的本質都看不到了。

克雷爾的觀點雖然有幾分誇大，但是他主張電影的第一要件訴諸於視覺，這個看法非常正確。我認為必須盡己所能地把人物角色的心理活動予以具象化。

以舞台劇為例，新關良三[30]先生曾在〈舞台藝術的心理〉這篇文章中舉過以下的例子。有對夫妻因為某種理由而激烈爭吵，結果丈夫憤而離家出走，留在家裡的妻子也覺得再也感受不到丈夫的愛意。假設此時妻子要表演的心情是：當下如果有人來誘惑她，她很可能會一口答應。如果只是要呈現她的情緒從激動逐漸緩和下來，在演技上應該不至於有太大的困難。例如她可以一開始在室內激動地來回走動，然後停下腳步倚靠在某個布景上，露出沉思的眼神。這一連串的動作雖然能夠表現出她的心理動態，可是還不足以精準地顯示她接受誘惑的心路歷程。那麼，還要添補哪些動作呢？新關先生從弗洛伊德的著作《日常生活精神病理學》中引用某個實際案例——義大利知名女星伊蘭諾菈・杜絲[31]曾在舞台上以這樣的方式表演那種心境轉折：

杜絲當時是這麼演的——她神經質地把玩婚戒，一下子拔起來、一下子戴回去，又套在手指上撥轉個不停，（中略）那個角色毫無自覺當時自己做了些什麼動作。她自己渾然不覺那種突發性的動作與自己當下的事態有任何相關，可是看在觀眾眼裡，反而認為那個角色無意識的動作是其心理活動的重要象徵。換言之，觀眾知道的訊息，比舞台上的角色本人更多。這就是舞台劇希望達成的重要目標之一。

諸如這種舞台劇遇到的心理具象化情況，與電影面臨的問題一樣。更確切地說，杜絲當時在舞台上展現的演技，完全可以直接運用在電影裡，亦可視為與《獨生子》的心理狀態表現方法一脈相通，也就是只有單獨一個角色，沒有和其他角色發生關連的心理具象化的例子。

不過，人與人之間彼此對立衝突的心理狀態，同樣可以具象化。《復仇之心》就是一個範例。如果把那種技巧昇華成更複雜的形式，還能夠同時達成戲劇情景和心理具象化的雙重目的。接下來的例子是黑澤明先生和植草圭之助先生聯手編劇的《酩酊天使》[32]其中一段。有個橫行黑市的街頭流氓松永於某個機緣之下，被桀驁不馴的小鎮醫生真田診斷出罹患肺結核，儘

30（一八八九～一九七九），日本的德國文學家暨戲劇研究家。
31 或指 Eleonora Duse（一八五八～一九二四），義大利女演員。
32 於一九四八年上映的日本電影，片名又譯為《泥醉天使》。

管內心驚恐無比，自尊心卻不允許他表露出恐懼，他刻意佯裝鎮定，照樣過著吃喝嫖賭的生活，然而自覺症狀卻一天比一天明顯。以下的場景是某個雨天在真田診所的診療室裡。

「下一位請進（說話的同時回頭看）。」

門口站著松永。

真田：「（一臉不屑）原來是你啊？」

松永臉上同樣帶著不屑。

真田：「來幹嘛？瞧你臭著一張臉……。」

松永：「（悶不吭聲站在原處）」

真田：「哼……我看，你已經出現自覺症狀了吧？過來這邊坐著，我幫你看看。發燒了嗎？」

松永：「誰發燒啦！……你照子放亮點……我身子壯得很咧！」

真田：「那，你來幹嘛？」

松永：「（聳聳肩，一副高傲模樣）下起雨來，怪悶的，突然想喝上幾杯，順便瞧瞧你這張蠢臉充當下酒菜。」

真田：「少來啦，可憐的傢伙……心裡明明有話，就是嘴硬不肯說。」

松永：「你說啥！」

真田：「嘻嘻嘻，生病怕了吧？」

松永：「（欲言又止）」

真田（不待松永開口，劈頭一頓臭罵）：「混帳！……我才不是譏笑你害怕生病哩！害怕恐怖的東西是天經地義。……我嘲笑的是你沒骨氣，不敢面對現實，而你們這些傢伙還以為這樣才叫勇敢？……哼……在我看來，你們這種人根本世界第一的膽小鬼啦！」

松永：「你好大的狗膽！」

真田：「哼……那我問你，為什麼非得裝腔作勢地在身上刺青、口操江湖黑話、走起路來大搖大擺橫行霸道的？……哎……這一切不都是因為沒自信嗎？少在我面前端出裝模作樣這一套，不管用啦。」

松永：「你、你這個臭小子！」

真田：「哼……剛才看完病出去的那個小女孩比起你可要有骨氣多啦！……那孩子很勇敢地面對疾病。……要說你呢，連那麼一丁點勇氣都沒有……只是在黑暗裡閉緊眼睛，悶著頭往前衝罷了。」

松永：「可惡，混蛋！」

真田：「你幹什麼！」

物件擲向美代的聲響。

像這樣，人類由於內心脆弱而惱羞成怒，最後爆發出來的具象化描繪形式，基本上和《復仇之心》一樣，只是這裡拿鉛筆敲桌子的人是真田，被真田的話戳中弱點的松永因而愈發焦躁。

不過，心理具象化的描繪方式，並不僅限於以上列舉的兩三個例子那樣只能呈現出人物角色當下的言行舉止。

我在舊作《母親》[33]中呈現心理狀態的方式，不是靠演員表演，而嘗試用蒙太奇來演繹。身陷牢籠的兒子突然收到隔天要救他出去的祕密字條。這裡重要的是要用電影技巧來表現他的喜悅。光是拍攝滿面喜色的臉龐，效果應該不大。我在這裡拍攝擺動的雙手與笑咧的嘴，也就是對臉的下半部做特寫，再把這些鏡頭和以下幾種鏡頭交替做蒙太奇處理。春天奔流的小河、水面粼粼波光、在養魚池裡拍翅的水鳥，最後是笑開懷的小孩。我成功地透過這些鏡頭表現出囚犯的狂喜。

這是那位主張「藝術電影的基礎是蒙太奇」的伍瑟沃羅德．普多夫金的實驗報告其中一段文字，應該也屬於心理具象化的舉證之一。但是，這種方法本身應該屬於剪輯領域，而不是劇本領域。《母親》這部電影是由納森．薩爾基改編而成，相同部分的劇本只做了以下的描寫，在此節錄如下（日文版由八住利雄先生翻譯）：

看守人離開了。

巴沙卡抬起手，小心翼翼揭開折疊的紙條，背對門口開始讀起內容。

「示威隊伍十一點會來到監獄，恰好是囚犯散步的時間。務必利用引發騷動的這段期間。右側牆壁架著點燈夫的梯子，雪橇就在旁邊的角落……。」

巴沙卡讀完了。心中燃起的希望使他全身顫抖，無法壓抑內心的興奮……。歡天喜地無以復加的動作……。

忽然間，巴沙卡唱起歌來。他興奮地高聲歡唱……。

巴沙卡心情飛揚，忘卻謹言慎行，張口高唱。

走廊上的看守人聽見了他的歌聲。

看守人豎耳聆聽。……慢慢走近巴沙卡的獨居牢房。

普多夫金根據劇本上的這段敘述，想出了如前段引文的蒙太奇方法。不過，這裡插入的春天小河以及水面波光等等，並不是貿然出現的畫面，而是在這個牢房相關段落的開頭部分就描

33 於一九二六年上映的蘇聯默片，伍瑟沃羅德．普多夫金執導，原作為高爾基的小說，由後文提到的納森．薩爾基（N. Zarkhi，本名Nathan Zarkhi，一九〇〇～一九三五，蘇聯編劇）改編成劇本。

述了這樣的風景，並且恰巧扣合角色這時的心理具象化。這一段在劇本上是這樣寫的：

春回大地，日照融雪，雪水化為潺潺奔流。

凍結的河面上，被尋求出口的湧水不斷推擠，幾乎快要裂開——**幾個畫面**。

不過，描寫環境未必僅屬於編輯領域的具象化方法，運用在劇本裡同樣對角色心理具象化有直接的助益，關於這部分，之前已經提出不少例證了。接下來的例子的是八田尚之先生以內田百閒先生的隨筆改編而成《大白眉鳥先生》（阿部豐執導）[34]的最後一個場景。主角青路法二郎和個性不合的妻子分居，看似一個人過著悠哉游哉的日子，其實是個背負高利貸重擔的大學教授。此處是深受多方煎熬的他，暫時擺脫周遭世俗之事，拜訪清貧好友家的場面。因此該段落描繪的環境氣氛，直接成為人物角色的心境象徵，而倒映在汙濁水面的月光，更是主角此刻的心情寫照。

〇杉原勾當的家

孤伶伶的青路抱著一升裝酒瓶到來。

傳來古琴的二重奏。

青路不想打斷琴聲，悄悄進屋。

〇客廳

屋內昏暗，沒點亮電燈。

青路進入。

杉原勾當和川崎龍介（注：兩人皆為盲人）專注彈琴。青路輕輕撥動開關，電燈卻不亮。

角落站著一盞油燈。青路點亮油燈，環顧室內。立鐘不見了，連一件像樣的家具都看不到了。屋裡只剩勾當和龍介陶醉在琴音之中。

青路凝神靜聽兩人的彈奏。

絕妙的音律……。

兩名盲人莊嚴神聖的彈奏姿態。

34　於一九三九年上映的日本電影，完整片名應為《綠波的大白眉鳥先生》（ロッパの頬白先生）。原作為內田百閒（本名內田榮造，一八八九～一九七一，日本作家），編劇為八田尚之（一九〇五～一九六四，日本電影編劇），導演為阿部豐（一八九五～一九七七，好萊塢默片時代的演員暨日本電影導演）。片名中的「綠波」是指本片得領演主演古川綠波（本名古川郁郎，一九〇三～一九六一，日本喜劇演員）。

青路肅然聆聽，片刻，他吹熄油燈，像盲人一樣閉上眼睛傾聽。
正在演奏的兩名琴師……。
依然沒亮的電燈。
兩名琴師陶醉於音律之中的模樣。

○天空

流雲月影。

○地面

汙水和院子角落的濁水都映著月光，美得令人屏息。

○客廳

兩名盲人沐浴在月光下，悠遊於音律之境；青路閉上眼睛，徜徉於音律之中……。超現實的光影交錯。

最後再舉一個範例佐證環境的描述對於心理具象化產生的絕大功效。在此引用的是植草圭之助先生的《美麗的星期天》其中一個段落。某對情侶興匆匆地打算度過一個美好的星期天，可惜去了很多地方全都敗興而返，甚至還下起大雨來，兩人只好回到男生的租屋。接下來就是這個場景的內容：

雄造（突然變得熱切起來）：「小昌！我身邊唯一的溫暖……只有妳了！……就只有妳一個……。」

昌子：「…………」

昌子大受感動，專注聆聽。

滴答（滴落在洗臉盆裡的滲漏雨水）。

雄造（情緒激動）：「小昌！」

昌子：「…………」

雄造：「…………」

昌子原本被雄造的熱情深深打動，但在看到他的眼神之後突然害怕起來，連忙後退。

雄造倏然起身，走向門扉，猛然把鑰匙插進鎖孔裡轉了好幾圈鎖上。昌子出於本能感到恐懼，立刻衝向門扉緊抓著雄造的手。

昌子：「不要、不要、我不要！不要、不要！」

雄造表情僵硬，試圖把昌子推回房裡，無奈懾於昌子的洶洶氣勢。

雄造：「嘖！妳還要繼續當個小女孩啊……。」

昌子：「（臉色鐵青）……我要回去了……。」

雄造：「哼……那我們就到此為止啦……。」

昌子怒氣沖沖地離開。

雄造轉身，臉色煞白，杵在房間中央。

關門聲。

雄造表情呆滯。

滴答——滲漏的雨水滴落洗臉盆。冷雨打在置於擱板的乾枯盆栽上。

雄造緊咬下脣，瞥見腳邊擺著昌子忘記帶走的手提包，陡然一腳踢飛。

接著他一把抄起煮水壺，直接以壺嘴就口，站著咕嘟咕嘟灌下一大口之後一屁股坐下，在房間中央躺成大字型。

他瞪著天花板瞧。

滴答。

滲漏的雨水不偏不倚滴在他的臉上。

雄造猛然起身，大步流星地走向門扉。

他握住門把，就這樣靜止不動，臉部表情愈發扭曲，陷入沉思。

滴答。

雄造宛如一頭被關在籠子裡的野獸，在狹小的房間裡胡亂兜轉。

滴答——滴答——

忽然間，他的視線定在某個方向，停下腳步。

那只被扔在房間角落開著口的手提包。

旁邊躺著從手提包口滾出來的小熊布偶。

雄造凝視著那只小熊，臉上的神情彷彿被什麼觸動了心弦。

滴答——

雄造撿起小熊，直勾勾地盯著。

躺在大手掌裡偌小的小熊玩具。

雄造看著那只稚氣的小熊玩具，心底莫名湧起對昌子的百般憐惜。

滴答——滴答——

雄造凝視著小熊，一動也不動。

滴答——滴答——

雄造把小熊收回手提包裡，再拾起手提包，輕輕擺到桌面上。

開門聲。

雄造倏地抬起頭來。

臉色慘白的昌子走進屋裡。

昌子以顫抖的手，將插在鎖孔裡的鑰匙轉了好幾圈鎖上，面露悲痛的神情——

她把鑰匙拔起後緊握於掌心，直視雄造的臉。

雄造本想說些什麼，一看到昌子凝肅的表情後並未作聲，只與她四目對視。

昌子直視著立定不動的雄造。

昌子流著淚，開始解開雨衣的鈕釦。

雄造怔怔地望著昌子的動作，片刻過後，他感受到昌子的真情實意，不自覺流露出感激涕零的表情。

雄造：「昌子……不用了……我明白妳的心意了……小傻瓜，沒事了……沒事了……。」

面無血色、渾身哆嗦的昌子。

這段描述或許同樣稍微超出劇本領域，越界跨入執導的範疇了。這裡暫且不談那個問題，只把重點放在門扉的鑰匙、滲漏的雨滴、手提包、小熊布偶等物件上。各位應該可以看出這些布景和道具在不同的時刻對於角色心理歷程具象化的協助。更進一步，光是女主角解開雨衣鈕釦的一個簡單動作，就足以將她當下悲壯的決心具象化，運用這種技巧帶給觀眾的強烈印象，甚至超越使用台詞的表演方式。但是，這並不代表電影裡的一切都必須具象化。我只是想告訴大家，不妨透過這些例子來反省近來電影界傾向把所有內容全部使用台詞表達，而忘記可以藉助具象化達到更好的效果。

談到這裡，大家應該已經充分了解克雷爾的觀點——當聾人看電影時，由於無法聽到來自銀幕的「聲音」，因而錯失了電影表演中某項重要的部分，但絕不會因此而連電影的本質都看不到了。這就是電影和舞台劇最根本的差異。只要能夠深切體認到這一點，應該就不會再誤以為電影劇本只是場景眾多的戲曲罷了。

結論

本書以上彙集的劇本基礎常識，若以盲人摸象做比喻，可說是剛摸到名為劇本的這頭象龐大的軀體而已，接下來才要進入劇本真正艱難的部分。

當然，我們不可以只把劇本視為一門技術，並且，縱使電影編劇擁有熱忱真摯地探究人生的精神，光憑這樣也無法成就一部好劇本。

就這個意義而言，在探究人生的層面上，電影編劇應是擁有高傲而嶄新直覺力的藝術家；就處理作品的層面上，電影編劇需是具有心如止水般冷靜判斷力的技術者。

目前劇本的相關問題依然龐雜如山，不可輕易決定將來應該朝什麼方向發展，正如同不容斷然預測電影日後的發展方向。說得明白一點，我們必須孜孜不倦地前進，開拓出一片真實的新境地。

如同前文所述，電影走上藝術之路迄今，不過短短三十年。換句話說，從那個時期開始，電影界才終於發現了劇本的重要性。正值成長茁壯的劇本，還沒進入必須受到理論制約的時期，在這個時期也不應該出現制約的理論。

也因此，我絕對無意提出一套理論來制約劇本寫作。這本書充其量只是我個人探究劇本過程的部分紀錄，更盼望今後繼續在劇本領域略盡棉薄之力。關於主角、配角、丑角、反派角色這些角色分類上的定位問題，關於台詞、環境描述和「時間」的問題，關於伏筆、演技效果、省略、反覆、懸疑、插科打諢等各種技巧的問題……換個角度想，或許這些技術性問題，才是對劇本的定位走向產生直接影響的要素，或許拙作尚須納入這些技巧的研究結果才算完整。

所以，這本書應該還要有續作。

跋

記得那是二戰結束的翌年，一個酷寒的下雪天。在小川記正[1]君的邀約之下，我前往位於芝浦的一棟私宅。

小川君與我多年前結識於松竹電影蒲田製片廠，印象中當日席上還有三村伸太郎君、八木保太郎[2]君、八住利雄君以及小國英雄君等諸位。

那天小川君提出來的討論主題是，我們應該籌劃出版一本劇本雜誌，成為全國電影編劇的交流園地，為戰爭過後形同荒漠的日本電影界注入一泓活泉。在場人士無不舉手贊成。後來我

1（一九〇六～卒年不詳），日本電影編劇暨小說家。
2（一九〇三～一九八七），日本電影編劇。

才曉得，當天相聚的芝浦私宅，其實是位於日本橋某家出版社社長的別墅。

於是，同年六月，《劇本》創刊號正式面世。當時我罹患相當嚴重的胃潰瘍，醫生警告再這樣下去，不出三年就會惡化成胃癌，逼得我不得不暫時擱下繁重的編劇工作。賦閒之餘，應小川君力邀，便在這本雜誌開了一個劇本隨想專欄。

就這樣，我完成第一份稿子後送給小川君刊載於第一卷第一號。當我收到創刊號一看，小川君居然逕自把專欄安上了一個正經八百的名稱——「劇本方法論」。這樣一來，和我的原意有些相左，但小川君這時又發揮他一派的強勢作風，說服我這樣比較好，鼓勵我繼續加油。

我寫下這些文章的緣由，除了自身的胃潰瘍與小川君的強行決定之外，更直接且主要的理由是城戶先生的鞭策。城戶先生從蒲田製片廠到大船製片廠這兩段時期皆擔任廠長，我們共事多年來總是熱情地談論電影與劇本。至今依然如此。

《劇本》雜誌目前已經成為電影編劇家協會的機關雜誌，我也持續在那個專欄發表拙作。一九四八年秋天，我將前半部分的專欄文章集結成冊，以《劇本方法論》之名出版。當時原本想換個書名，可是在那個艱鉅的出版環境中，已在小川君的鼎力相助之下答應我諸多要求，我也就不好意思在書名上過多堅持了。

此次承蒙寶文館提議將《劇本方法論》再版，這回小川君並未參與編輯事宜，於是我大膽更改為各位看到的書名。

我將前文增刪潤色，並且添寫數十張文稿，補充之前說明不足之處，以期跟上電影界蓬勃發展的腳步。

另外，聽聞幾位先進指出前拙著的書名有待商榷，認為劇本豈有依據既定方法寫作的道理。我無意辯解，因為在這本書裡一再強調的正是劇本寫作絕不能套用固定的公式。只要詳閱過書中內容，相信不會有人提出異議。

萬分感謝寶文館編輯部的藤田辰雄君為此次再版付出的無數心力。

一九五二年六月

作者

劇本相關術語一覽表[1]

日文名稱	英文名稱	說明
アイデア	Idea	構思、點子、主意。參照P.141。
アイリス・イン アイリス・アウト	Iris In Iris Out	光圈全開（Iris In，簡寫為I.I）是以畫面內任意一點為中心，逐漸擴大為圓形（或任意形狀）影像的攝影技巧。相反的效果則是光圈全關（Iris Out，簡寫為I.O）。參照P.38。
アクション	Action	演員的動作。當導演下達「Action！」指令，意思是開始拍攝。

1 本附錄原文業經作者親自校閱，維持原樣呈現以示尊重，皆依原文保留日文五十音的排列順序，以及英文的表記方式。

アダプテーション	Adaptation	將小說或戲曲「潤色」為電影。即使只是從那些原作的故事或情節取材，變成適合電影的形態，也稱為「Adaptation」（改編）。比「Scenario by」或「Screenplay by」含意更廣。
アップ	Up	特寫（Close-up）的簡稱。參照P.92。
アトモスフィア	Atmosphere	某種氣氛情境。有時也用來稱呼路人甲。
アフター・レコーディング	After Recording	先以無聲方式拍攝，其後再錄製聲音或音效。口語上常簡稱為「Af-Reco」（アフレコ）。
アレンジ	Arrange	將小說、戲曲或自己的構思按照電影的方式整理安排時的用字。如果一開始先對素材做大致的選擇取捨時，也會用這個詞彙。
アングル	Angle	攝影機的角度。
イメージ	Image	影像，有時也指畫面。
インサート	Insert	插入畫面。參照P.96。
イントロダクション	Introduction	戲劇的導入部分、開端。參照P.201、P.205～212。
イーストマン	Eastmann	一八八六年舉世首位研製出材質柔軟的捲式感光膠卷的人士喬治・伊士曼[2]，但是現在他的姓氏成為膠卷的名稱，並且是品質極為優良的膠卷。

ウイット	Wit	機智、機靈。
エロキューション	Elocution	台詞的抑揚頓挫。發聲法。
エピソード	Episode	事件。各個段落裡的故事片段。
エディター	Editor	編輯，也就是把拍攝完的膠片根據劇本內容做系統性編排的人。
エフェクト	Effect	效果。主要指畫面外的音響效果。
オープン・セット	Open-Set	在戶外搭建的舞台布景。
オーヴァラップ	Overlap	簡寫為「O.L」，一個畫面的結束與下一個畫面的開始疊合起來，讓場景平順連結的技巧，口語稱為「Double」（ダブル）。參照P.90。
オリジナリティ	Originality	獨創性。參照P.41～44。
オリジナル・シナリオ	Original Scenario	原創劇本，並非由文藝作品等原著改編而成的「全新劇本」。
カタストロフ	Catastrophe	悲慘的結局、最後一幕。主要用在悲劇性場面。參照P.204、P.248～262。
カット	Cut	拍攝完成的一段影片。參照P.94。

2 George Eastman（一八五四～一九三二），美國發明家，柯達公司創辦人。

カット・イン	Cut in	在某個畫面中插入另一個畫面。參照P.97。
カット・バック	Cut Back	切回。某個場景與其他場景交替切換，常見於追逐的場面。參照P.94。
逆回		從高牆朝後往上跳的特技拍攝法。
ギャグ	Gag	臨機應變博得笑聲的台詞或動作。擁有這門特殊技術的專業人士稱為諧星（Gag-man）。
クイック・モーション	Quick Motion	使用低速攝影拍出的畫面效果，所有動作都變得非常快，常用於喜劇的追逐場面。
クライマックス	Climax	戲劇的最高潮。參照P.203、P.237～249。
クランク クランク・イン クランク・アップ	Crank Crank In Crank Up	「Crank」是攝影機的把手，由此延伸出以下兩種用法：「Crank In」為電影開拍、開鏡，「Crank Up」為電影拍完、殺青。
クライシス	Crisis	戲劇危機，高潮的前一刻。參照P.203、P.230～237。
コスチューム・プレイ	Costume Play	以華麗的服裝作為賣點的戲劇，歷史劇居多，日本電影《源氏物語》就屬於此類。
コンストラクション	Construction	結構、構造。參照P.167～176。

コンティニュイティ	Continuity	分鏡腳本，也就是根據劇本製作而成提供現場導戲之用的備用錄。通常會按照電影播映時的相同順序以文字或簡圖標記。分鏡腳本的好壞將直接影響作品的優劣。有時簡稱為「Cont」（コンテ）。
サスペンス	Suspense	戲劇的驚悚感，也就是讓觀眾在看戲時感到害怕不安的製作技巧。
サブ・タイトル	Sub-Title	簡寫為「S.T」，說明字幕，也就是進一步補充說明畫面含意的字幕。
シークェンス	Sequence	相當於第一段落、第兩段落的「段落」，也就是故事內容中的一則完整事件。參照P.169。
シーン・ナンバー	Scene number	場次編號。實際拍攝時為了方便作業，會把劇本場景依序編號。長度為十卷左右的影片，場次編號通常會超過一百。
シチュエーション	Situation	發生戲劇事件的情境，或是境遇。一般而言，有三十六種劇情變化。參照P.138～141。
シネマトゥルギー	Cinematurgie	電影製作。
シノプシス	Synopsis	梗概、大綱，故事的簡要版。
ジャンル	Genre	部門、種屬、類別。

ショット	Shot	原意是拍攝，因此在電影術語中，「Shot」（鏡頭）經常和「Cut」（畫面）混用，但是嚴格來說，當拍攝完一個「Shot」的影片後，如果切成兩部分就成為兩個「Cut」、切成三部分就成為三個「Cut」，這就是兩者的差異。
シルエット	Silhouette	剪影。
シンクロナイズ	Synchronize	同步性。
スーパー・インポーズ	Super-Impoes	把文字疊加在畫面上。
スクリーン・プロセス	Screen Process	讓演員站在一面從背面投影的特殊銀幕前表演的攝影技巧。現在拍攝汽車或火車的窗外風景時經常使用這種巧妙的手法。
スタッフ	Staff	劇組，用於指某組工作人員時的「組」。
ストラッグル	Struggle	爭鬥、衝突。一般來說，戲劇的核心要件就是衝突。參照P.226～230。
スペクタクル	Spectacle	壯觀場面。諸如盛大宴會、大批群眾、嚴重火災、大雪崩、大地震、強烈暴風雨、大型戰爭等等聲勢浩大的場景。最早出現這種場景的電影是《龐貝的最後一日》[3]《卡比利亞》[4]等義大利史詩片。
スラップスティック	Slap-stick	笑鬧喜劇。當然屬於「Farse」（鬧劇）的一種。

スリル	Thrill	原意是戰慄感或恐懼感，用於製片術語指的是例如火車對撞、懸崖上的搏鬥這類令人看得手心冒汗的製作技巧。
スリラー	Thriller	以懸疑氣氛為主軸的技巧，營造觀眾緊張的心理狀態的影片通稱，於二戰末期從美國開始流行的影片類型。
スロー・モーション	Slow Motion	由高速攝影拍攝而成，將實際動作變得出奇緩慢，通常用在夢境或喜劇的場景中。
セミ・ドキュメンタリー	Semi-Documentary	採用紀錄片風格拍攝的劇情片，具有代表性的作品是《不夜城》[5]。
ソフィスティケーション	Sophisticatin[6]	可以說是都會摩登風格的逢場作戲愛情片。恩斯特・劉別謙從一九二四年左右開始拍攝較多這類片子。曼凱維奇的《三妻艷史》[7]也屬於這種類型的電影。

3 於一九一三年上映，英文片名為 *The Last Days of Pompeii*，原作是愛德華・普華—李頓（Edward Bulwer-Lytton，一八〇三～一八七三，英國小說家、劇作家暨政治家）的同名小說，迄今已至少八度改編搬上銀幕。

4 於一九一四年上映，英文片名為 *Cabiria*。

5 於一九四八年上映的美國電影，英文片名為 *The Naked City*。

6 Sophisticatin 應為 Sophistication 的誤繕（下文皆同）。

7 於一九四九年上映的美國電影，英文片名為 *A Letter to Three Wives*。約瑟夫・里歐・曼凱維奇（Joseph Leo Mankiewicz，一九〇九～一九九三），美國電影導演、製片暨編劇。

ダーク・ステージ	Dark Stage	無聲電影時代的室內拍攝還是藉助天然光線作為主要光源，但是進入有聲電影時代之後，室內拍攝的光源幾乎完全靠人工照明，因此現在的舞台布景都是在完全黑暗的環境中搭建出來的。
ダイアローグ	Dialogue	台詞包含對話、獨白、旁白等等種類，這裡指的是對話，也就是問答形式的台詞。
ダイアローグ・ライター	Dialogue writer	只負責撰寫劇本裡的對話台詞。在美國和法國都有專業人士負責，但是日本目前還沒有這樣的分工。
ダブル・エクスポージャー	Double Exposure	雙重曝光。這種技巧常用在幻想或是出現幽靈的場景。口語同樣稱為「Double」（ダブル）。參照P.39。
テーマ	Theme	主題。參照P.141～146。
テクニック	Technic	手法、技巧，或指術語。
ディゾルブ	Disolve[8]	簡寫為「ＤＩＳ」，現在常和「Overlape」（疊影）混合使用，不過那種情況的正確說法應該是「Disolve into」才對。如果單獨使用「Disolve」這個字，意思應該是「Fade」（淡化）。事實上，也有人把「Fade in」（淡入）寫成「Disolve in」（溶入）。參照P.88～89。
テンポ	Tempo	速度感。參照P.229。

ディテール	Detail	細節。
トーン	Tone	調子、音調、色調。
ト書き		相當於劇本裡稱為「舞台指示」的部分。
ドキュメンタリー・フィルム	Documentary-film	紀錄片。
止め写し	Stop-Motion	讓畫面裡的人物或物體瞬間消失或出現的特殊攝影技巧。從前常用在忍者電影裡。參照P.85。
トラック・アップ トラック・バック	Truck Up Truck Back	「Truck Up」（前進）是攝影機朝被拍攝物體前進的拍攝法，相反的叫做「Truck Back」（後退）。參照P.90。
ナラタージュ	Naratage[9]	由「naration[10]」（敘事、旁白）和「montage」（蒙太奇、編輯）結合而成的新造詞，畫外音。畫面與說明性的台詞同步呈現的技巧，因此常用於突然回到過去的場景。參照P.220。
ネガティブ	Negative	負片，亦即原件。簡稱「Nega」（ネガ）。

8 Disolve應為Dissolve的誤繕（下文皆同）。

9 Naratage應為Narratage的誤繕。

10 Naration應為Narration的誤繕。

バイプレーヤー	Byplayer	配角、副角。
バーズ・アイ・ヴュー	Birds-eye-view	從高處往下拍攝的俯瞰攝影。
バック・グラウンド	Back Ground	背景。
パノラマ	Panorama Panoramic view	簡稱為「Pan」（搖鏡）。攝影機放在定點上，視情形做上下移動鏡頭的拍攝技巧。根據移動方向分別稱為「Pan up」（搖上）和「Pan down」（搖下）。參照P.90。
パントマイム	Pantomime	默劇、啞劇。
ファルス	Farse	喜劇、鬧劇、滑稽劇。
ファースト・シーン	First Scene	當片名畫面結束後出現的第一個場景。參照P.212～225。
ファンタジー	Fantasy	幻想劇、夢幻劇。
フィーチャー	Feature	通常指超過八卷以上的長片。
フェイド・イン フェイド・アウト	Fade In Fade Out	「Fade-in」（淡入），簡寫為「F. I.」，是指畫面由暗轉亮，同時變得清晰的效果攝影技巧。相反的則是「Fade-out」（淡出），簡寫為「F.O.」。參照P.88。
フラッシュ・バック	Flash Back	至多是二、三呎長度以下短畫面的切回，有時也會以八格或五格的短格數切回。閃回。參照P.94。
フレーム・アウト	Flame out[11]	離開畫面外，出鏡。

プログラム・ピクチャー	Program-Picture	指長度大約六、七卷的影片，也就是一般電影簡介的字數就能把全片內容敘述完畢的作品。
プロデューサー	Producer	製片人，負責電影製作的企劃、行政、財務等工作的主要代表。赫赫有名的製片人例如英國的蘭克[12]以及美國的柴努克[13]，相較之下，日本的製片人的權責範圍並不大。
プロローグ	Prologue	序曲、序言。反義詞為「epilogue」（結尾）。
ペーソス	Pathos	哀愁感，隱隱的哀傷。
ポジティヴ	Positive	正片，也就是由原件沖洗而成的底片。一般公開播映用的就是這種膠片。
本読み		劇本完成後即將開拍前，所有參與該片的人員齊聚一堂讀劇本。原本是舞台劇的用語。
メイン・タイトル トップ・タイトル	Main Title Top-title	「Main Title」（片名字幕）電影最先出現包括片名、工作人員、配角等相關訊息的字幕，也稱為「Top-title」（標題字幕）。

11 Flame out應為Frame out的誤繕。

12 應指約瑟夫・亞瑟・蘭克（Joseph Arthur Rank，一八八八～一九七二），英國電影製片人暨發行人，英國影業大亨。

13 應指達利・柴努克（Darryl Francis Zanuck，一九〇二～一九七九），美國知名電影製片人暨腳本家。

メロドラマ	Melodrama	主要透過劇情的變化而非角色性格的描述，以求賺人熱淚的戲劇。就戲劇種類而言，屬於旁門左道。
モティーヴ モティーフ	Motive Motief	動機、起因、契機。
モブ・シーン	Mob Scene	大批群眾出現的場景。
モノ・ドラマ	Mono-Drama	單人劇、獨腳戲。
モノローグ	Monologue	獨白。
モンダージュ	Montage	影片的編輯技術。參照 P.82。
ラスト・シーン	Last Scene	最終場面。參照 P.256。
リハーサル	Rehearsal	練習演技。
リリカル	Lyrical	抒情的、充滿情懷的。
レーゼ・シナリオ	Lese Scenario	借用劇本體例的新文學形式。因此，這種作品的主要目的並不是改編為電影。
ワイプ・アウト ワイプ・イン	Wipe Out Wipe In	「Wipe Out」（光圈擦出），簡稱「W.O」，畫面彷彿被擦除而逐漸消失，但消失的部分同時逐漸出現另一個畫面的攝影技術，因此在擦出的時候也同步「Wipe In」（擦入），簡稱「W.I」。參照 P.88。

復刊版後記

本書為一九五二年八月五日寶文館出版社初版的野田高梧《劇本結構論》的復刊版。

本復刊版異動的部分主要是將內文予以「現代化」，包括艱澀漢字標注假名、舊體字改為新體字、補上漢字後面的送假名，以及將人名改為現行的既定通稱等等，對於文章內容並未調整。至於內文提到的「呎與公尺換算表」與對於「詭計」（trick）的解說，以及書末的「劇本相關術語一覽表」附錄，在這個數位化的時代或許稍嫌多餘，考慮其具有原典的史料參考價值，因此予以保留。

我們是一群敬愛野田高梧先生的同好。就在我們著手於長野縣蓼科市成立「野田高梧紀念蓼科劇本研究所」之際，也提出了出版本書的構想，希望以出版紀念的形式將本書復刊。此一目標確立以後，很快就促成了本書的二度面世。正可謂「死野田走生吾人」[1]的旨趣。

溫故本書，內文引用的範例當然都是很久以前的作品，甚至未曾觀聞的亦不在少數，也因為如此，野田高梧的立論反而愈見鮮明。換言之，那正是野田高梧跨越時代束縛，並且放之四海皆準的精神所在。

在此由衷感謝促成本書再度面世，將這個「放之四海皆準的精神」重新帶給普羅大眾的諸位人士：FILM-ART社的藪崎今日子女士、津村エミ女士、山本純也先生與千葉英樹先生，以及日本電影編劇協會的加藤正人先生。謹此致上萬分謝忱。

渡辺千明
野田高梧紀念蓼科劇本研究所
http://www.noda-tateshina.jp/

1 此處套用「死諸葛走生仲達」的句型。

野田高梧年譜

凡例

- 電影作品的導演姓名標注於〔〕之內。
- （案）為野田高梧構想原案。（構）為野田高梧規劃結構。（T）為有聲電影。

年月	經歷	電影作品片名〔導演姓名〕	原作
明治二十六年（一八九三）	十一月十九日於函館市出生，排行五男，亦是么兒。父親野田鷹雄（時年四十五），母親野田勢似（時年三十九）。		

明治二十九年（一八九六）三歲	父親轉任長崎稅關長，舉家遷居長崎。讀小學時於父親帶領下，首次觀賞活動式相片《月球旅行記》、《倫敦大火》。		
明治三十七年（一九〇四）十歲	轉學至名古屋的小學。		
明治四十一年（一九〇八）十四歲～十八歲	菅原小學高等二年結業，進入縣立愛知一中就讀，成為校內短跑健將。同班同學小田喬成為日後當上腳本家的契機。其後小田喬轉學至東京的中學。由於母親喜歡看戲，家裡並未禁止觀看電影和舞台劇，卻因此遭到校方七次停學處分。升上五年級後，與朋友合辦同人誌、向《文章世界》投稿並且數度入選，立定攻讀文科的志向。		

大正二年（一九一三）十九歲～二十二歲	進入早稻田大學英文科就讀。比起活動式相片更喜歡舞台劇，經常到市村座看戲。專攻希臘劇，但是畢業論文的主題為松尾芭蕉。		
大正六年（一九一七）二十三歲	自早稻田大學畢業後成為雜誌記者，歷任《飛行少年》、《活動畫報》、《活動俱樂部》、《活動評論》等雜誌，同時以綠川春之助的筆名撰寫電影評論。		
大正十年（一九二一）二十七歲	於姐夫小暮理太郎的建議下，進入收入穩定的東京市役所市史編纂室任職。六月，與山田靜（時年十九）結婚。		
大正十二年（一九二三）二十九歲	九月，關東大地震。在已於松竹蒲田腳本部任職的小田喬邀約之下，與片廠廠長野村芳亭會面，以劇本《梳》試稿。		

大正十三年（一九二四）三十歲	一月，正式進入松竹蒲田腳本部任職。月薪一百圓。第一個工作是改編廣津柳浪的《盜骨》。 七月，代理城戶四郎的廠長職務。	四月《盜骨》〔島津保次郎〕 十二月《受詛咒的阿操》〔島津保次郎〕	廣津柳浪
大正十四年（一九二五）三十一歲	春天，於城戶四郎同意之下，暫時自松竹離職，改至聯合電影藝術協會工作，協助從早稻田大學時代至今的摯友高田保執導的《水影》。	一月《新．己之罪》〔島津保次郎〕 一月《新乳姊妹》〔島津保次郎〕 五月《茶花盛開之鄉》〔吉野二郎〕 五月《天空晴朗》〔五所平之助〕 七月《郊外之家》〔重宗務〕 七月《夕立勘五郎》〔吉野二郎〕	
大正十五年（一九二六）三十二歲		一月《毀壞的人偶》〔池田義信〕 二月《小夜子》〔池田義信〕 三月《年輕女子之死》〔重宗務〕 三月《命運之子》〔鈴木重吉〕 四月《紅燈之影》〔島津保次郎〕 五月《家》〔池田義信〕 六月《霧中燈》〔鈴木重吉〕 八月《年輕時的罪愆》〔重宗務〕 十月《霍然馭者》〔野村芳亭〕 十一月《大波斯菊盛開之時》〔野村芳亭〕	菊池幽芳 城戶四郎 土岐白露 鈴木重吉 山路昇

		十二月《妖婦五女・第一篇弁天阿咲》	重宗務
		十二月《妖婦五女・第五篇千金阿須美》	池田義信
昭和二年（一九二七）三十三歲	執筆小津安二郎升任導演後的第一部作品《懺悔之刃》腳本。	一月《地下室》〔蔦見丈夫〕	中村吉藏
		三月《女》〔島津保次郎〕	松居松翁
		五月《新珠》〔島津保次郎〕	菊池寛
		五月《行旅演員》〔島津保次郎〕	長田幹彥
		六月《白虎隊》〔野村芳亭〕	岡本綺堂
		七月《處女之死》〔五所平之助〕	五所平之助
		九月《島原美少年錄》〔齋藤寅次郎〕	木村毅
		十月《懺悔之刃》〔小津安二郎〕	小津安二郎
昭和三年（一九二八）三十四歲	與城戶四郎商討後，創設松竹蒲田腳本研究所。	一月《青春小徑》〔池田義信〕	池田義信
		一月《就因為喜歡》〔五所平之助〕	五所平之助
		三月《向海吶喊的女人》〔清水宏〕	清水宏
		四月《戀愛二人行腳》〔清水宏〕	清水宏
		四月《永恆之心》〔佐佐木恒次郎〕	本城學
		六月《富岡先生》〔野村芳亭〕	國木田獨步
		六月《跳舞吧年輕人》〔清水宏〕	清水宏
		六月《人在世間的身影》〔五所平之助〕	田村平三郎
		十月《愛的結局》〔池田義信〕	
		十一月《陸地之王者》〔牛原虛彥〕	畑耕一
		十二月《再會了我的故鄉》〔重宗務〕	

昭和四年（一九二九）三十五歲		一月《愛人時枝之卷》〔池田義信〕	細田民樹
		四月《雲雀清啼之鄉》〔野村芳亭〕	野村芳亭
		五月《浮草姑娘旅行風俗》〔清水宏〕	清水宏
		六月《新女性楷模》〔五所平之助〕	菊池寬
		七月《日式歡喜冤家》〔小津安二郎〕	
		八月《歡快之歌》〔清水宏〕	清水宏
		十月《公司職員的生活》〔小津安二郎〕	
		十一月《舞女的悲哀》〔佐佐木恒次郎〕	村岡義雄
		十一月《明眸禍》〔池田義信〕	菊池寬
		十一月《衝鋒小子》〔小津安二郎〕	野津忠二（野津忠二為野田高梧、小津安二郎、池田忠雄、大久保忠素的聯合筆名，本片由池田忠雄改編腳本。）
		十二月《母》〔野村芳亭〕	鶴見祐輔
		十二月《熱情的一夜》〔五所平之助〕	五所平之助

昭和五年 （一九三〇） 三十六歲		一月《結婚學入門》〔小津安二郎〕 一月《鐵拳制裁》〔野村員彥〕 二月《罪在紅脣》〔清水宏〕 三月《進軍》〔牛原虛彥〕 五月《女人去向何處》〔池田義信〕 六月《姊妹篇　母》〔野村芳亭〕 七月《那一夜的妻子》〔小津安二郎〕 七月《大都會爆炸篇》〔牛原虛彥〕 七月《愛神的怨靈》〔小津安二郎〕 八月《海之行進》〔清水宏〕 九月《青春血液在沸騰》〔清水宏〕 十月《瞬間的幸運》〔小津安二郎〕 十月《絹代物語》〔小津安二郎〕 十月《愛情借貸的瘋狂戰術》〔齋藤寅次郎〕	大隈俊雄 畑耕一 清水宏 James Bond 瀨田廣吉 久米芳太郎 Oscar Schisgall 野田高梧 石原清三郎 志茂田照 （志茂田照為清水宏及野田高梧的聯合筆名，本片由志茂田照改編腳本。） 赤穗春雄

昭和六年 （一九三一） 三十七歲	《東京合唱》劇本撰寫。	一月《感激之春》〔池田義信〕 一月《小鬼霸王》〔清水宏〕 三月《破敗之珠》〔野村芳亭〕 三月《受難的青春》〔佐佐木康〕 五月《街頭流浪漢》〔池田義信〕 六月《暴風雨的薔薇》〔野村芳亭〕 八月《人生的風車》〔清水宏〕 八月《無家可歸之人和那個女孩》〔城戶四郎〕 八月《東京合唱》〔小津安二郎〕 十月《青春圖會》〔清水宏〕 十二月《七片海　前篇．處女篇》〔清水宏〕	津島對三 菊池寬 佐佐木康 下村千秋 吉屋信子 湯原海彥 北村小松 菊池寬 牧逸馬
昭和七年 （一九三二） 三十八歲		二月《七片海　後篇．貞操篇》〔清水宏〕 二月《相思樹》〔池田義信〕 三月《滿洲進行曲》〔清水宏／佐佐木康〕 八月《耀眼的日本女性》〔野村浩將〕 九月《白夜明亮》〔清水宏〕 十月《青春之夢今何在》〔小津安二郎〕 十一月《學生街的明星》〔清水宏〕 十一月《何日再逢君》〔小津安二郎〕 十二月《我倆豁出性命》〔成瀨己喜男〕	牧逸馬 牧逸馬 蒲田腳本部 水島菖蒲 久米正雄 藤代千里 柳川春葉

昭和八年（一九三三）三十九歲		一月《於母親的胸口安睡》〔清水宏〕 二月《東京之女》〔小津安二郎〕 三月《應援團長之戀》（T）〔野村浩將〕 三月《孔雀船》〔池田義信〕	Ernst Schwarz 加藤武雄
昭和九年（一九三四）四十歲		五月《日本女性之歌》（T）〔池田義信〕（齋藤良輔腳本） 五月《我們要愛母親》〔小津安二郎〕 七月《新婚旅行》（T）〔野村浩將〕（原作戲曲） 七月《光輝滿洲國》〔石川和雄〕 十月《都會感傷》〔勝浦仙太郎〕	（構） 小宮周太郎（構） 野田高梧（構） （齋藤良輔腳本，王之祐改編，於滿洲國上映。） 野田高梧
昭和十年（一九三五）四十一歲	於《都新聞》連載小說《麗人社交場》。 自本年至翌年擔任腳本部長。	一月《深閨千金》〔小津安二郎〕 三月《妹妹的告白》〔深田修造〕 九月《麗人社交場》（T）〔野村浩將〕 《父親的教育》〔宗本英男〕（未上映）	式亭三右 野田高梧 高木俊朗

昭和十一年 （一九三六） 四十二歲	片廠遷至大船。 十一月，各影業公司腳本家齊聚一堂，創立電影編劇家協會，被推舉為首屆會長。	一月《太太借據》（T）〔五所平之助〕 一月《堆在車上的寶物》〔齋藤寅次郎〕 五月《下田夜曲》〔宗本英男〕 六月《結婚的條件》（此後全部T）〔池田義信〕 十月《嘆息的母親》〔宗本英男〕 十一月《新道　前篇・朱實之卷》〔五所平之助〕 十一月《愛之家》〔佐佐木康〕 十二月《新道　後篇・良太之卷》〔五所平之助〕	Henri Pagnol 齋藤寅次郎 本間一 菊池寬 宗本英男 菊池寬 佐佐木康 菊池寬
昭和十二年 （一九三七） 四十三歲	爆發日華事變。	一月《秋怨》〔深田修造〕 一月《花籠之歌》〔五所平之助〕 三月《桃子的貞操》〔深田修造〕 六月《欽仰尊敬》〔齋藤寅次郎〕 八月《男人的償贖　前篇》〔野村浩將〕 八月《男人的償贖　後篇》〔野村浩將〕 十月《怒吼吧阿銀》〔齋藤寅次郎〕 十一月《黎明未近》〔佐佐木康〕 十一月《母親的勝利》〔齋藤寅次郎〕	片岡鐵兵 岩崎文隆 宇野千代 國木田獨步 吉屋信子 吉屋信子 竹田敏彥

昭和十三年（一九三八）四十四歲	《愛染桂》意外成為賣座電影。	二月《風之女王》〔佐佐木康〕 四月《生活的勇者》〔深田修造〕 四月《我心之誓》〔宗本英男〕 六月《國民的誓言》〔野村浩將〕 九月《愛染桂　前後篇》〔野村浩將〕 十月《西海岸那些女孩》〔佐佐木啟祐〕 十月《美枝子的哥哥》〔原研吉〕 十一月《第一戰的人們》〔深田修造〕	片岡鐵兵 小田優 Richard Angst 川口松太郎
昭和十四年（一九三九）四十五歲	實施《電影法》，政府加強管制電影。	一月《向日葵姑娘》〔佐佐木啟祐〕 一月《真心繁盛記》〔深田修造〕 二月《女人能守家》〔吉村公三郎〕 五月《續・愛染桂》〔野村浩將〕 六月《榮華畫卷》〔蛭川伊勢夫〕 七月《讚母歌》〔原研吉〕 十一月《愛染桂　完結篇》〔野村浩將〕 十二月《新妻問答》〔野村浩將〕	宇野千代 竹田敏彥 川口松太郎 片岡鐵兵 川口松太郎
昭和十五年（一九四〇）四十六歲	內務省開始實施腳本的事前審閱。 由於撰寫《西住戰車長傳》劇本，與原作者菊池寬等人探訪中國華中地區。	十月《冬木博士的家族》〔大場秀雄〕 十一月《西住戰車長傳》〔吉村公三郎〕 《某女日記》〔停止製作〕 《三個女人》〔停止製作〕	鈴木彥次郎 菊池寬 窪川稻子

昭和十六年（一九四一）四十七歲	十二月，爆發太平洋戰爭。開始慢慢彙整從昭和九年起至早稻田大學電影科授課的講義。	一月《妻子的樂園》（佐佐木康） 四月《父逝之後》（瑞穗春海） 五月《打起精神出發吧》（野村浩將） 五月《驅逐脂粉》（佐佐木康） 十月《何處去》（佐佐木康）	氏原大作 竹田敏彥 石坂洋次郎
昭和十七年（一九四二）四十八歲		一月《家族》（澀谷實） 六月《日本的母親》（原研吉） 十二月《京洛之舞》（野村浩將）	
昭和十八年（一九四三）四十九歲		十月《面具的舞蹈》（佐佐木啟祐） 十一月《母親的紀念日》（佐佐木康）	佐佐木孝丸
昭和十九年（一九四四）五十歲	電影製作數量驟減。終日耽讀書冊。	一月《奶奶》（原研吉） 九月《你正是下一隻荒鷲》（穗積利昌） 十一月《野戰軍樂隊》（牧野正博）	獅子文六 田邊新四郎
昭和二十年（一九四五）五十一歲	藏書寄放於長兄位於大井的屋宅，不幸燒毀於空襲。 八月，二戰結束。 十一月，松竹大船片廠員工組成工會。擔任委員長直至翌年四月。 年底團體交涉，與城戶四郎意見對立。	《怒濤的進擊》（停止製作） 《歌之風》（停止製作）	（案）

昭和二十一年（一九四六）五十二歲	六月，同人誌《劇本》在小川記正奔走之下創刊，開始連載「劇本方法論」。 九月，隨著松竹體制變革而離職，改為簽約。	四月《歡笑的週間》〔笑寶船〕〔川島雄三〕 四月《女性的勝利》〔溝口健二〕	
昭和二十二年（一九四七）五十三歲	九月，於二戰期間解散的電影編劇家協會恢復運作，並被選任為會長。 二戰結束前後，胃潰瘍舊疾惡化。同一時期也辭去前一兩年於日本大學藝術科擔任客座教授之職。		
昭和二十三年（一九四八）五十四歲	十月，「劇本方法論」專欄文章彙整後交由劇本社出版。	五月《就這樣，忍術電影結束了》〔小杉勇〕	池田忠雄（構）
昭和二十四年（一九四九）五十五歲	二戰結束後與小津安二郎攜手打造多部作品的第一部《晚春》劇本撰寫。 此後到《東京物語》為止，一同住在於湘南的茅崎館三、四個月撰寫劇本。	二月《我們的愛情在燃燒》〔溝口健二〕 九月《晚春》〔小津安二郎〕	（案）廣津和郎

昭和二十五年（一九五〇）五十六歲	一月，電影編劇家協會成為社團法人，接受推舉續任會長。 十一月起，「續・劇本方法論」於《劇本》雜誌連載。	一月《宵待草愛情日記》（原研吉） 八月《宗方姊妹》（小津安二郎） 九月《火鳥》（田中重雄）	立野信之 大佛次郎 川口松太郎
昭和二十六年（一九五一）五十七歲	《麥秋》劇本撰寫。	一月《善魔》（木下惠介） 十月《麥秋》（小津安二郎）	岸田國士
昭和二十七年（一九五二）五十八歲	十月，以「劇本方法論」為主，加入「續・劇本方法論」部分文章，彙整為《劇本結構論》交由寶文館出版。	七月《母親的山脈》（佐佐木康） 十月《茶泡飯的滋味》（小津安二郎）	清閑寺健
昭和二十八年（一九五三）五十九歲	《東京物語》劇本撰寫。	一月《夢中的人們》（中村登） 五月《落葉日記》（瑞穗春海） 十一月《東京物語》（小津安二郎）	吉屋信子 岸田國士
昭和二十九年（一九五四）六十歲		五月《不沉的太陽》（中村登）	
昭和三十一年（一九五六）六十二歲	《早春》劇本撰寫。	一月《早春》（小津安二郎）	